O LIVRO DOS SONHOS

Livros do autor publicados pela **L&PM** EDITORES:

Anjos da desolação
Big Sur (**L&PM** POCKET)
Cidade pequena, cidade grande
Diários de Jack Kerouac (1947-1954)
Geração Beat (**L&PM** POCKET)
O livro dos sonhos (**L&PM** POCKET)
On the Road – o manuscrito original
On the Road – Pé na estrada (**L&PM** POCKET)
Satori em Paris (**L&PM** POCKET)
Os subterrâneos (**L&PM** POCKET)
Tristessa (**L&PM** POCKET **PLUS**)
Os vagabundos iluminados (**L&PM** POCKET)
Viajante solitário (**L&PM** POCKET)
Visões de Cody

Leia também na Coleção **L&PM** POCKET:

Kerouac – Yves Buin (Série Biografias)
Geração Beat – Claudio Willer (Série Encyclopaedia)

Jack Kerouac

O LIVRO DOS SONHOS

Tradução de Milton Persson

www.lpm.com.br

Coleção **L&PM** POCKET, vol. 98

Primeira edição na Coleção **L&PM** POCKET: março de 1998
Esta reimpressão: agosto de 2010

Parte dos textos incluídos neste livro foram publicados por *The New Yorker*, *The Republic* e *The New York Times*.

Título em inglês: *Book of Dreams*
Capa: L&PM Editores sobre foto de Jack Kerouac (arquivo da família).
Tradução: Milton Persson
Revisão: Delza Menin e Flávio Dotti Cesa
Produção: Jó Saldanha e Lúcia Bohrer

ISBN 978-85-254-0857-0

K39L

Kerouac, Jack, 1922-1969
    Livro dos sonhos / Jack Kerouac; tradução de Milton Persson –
Porto Alegre: L&PM, 2010.
    256 p.; 18 cm – (Coleção L&PM POCKET; v. 98)

    1. Ficção norte-americana-sonhos. I. Título. II. Série.

CDD 813.8
CDU
820(73)-9

    Catalogação elaborada por Izabel A. Merlo, CRB 10/329.

© 1961, 1971, 1981 by the Estate of Jack Kerouac

Todos os direitos desta edição reservados a L&PM Editores
Rua Comendador Coruja 314, loja 9 – Floresta – 90.220-180
Porto Alegre – RS – Brasil / Fone: 51.3225.5777 – Fax: 51.3221-5380

Pedidos & Depto. Comercial: vendas@lpm.com.br
Fale conosco: info@lpm.com.br
www.lpm.com.br

Impresso no Brasil
Inverno de 2010

INTRODUÇÃO

É bom que o leitor saiba que este livro não passa de uma compilação de sonhos anotados às pressas, à medida que ia despertando – e estão todos descritos da maneira mais espontânea e fluida, tal como sucede durante o sono, por vezes até mesmo antes de me sentir totalmente acordado. Neles, os personagens de meus romances reaparecem em situações novas, oníricas e desconexas (veja a Lista de Personagens, a seguir), dando seqüência a uma história que, no fundo, é a mesma que estou sempre continuando. Os heróis de *On the Road*, *Os subterrâneos*, etc. reaparecem aqui, às voltas com outras coisas estranhas, sem nenhuma explicação especial, a não ser a de que o espírito não descansa, o cérebro se agita, a lua some e todo mundo tapa a cabeça com o travesseiro, usando touca de dormir.

Ótimo.

E digo ótimo porque o fato de sonharmos todas as noites é um vínculo que liga toda a humanidade, numa união, digamos, tácita, que também comprova a natureza transcendental do Universo, coisa em que os comunistas não acreditam, pois consideram os sonhos "irrealidades", e não visões que efetivamente tiveram.

Por isso dedico este livro de sonhos às rosas do porvir.

PERSONAGENS

Nome em O livro dos sonhos	*em On the Road*	*Nomes verdadeiros*
Cody Pomeray...	Dean Moriarty...	Neal Cassady...
Irwin Garden...	Carlo Marx...	Allen Ginsberg...
Jack (Kerouac) (eu)...	Sal Paradise...	Jack Kerouac...
"Bull" Hubbard...	"Old Bull" Lee...	William Burroughs...
Ed Buckle...	Ed Dunkel...	Al Hinckle...
Joanna...	Marylou...	Luanne Cassady...
Huck...	Elmo Hassel...	Herbert Huncke...
Deni Bleu...	Remi Boncoeur...	Henry Cru...
Minha Mãe...	"tia" de Sal Paradise...	Gabrielle L'Evesque Kerouac...
Irwin Swenson...	Rollo Greb...	Allan Ansen...
Julien Love...	Damion...	Lucien Carr...
Evelyn Pomeray...	Camille Moriarty...	Carolyn Cassady...
Guy Green...	Tim Gray...	Hal Chase...
Irving Minko...	Roland Major...	Allan Temko...

Nome em O livro dos sonhos	*Em Os subterrâneos*	
Irene May...	Mardou Fox...	Nome real desconhecido
Jack (Kerouac)...	Leo Percepied...	Jack Kerouac
Raphael Urso...	Yuri Gligoric...	Gregory Corso...
Irwim Garden...	Adam Moorad...	Allen Ginsberg...
Julien Love...	Sam Vedder...	Lucien Carr...
"Bull" Hubbard...	Frank Cormody...	William Burroughs...

Irwin Swenson...	Austin Bromberg...	Allan Ansen...
James Watson...	Balliol MacJones...	John Clellon Holmes...
Shelley Lisle...	Ross Wallenstein...	Stanley Gould...
Gerard Rose...	Julien Alexander...	Anton Rosenberg...
Dick Beck...	Fritz Nicholas...	Bill Keck...
Danny Richman...	Larry O'Hara...	Lawrence Ferlinghetti...
Ronald Macy...	Charles Bernard...	Ed Stringham...

Nome em	*em*	
O livro dos sonhos	*Os vagabundos iluminados*	*Nomes verdadeiros*
Irwin Garden...	Alvah Goldbook...	Allen Ginsberg...
Simon Darlovsky...	George...	Peter Orlovsky...
Jack (Kerouac)...	Ray Smith...	Jack Kerouac...
Rosemarie...	Rosie Buchanan...	Natalie Jackson...

AH! AS VIAGENS TERRÍVEIS que me vi obrigado a fazer de um lado a outro do país, com ferrovias e estações deprimentes jamais imaginadas – teve uma, horrível, infestada de morcegos, latrinas, desconcertantes praças e chuvas, nem dava para ver aonde ia parar em todos os horizontes – este é o livro dos sonhos.

Porra, a vida é triste, como se pode viver, que dirá trabalhar – a gente dorme e sonha que está do outro lado – e é aí que o lobo que nos espreita fica mil vezes pior do que sabe-se lá o quê – e, olha aí, parei – *como pode um homem mentir e dizer merda quando tem ouro na boca?* Cincinatti, Filarcadélfia, Frohio, estações do Fumacê – cidadezinha chuvosa, tosco ermo, onde o diabo perdeu as botas, e *Canabis*burgo, passei por todas e de que me adianta ler *Finnegain's Works** se não paro para endireitar por completo o engano do meu pobre e massacrado cé... como é mesmo a palavra? crânio...

Pura conversa fiada...

Fui visitar Cody e Evelyn. Tudo começou no México. No velho e miserável sofá de "Bull". Simplesmente

---

* (*sic*) no original. (N. do T.)

sonhei que andava montado num cavalo branco por uma rua transversal daquela cidade do norte que parecia no Maine, mas na verdade longe da estrada de rodagem que passa por lá, com os alpendres à noite na chuva, típicos de todos os recantos da América, você sabe muito bem como é, seu besta ignorante que nem compreende o que lê, *pronto,* com ruas transversais, árvores, noite, cerração, lampiões, vaqueiros, estrebarias, pios de coruja, garotas, folhagens, uma coisa tão familiar e no entanto nunca vista, de partir o coração – lanço-me rua abaixo, batendo os cascos, acabo de deixar Cody e Evelyn num restaurante fantasmagórico ou mesa de café em São Francisco, na esquina da Market com a Terceira, onde fizemos planos animados para uma viagem para o *leste* (como se!) (como se pudesse existir leste ou oeste naquela oscilante bússola velha do saco, apoio colocado no travesseiro, gente boba e maluca é que sonha, desse jeito o mundo nunca será salvo, isto aqui é pura ruminação-de-ovelha-tresmalhada) – e a Evelyn destes sonhos é submissa – Cody é (frio e ciumento) – qualquer coisa – sei lá – não interessa – Só que depois que falo com eles – Deus do céu, levei este tempo todo para dizer que estou descendo o morro a cavalo – e de repente me vejo na Bunker Hill Street de Lowell – dirijo-me ao rio negro montado em corcel branco – fiquei desolado quando acordei, dizer que ia fazer aquela viagem ao *leste* (patético!) sozinho – eternamente só – para a qual agora vou, de cavalo branco, sem saber o que irá acontecer, predestinado ou não; se predestinado, para que se dar ao trabalho, caso contrário, para que tentar, não que não valha a pena, mas talvez não valha, ou nem tentar averiguar. De momento nada tenho a dizer e me recuso a continuar antes de saber mais detalhes.

E A CIDADE DO MÉXICO, FANTASMAGÓRICA, sonhando com trapiches, situada em lugar da lúgubre e cinzenta Liverpool – que nem Ferrocarril – eu e uma multidão de rapazes de terno, acompanhados de moças vestidas para um baile de formatura, com flores no cabelo, comparecemos a uma refrega, uma reunião, num prédio, numa torre – tão apinhada de gente que eu, no meio de solteiros, tenho que esperar do lado de fora – aplausos entusiasmados, discursos, música lá dentro. Estranho, nos meus sonhos não parece que tudo já aconteceu de maneira mais interessante, mas o pasmo, o doce pasmo perdura – pois meu coração está sendo devorado pela minha fúria. O que estou fazendo nesta sinistra Carolina do Norte me levantando como escriturário às 6 da manhã – um escriturário no meio de colegas velhos e sinistros num escritório velho e triste da estrada de ferro? Nenhum sonho poderia ser mais assustador e infernal. Consigo, por fim, entrar na festa – não, o idiota do cachorro me acordou bem na hora em que podia ter tirado uma história desse negócio – e, afinal de contas, de uns tempos para cá venho acordando de madrugada no meio desses horrores. Em Nova York andam roubando minhas idéias, conseguindo editores, sendo paparicados, fodendo a mulher do próximo, recebendo coroas de louros das mãos de venerandos poetas – enquanto me acordo nesta cama de horror, presa de um pesadelo que só a vida seria capaz de inventar. Ah, fodam-se.

NUMA ESTRANHA SALA DE ESTAR, provavelmente na Cidade do México, mas tão semelhante que dá para desconfiar que seja a mesma de um sonho que tive com minha mãe e meu pai em Lowell ou na Cidade Cinematográfica Imaginária – June (Evans) está me dizendo o nome de um grande escritor grego desconhecido, Plipias, Snipias, e contando como o pai dele fugiu com o dinheiro da família e então Plipias, que era bicha, foi morar numa ilha com o garoto que amava; e escreveu: "Eu nunca entro em greve contra o homem, por causa do amor que sinto por ele". June recomendou calorosamente esse escritor, e disse: "Pode-se passar uma hora por dia batendo boca por causa de ninharias, mas num sentido mais amplo dá pra entender o que ele quis dizer com 'nunca entrar em greve contra o homem'". Enquanto isso me preparo para ir ao banheiro, mas "Bull" já está lá – não fez nenhum comentário.

CAVOUCANDO NO PORÃO DESSA MULHER para plantar, ou transplantar, minha maconha – embaixo de um montão de papéis (apenas um minuto antes passava em revista as minhas coisas, num imenso quarto novo) – um punhado de elásticos etc., e cavoucando a imundície para fazer um canteiro, mas, ao perceber como era fundo o buraco sob aqueles refugos, pensei: "Quanto mais velho se fica, mais fundo o porão se transforma, como se fosse túmulo – o porão da gente vai se assemelhando a uma sepultura". Não resta dúvida que havia um buraco à esquerda – que mais posso dizer?

Eu estava vasculhando, à cata de histórias e papel – pouco antes andava por uma sala, trabalhando de secretário para um sujeito, um farsante, um impostor

– e genial cabeça vigarista de uma revista ordinária e mal-intencionada. Minha mãe veio me visitar como se eu estivesse na cadeia. Virei para o outro lado da cama, do beliche, interessado nessas coisas.

TERRÍVEIS DISCUSSÕES EM CHICAGO – com jovens marinheiros e Deni Bleu, dentro de um carro, parece Boston – andando pra cima e pra baixo com brilhantes sinais de trânsito – detido por guardas, o mais moço dos rapazes atira duas garrafas de cerveja pela janela, espatifando com elas. "Desgraçado!", praguejamos. Revisto os bolsos, mas só acho uma camisinha. Os guardas, porém, encontram um baseado e já me preparo pra explicar que não passa de tomilho, ou *Cu-Babs,* o que de fato é – o tomilho não tem nenhum valor, mas dá para desconfiar – um guarda à paisana, disfarçado de motorista de táxi, me faz esticar a língua para verificar os *Cu-Babs,* obedeço, gesticula como se fosse me esbofetear, mas desiste. Escutamos no rádio um programa do grande sindicato dos marítimos, com aquele bobalhão irônico do navio *Nômade* dando risadinhas no ar – também fazendo discursos inflamados em prol do sindicato – Deni sorumbático como sempre – esgotado como sempre.

Então reaparece o velho sonho com as colinas de Frisco, mas ainda relacionado com a Bunker Hill do cavalo branco, embora não tenha se repetido desde que voltei, efetivamente, a São Francisco. Cody dirige o calhambeque por um bairro alto de prédios de apartamentos suntuosos (maneja o acelerador manual sem esforço aparente do braço) – está me dizendo alguma coisa desagradável, tudo agora é desagradável, todo mundo quer que eu dê dinheiro ou me utilizar como influência, a amabilidade desapareceu. Cody tem uma expressão mortificada, antipática, casmurra. O calhambeque me lembra o que deixei estacionado na semana passada numa rua tranqüila de Ozone Park, um amigo do peito dormindo ao volante e um cara começou a nos dar tiros de espingarda da janela de um sobrado calabrês encoberto por árvores e mergulhei na sarjeta, rangendo os dentes com a sensação de ter sido atingido por alguma bala, mas não acertou – depois saio correndo pela rua afora, ele se pára a atirar deliberadamente contra mim (o primeiro tiro foi disparado contra uma mulher parecida com June Ogilvie que passava pela calçada) – agora faz pontaria contra *mim* – corro – estou em lágrimas e apavorado de ver que quer me pegar – o calhambeque é meu – ele dá um salto: "agora vai querer roubar o meu caminhão!" Solto um gemido: "Que mundo mais filho da puta!" E o meu amigo não se mexe de trás do volante – será que foi porque morreu com o primeiro tiro? Era Don Jackson, da Cidade do México – me arrependo de ter deixado as chaves no carro – andei dirigindo sem parar, desde aquela estação ferroviária fantasmagórica na cidade chuvosa. O louco atirou de novo. Eu estava naquele Ozone Park onde às vezes à noite passo de ônibus por uma vasta avenida para ir à casa de pequeno alpendre de minha mãe – completamente aturdido, espantado com os mortos – perdido perdido perdido na eternidade infinita da nossa condenação.

ONTEM DE NOITE MEU PAI VOLTOU A LOWELL – Oh Senhor, que vida mais mal-assombrada – e não estava interessado em quase nada. Não pára de voltar a Lowell nesse sonho, não é mais dono da loja, nem sequer tem emprego. Consta que alguns amigos fantasmas querem ajudá-lo, procurando se valer de relações, tem várias, principalmente entre os velhotes tranqüilos, insaciáveis – mas se sente fraco e, ademais, não vai viver muito tempo, portanto não faz diferença. Entusiasmo, lágrimas, discussões, está tudo acabado, só resta a palidez, não liga mais para nada – tem um ar perdido e distante. Nós o avistamos num café, do outro lado da rua, em frente ao Paige, não ao Waldorf. Mal fala comigo. Quase sempre é minha mãe que toca no assunto: "Ah pois é, *ah bien,* ele *vivra pas longtemps cette fois-ci!"* – "não vai viver muito *desta vez!"* – ela não muda – apesar de também se compadecer da mudança que se operou nele – mas, ah santo Deus, esta vida mal-assombrada em que continuo confiando, a despeito de todos os indícios, que ele, afinal, vai ficar vivo, muito embora eu não só saiba que está doente como também que é um sonho e que ele já morreu na vida real – APESAR DE TUDO ISSO – fico preocupado... (Quando estava escrevendo *Town and the City,* eu queria dizer "Peter se preocupava tanto que embranqueceu", porque a tristeza atormentada que sinto nesses sonhos *é branca.*) Talvez meu pai esteja sentado tranqüilamente numa poltrona enquanto conversamos. Casualmente veio lá do centro da cidade para descansar um pouco, mas não é que costume passar muito tempo em casa, apenas não dispõe de outro lugar para ir por enquanto – na realidade passa o dia inteiro no salão de bilhar – lê um pouco o jornal – ele próprio não sente muita vontade de viver por mais tempo – a questão é essa. Está tão diferente do que era na vida real – na vida mal-assombrada acho que agora vejo sua verdadeira alma – parecida com a minha – a vida não significa nada para ele – ou então estou me confundindo com meu pai e este que vejo sou eu (principalmente nos sonhos com Frisco) – mas é meu pai, o gordo grandão, só que frágil e pálido, mas tão misterioso e nada Kerouac – mas será que sou eu? Vida mal-assombrada, vida mal-assombrada – e tudo isso acontece a poucos palmos de distância do sonho cercado por nuvens de 1946 que me salvou a alma (a ponte do outro lado da ACM, a dez quadras do "café"...). Ah porra, puta que pariu...

NÃO QUERIAM ME DEIXAR TRABALHAR NO navio, apesar de que acabava de partir do cais do rio setentrional onde Joe e eu passeamos tantas vezes – um lugar cinzento, horrível – vacilante, lembrando um cortiço, com o "reformatório de Julien", como apelidei um determinado pardieiro, estranho e árabe, onde minha mãe e eu ficávamos parados, em pé, no tombadilho do navio de guerra naquele famoso sonho com os caranguejos das toalhas de rosto flutuando na água que Hubbard analisou em 1945 – estou no meu alojamento, já estamos em pleno mar, me sinto só, péssimo, perdido num labirinto de salas recém-pintadas, armários e beliches, preocupado com o mar gélido e cinzento, e os oficiais entraram para examinar meus documentos, e o chefe, que é jovem, sorri – chamo ele de sargento, me esquecendo de tratá-lo de senhor – "Você não pode viajar sem um documento assim e assado", diz, com sorriso incrédulo. "Vai ter que fazer esta viagem, mas não pode trabalhar" – eu tinha ajudado nas filas do porto apinhado de gente – para falar a verdade, subi a bordo à última hora, quando o navio já se deslocava no meio do canal lotado, podia ver a chaminé passando por cima dos telhados – nem sei explicar como consegui embarcar, voltava de um baile fantasmagórico em lugares descomunais como a Torre da Cidade Portuária do México, embaralhando a cara de todo mundo. Ah, pobre menino John Kerouac mal-assombrado, mal sabia que ia embarcar num interminável e triste sonho...

O rio de alcatrão se cobre de fumaça, o pardal bate as asas delicadas.

DE REPENTE ESTOU TRABALHANDO NA ESTRADA DE FERRO, como venho fazendo, só agora me dou conta, há *anos,* em sonhos com a ferrovia Barrostook Crock & Crane que percorre a costa do leste e oeste, de Lowell até a estação de Lynn e outros lugares semelhantes, ao longo de um terreno seco e árido, quase mexicano, com lamentáveis barracos de guarda-freios, o caminho para alguma Boston total – agora já estou praticamente na Califórnia e Cody e meu pai se fundem numa única imagem Paterna de Acusação que se mostra furiosa comigo porque perdi o trem local, o meu cargueiro, me fodi todo com a Imagem Materna pelo caminho, fiz alguma criancice (o garotinho escrevendo no quarto) e detive estradas de ferro de adultos – por fim chego aos trilhos, mas o trem de carga passa tão depressa que a essa altura sinto medo de tentar pegá-lo andando – papai-Cody, cheio de fuligem, já está trabalhando, pode ter se ferrado todo numa noite de tragédia, mas, puta merda, quando é hora de trabalhar, a gente trabalha, porra. Tem também a cara indignada dos marujos a bordo, eu todo encolhido perto do poço das batatas – W. C. Fields de macacão de agulheiro ao lado dos trilhos, os guarda-freios feito bonequinhos saltando para dentro do trem rápido. Fico tateando a minha própria tristeza – apalpando o meu próprio mamilo entorpecido.

TENHO UMA RELAÇÃO QUE DURA A NOITE inteira com uma mulher que deve ser Marlene Dietrich – "dá pra ver por causa da boca" – mas outras pessoas duvidam que seja ela, embora eu acredite ou insista em acreditar que é. Vou até um estacionamento e digo ao proprietário dos carros usados que Marlene é minha namorada – fica situado em Bridge Street, Lowell, defronte ao grande armazém cor de cinza. Lá, me mostram uma revista *Life* com três grandes páginas de fotos minhas em capa de chuva (bronzeado, de terno sob medida), apresentado como um "escritor solitário na tristeza", fotografado de vários ângulos – cabelo escuro, taciturno, rosto marcado – fico desgostoso porque preferia que fossem tiradas de mais perto e também porque nem sabia que tinham batido essas fotos – decerto por Marlene – a *boca,* a chave da identidade dela, estava tragicamente retorcida e quase dentuça, que nem a de Bill Wagstrom na Cidade do México ou a do sujeito dos carros usados em Rocky Mount (era um homenzarrão de chapéu panamá) (no sonho) e a da mulher do "Shorty" em Easonburg, e, de certo modo, a de Nina Foch, embora não seja retorcida, mas como a da Marlene da vida real.

UM ACAMPAMENTO DE "SUBTERRÂNEOS" quase provincianos *(hipsters* de Monterrey) ao redor de uma fogueira. Pesseguinho*, etc. Estou junto com eles, mas já pronto para pôr o pé na estrada (o trânsito noturno) rumo ao Canadá, para voltar para lá e para aquela mobília desbotada dos anos 20 (o triste terço da tarde), cenas de minha infância onde aparece minha mãe – é uma viagem longa, melancólica, começo a andar, mas volto para dizer uma coisa, ninguém liga, tem um gato na estrada, senti de leve a Imortalidade nesse sonho – o capítulo inicial do verdadeiro "On the Road".

UMA LONGA VIAGEM À CIDADE DO MÉXICO. Largo o meu trabalho na ferrovia da Califórnia sem sequer ter começado (que nem fiz com o da Carolina) e no caminho me vejo no meio de casas e ruelas imundas, como não se vê mais hoje em dia, quando todo mundo anda três quilômetros de automóvel pela larga estrada deserta para fazer o que antes se fazia apenas atravessando rapidamente a rua. Gravo entrevistas bobas com Eisenhower, ele se mostra condescendente, mas no fundo é simpático, se diverte e não se importa de deixar essas declarações simplórias para a posteridade, ao contrário dos políticos na vida real. Chego na Cidade do México, com Guy Green, vou à casa de Hubbard, ligo na tomada a minha nova eletrola de elepês e toco a gravação para Guy – ele é o próprio Eisenhower. Ouve, curte e acha graça – mas a porta é escancarada com violência e Hubbard entra cambaleando, caindo de bêbado. Peço-lhe "desculpas" por invadir a casa sem ser convidado, "comprei esta eletrola nova e estou cheio

---

* Personagem feminino sem identificação, que reaparece diversas vezes. (N. do T.)

da nota" – como se dissesse *não fica agradecido por eu estar aqui?* – mas ele cambaleia de um lado para outro, se limitando a fazer observações corrosivas, cospe no chão, vai para o quarto e cada vez que Guy (que me ouviu alardear tanto a sua grandeza) tenta falar com ele, "Bull" se mantém num silêncio de pedra, pelo visto de propósito, sem a menor consideração, o que é terrível, porque pressentiu que preparei Guy para conhecê-lo e finge que não sabe, ficando calado com a sombra de um sorriso na boca. Enraiveço, nunca mais quero ter nada a ver com ele tampouco, novas paranóias me acompanham em cada fim de viagem, inclusive me sinto culpado, burro e imprevidente por ter desistido tão cedo daquele trabalho na ferrovia, agora estou fodido, fechei todas as saídas que me permitiriam uma retirada, por todos os séculos e áridos séculos, amém. Antes disso meu pai tinha regressado a West Street, mas agora também como ébrio, sem responder, mandando todo mundo à merda – intratável como criança mimada – e eu, ao lado de minha mãe, sou a fantasmagoria perdida de um 4 de julho, uma feroz posição crítica em relação a ele, fogos de artifício na First Street, acontecimentos indefiníveis acenando pela rua em direção à casa de Joe em Bunker Hill e continuando até o centro de Centralville – os caramanchões de rosa no alpendre, a lúgubre luz da casa feito a que havia lá no Cody – a mulher que era da polícia – o trilho oval – o sonho infantil com mariposas – o Celta Místico está muito longe de desabrochar, preso por nó eslávico em torno da faixa Felá do mundo, a primavera aramaica empurra para baixo da terra as Américas Férreas de Felá...

SONHEI QUE ESTAVA NUMA ESPÉCIE DE ROMARIA espinhosa em companhia de um homem e de uma mulher numa região árida da Mongólia e quando chegamos (de novo) à cidade felá (do sonho com a agitação felá) que tinha a cor de cinza e o desolamento de uma fábrica de cimento, falei: "Aqui na cidade de vocês, no entanto, eu poderia bancar o prisioneiro – e de fato, na realidade, é o que sou, de acordo com as circunstâncias..." "É, não há dúvida", concordaram, inocentemente, satisfeitos, sobretudo a mulher – poderiam ser mongóis. Eu andava pelo chão, de rifle na mão, a coronha virada para baixo, como convém a um prisioneiro, e os dois em cima do veículo ou animal de nossa viagem – da geringonça que nos transportara pelas planícies. Eu, no íntimo, não confiava na alegria deles. Havíamos iniciado uma romaria cristã e agora estavam permitindo que seus pensamentos fossem influenciados por questões de guerra – mas no fim terminei confiando em ambos.

DE REPENTE UM GRUPO INTEIRO NOSSO COMEÇOU A RETIRAR A MOBÍLIA de uma casa, mas com o mesmo comportamento de uma turma de serviço trocando vagões fechados de mercadorias e andando com os carros-freios por isso o encarregado das etiquetas me diz: "Leva aquele ali" e contém uma mesinha de centro, lustrosa, de mogno, que empurro por cima do piso liso de madeira até uma peça à direita (feito até o Trilho 2), e é um quarto de dormir, as relações que se estabelecem entre nós são meio infantis, em certo sentido somos prisioneiros, ou crianças, e inocentes, mas cometemos algum erro no passado. O cenário é uma loucura, com possibilidades de cenas bem recentes, o Círculo do México (as casas do parque Orizaba ao redor de um doce lago noturno, luzes nas janelas), o garoto louro do 88 (parecido com Willie) e a nova terra dos felás.

TIVE O SONHO TOLSTOIANO, um grande filme, com o herói oficial Bolkonsky-Boldieu, constrangido pelas circunstâncias a se retirar acintosamente de um baile militar onde ocorrem brigas e, conseqüentemente, a se trair, e todos gritam feito russos, fazendo brindes, e o prendem na mesma hora e ele se mostra indignado e categórico. A todas essas recomendam que eu observe a qualidade excepcional da atuação do "camponês" – o velho herói felá – que está de farda de cossaco – entra um soldado no estranho quarto dele para prendê-lo, o camponês fica simplesmente ali, parado – e me dá a sensação de que não apenas eu, mas também meu pai assiste a esse filme, que está passando no Apolo da rua 42 e se parece com o grande capítulo extraviado do Pai Perdido de hoje – lógico que é *de Town and the City,* já esgotado, e me lembro das alegrias, forças e conhecimentos que tinha antes da "erva", benza Deus a pureza dos Martins, os Kerouacs de minha alma, ainda insatisfeita – todos nós temos que ver como o camponês enfrenta a situação. Arranca a arma da mão do soldado, de jeito engraçado, com um comentário enigmático, neutro, e aponta ela para o chão, fazendo uma careta. O soldado está perplexo com esse compatriota camponês – a platéia ri, com lágrimas esperançosas nos olhos: é o grande filme tolstoiano.

O camponês tem cabeça grande, e coberta por um vasto chapelão, e uma tristeza imensa no semblante, tal como o oficial revela intensa revolta no seu.

NUMA ESTRADA DE FERRO OU MÁQUINA DE viajar em cima de trilhos, ou simplesmente de voar por trilhos espaciais, vejo a Califórnia noturna pelo caminho, uma leva de forçados composta por vadios e beberrões que nem na Rua 3 e fisionomias de americanos comuns, porém vermelhos de bebida, feito o chefe-de-trem Fields. Estão acorrentados, e guardas gordos e sádicos mantêm todos completamente doentes e trêmulos. Vejo que empurram e maltratam só para se divertirem, mas de maneira vaga, na escuridão, e ouço nitidamente uma verdadeira gritaria: "Você ganhou! Você ganhou!" pois, pelo visto, um guarda torturava algum pobre-diabo bem na hora em que ouvi esses gritos. Sinto náusea. Apenas dois quarteirões mais adiante, onde há carros estacionados numa ladeira, como nas cidades da região do trigo do Meio-Oeste, mas na estrada da Califórnia toda rosada de anúncios luminosos, vejo duas lutas de pugilato em que meninos bem pequeninhos, com adultos assistindo, brigam no meio dos carros – garotos e menininhos, é a Máquina em toda a sua glória. Acordo horrorizado. Pesadelo é paranóia.

OUTRO SONHO TRISTÍSSIMO COM O "NOBRE indignado" do grande filme tolstoiano. Ei-lo em plena vida doméstica, numa casa situada nas estranhas New Havens dos caminhoneiros, ou seja lá onde for dos sonhos antigos, em que vive com a família, principalmente com um lindo filho bem claro, escandinavo, "como o filho do cientista de Kansas, de cabelo louro, o reivindicador de terras" (um que pegava caronas em agosto de 1952). Todo mundo quer beijá-lo, menos eu; ficam beijando aqueles lábios eróticos e rosados, o Nobre (de certo modo parecido com "Bull") mostra uma volúpia toda especial em esperar pela sua vez de beijar o garoto – a exemplo de Hubbard, é tão "bicha quanto o dia é longo" – aliás, na mesma hora tenho uma visão de "Bull" se revelando como um velho libidinoso bem-humorado, sem nenhuma idéia na cabeça – só "esperando pelos beijos túmidos" dos Lábios-de-Arco-Íris – sendo que "Bull" entrou muito antes no sonho, mas, não sei por quê, na mesma casa, que tem uma porção de móveis marrons estofados demais, sombrios e, para mim, bonitos – aliás, converso sobre o assunto com alguém, estamos sentados, enquanto acontece uma série de outras coisas no resto da casa – toda fantasmagórica e quase um barco, de novo – mas decididamente situada "no Maine" – ou nas junções próximas de um Kansas tremendo de tão embelezado, com espetáculos secundários de ciganos felás perto da rodovia principal, lá pelo México, que nem rua imunda como perto do rastro na casa de Dave, os carros chispam para leste e oeste sob céus imensos e brancorradiantes, o México fica ali pelo "Sul" (como na geografia) – a casa está situada à direita, num cômoro; de repente, quando paramos na frente (tia Whozoo está lá dentro), o carro, comigo, meu pai, o Nobre e um motorista, é cercado por um bando de homens que querem nos dar uma surra – abrem a porta, me dizem: "Sai!" – penso em sair voando, numa fúria selvagem, esmurrando rostos, depois me lembro do coitado do papai sentado a meu lado no banco de trás – será que vão bater neste pobre velho doente? (Quando acordei, implorava: "Vocês não podem surrar o meu pai! Ele está com câncer!") Mas não me dão atenção, qualquer coisa que o Nobre fez tornou-os implacáveis em seus propósitos, pouco se importam com personalidades e pais, bem na hora de acordar prevejo que serei chutado, surrado e provavelmente morto, mas, não sei como, o Nobre – não, ele também vai ser morto e surrado, acho eu – o idiota fez alguma coisa – meu pai não diz nada – Ah, o que será que está acontecendo com o mundo! – que agora os homens vêm pra nos dar uma surra! – o que dirão as mulheres horrorizadas na janela? Onde está aquela criança linda? o anjo? Sonhei tudo isso no Hotel Camafeu.

IMENSAS EPOPÉIAS A NOITE INTEIRA, pesadelos fantásticos, pormenorizados, em que perco duas vezes as calças e sou procurado pela polícia como tarado sexual por andar fazendo tantas coisas com rapazes e moças do curso secundário a ponto de perder as calças. Falo todo nervoso com eles, usando uma echarpe diáfana na coxa – que horror, virei uma estranha bicha santa e exuberante, sem a menor explicação. Da primeira vez que estou pegando um trem de passageiros local, ele vai cortando o território alvo e radiante, apinhado de colegiais que vão estudar noutra cidade. Já passei a noite inteira fazendo alguma sacanagem, às voltas com pirralhos do mesmo jeito que na espelunca de Chicago sonhada no Exército de Salvação de Greensboro. Entro no trem como se fosse uma espécie de guarda-freios, mas, não sei como, perdi as calças. Procuro dissimular, mas o pano ou echarpe continua escorregando para mostrar a minha coxa, não estou de pau duro, torço para que ninguém perceba – é "tal e qual" o sonho miserável de cinco noites atrás. A mulher de Waldo Walters está junto comigo no vagão de alojamento, que coisa mais louca, conversamos animados e íntimos e de repente, exatamente quando vai me mostrar o que realmente interessa, entra Waldo e, no mesmo instante, a saia dela se abre para revelar um pauzinho minúsculo que, no entanto, insisto, é "de mulher" – uma mulher com pau, que mal tem? – e Waldo interpreta o que estávamos fazendo "de maneira errada", não tínhamos "nenhuma intenção sexual" – do mesmo modo, o meu pauzinho aparece e encabulo, procuro esconder as minhas coxas leitosas e glabras – não sei como, entro no pátio de uma grande escola esquecida, como o Horace Mann dos meus sonhos, só que localizada na radiante terra da Nova Inglaterra na Califórnia, e sempre sem calças continuo a fazer planos para recuperá-las, e alguns pirralhos me enxergam das janelas das salas de aula (feito as da Policlínica de Queens, que ficavam numa parede cor de laranja que conservava a mancha de pó em torno de um imenso retrato retirado dali, a moldura do meu diploma, do meu irmão ou da minha mãe, já não me lembro mais, ou então de mim mesmo) – os professores se aborrecem, chamam a polícia (toda a conversa, os detalhes nos escapam para sempre!) – me esgueiro pelos cantos, à procura das calças. De repente, numa casa gigantesca, cujo teto se perde de vista lá no alto, tenho todos os meus poemas, manuscritos, repletos de sexo, uma loucura, reveladores, espalhados por tudo quanto é lugar, no meio de discos e livros, e um grupo completo de estudantes secundários junto comigo, rindo das minhas palhaçadas e da descrição que faço da perda das minhas calças, mas agora já sabem que sou doido e me cumulam de pilhérias cruéis, os guardas vêm vindo, dou um jeito de ir até lá embaixo para recuperar os manuscritos comprometedores, "não faz barulho", recomendo a Emil Ladeau, "a mulher que mora lá em cima é capaz de ouvir!" – levantamos os olhos e lá está a pobre e inofensiva Mrs. Garden na janela do 4º andar!!!!!! – (uma vez injuriei Emil Ladeau por causa do seu nariz, naquele sonho com a oficina de John Mac Dougald) – Mrs. Garden não vai dizer nada, tenho tempo de sobra – "Foi horrível, da última vez que isto aconteceu aqui, também estava sem calças, os guardas naturalmente andam à minha procura, é *o segundo delito que cometo*", digo – e mil outras coisas malucas e barulhentas. Sinto o mesmo terror que senti naquele sonho antigo da Henry Street, onde matei alguém ou servi de testemunha, e escondi um manuscrito comprometedor na lata de lixo – era cor-de-rosa, que nem lagostas, toalhas e paredes de hospitais. Ainda ontem estava com remorsos por ter escrito *Doctor Sax* e *On the Road,* me sentindo idiota, envergonhado e culpado por produzir enormidades, dignas de hospício, de uma prosa desvairada, impublicável e sempre rejeitada pelos editores. Ah, vem com o papai, vem – as secundaristas eram cruéis, os rapazes também – que culpa eu tinha de perder as calças, não sei como me sumiram na ponte da Aiken Street – tão assustadora, a gente passa por cima de cabos estreitos, e é vasta como o mundo. No fim, estou olhando do alto de uma janela de casa de cômodos, feito a água-furtada dostoievskiana de Julien, ou os sótãos onde morava o George Jessel na extremidade leste mais distante de Nova York. Todas as crianças brincam no telhado em frente, existem redes estendidas sobre o pátio para pegar as que caem, e quando isso acontece as outras se limitam a sorrir – a que cai fica chorando na rede – *eu avisei que era cruel* – as mães nem dão bola – "por que não vão brincar na calçada?" pergunto – "não tem lugar, a civilização agora está muito espalhada". A culpa não passa de sonho, a compaixão é a única realidade...

UMA TREMENDA EPOPÉIA FAMILIAR OCORRE num imenso apartamento de andar alto à beira-mar, o mesmo mar dos grandes vagalhões e das batalhas marítimas. Tem garotinhas inteligentes, bem no início da epopéia, numa sala muito espaçosa. Depois de qualquer coisa a ver com a Garota da Sala Espaçosa, Halvar Hayes pega um gatinho pelo pescoço para estrangulá-lo, e eu e mais alguém (Joe Gavota andava por perto) tentamos tirá-lo de suas garras – "Você vai acabar sufocando este gato!", grito – e me esforço para cravar as unhas no rosto de Hal, empurrando-lhe o nariz para trás, puxando-o pelos cabelos, por tudo quanto é lugar, dando pontapé nos culhões para que solte o gatinho, mas ele não se entrega – e nós dois soqueamos, puxamos e torturamos o desgraçado, que não larga o gatinho já moribundo. O meu coração se parte em mil pedaços. E Hal tem uma espécie de coragem simplesmente deplorável. Não entendo como, de que maneira tudo acaba, as mudanças de cena são dispersivas e cinzentas no palco shakespeariano do meu cérebro sonhador – e no dia seguinte o gatinho ainda está vivo e brincando! Fico pasmo, com vontade de gritar aleluia, ressurreição – e o pobre Hal, foi torturado por nada? – aquele Judas estrangulando Jesus! ou aquele Jesus, torturado por Judas por causa de um gato quimérico! De repente a epopéia passa para o apartamento do andar alto, embaixo há subsolos com liquidações, uma verdadeira Radio City, ou Cine Paramount, uma estação de inverno freqüentada por judeus, multidões – uma porção de gente vem nos visitar, nossa mobília é suntuosa (que nem a dos Kereskys) – garotinhas vivas com cara de Margaret O'Brien – que projeto – dispomos de heranças – as crises vêm e vão – súbito, no meio de um grande coquetel comemorativo, começam a explodir as bombas de carga de profundidade na praia, dez andares abaixo (essa é a fachada do Edifício da Imprensa em Nova Inglaterra, de onde me balanço) – "as cargas de profundidade!" nós todos gritamos – "Será que não passa de piada e são só fogos de artifício?!" A maior balbúrdia – grandes rolos de fumaça preta esguicham a cada explosão de dez andares de altura. Eu e duas garotas prodígio, ou uma, já bem grandinha, mas prodígio, junto com outro herói, saímos correndo em fuga pelo corredor, mas previno: "Pegamos todas as nossas coisas de valor?" Não pegamos, não – a idéia nos faz vacilar – aí resolvemos buscar nossas preciosidades (entrando em nossos quartos, semelhantes àqueles em que perdi as calças, como se tivesse tido uma infância tolstoiana em castelos com o sol encharcando de claridade as janelas do Palácio de Versalhes, de onde se divisa o imponente arvoredo lá fora) – (perto da Andover Street de Ernie Malo), mas agora ficamos paralisados, sem saber o que salvar, enquanto os turistas, numa cena que mais parece de filme, se apressam a entrar nos elevadores. Fazemos o mesmo, de mãos vazias, e, à medida que "esmurramos" os botões do indicador de andares, um a um, para descer, me preocupo com a possibilidade de uma carga de profundidade repentinamente romper os cabos, matando nós todos. No extravio geral da família, aqui, é que nem a noite em que Gerard morreu e os parentes se puseram a berrar nos quartos da parte de cima da casa e os fogos de artifício estouravam lá fora (nossos, surrupiados e disparados pelos meus primos) – é, Nin, a jovem Nin das infâncias de antigamente é uma das garotas-prodígio, ela e eu devemos ter nos lembrado do que salvar no meio dos destroços gerais para trazer conosco para a casa dos Baileys. Quando Gerard morreu, devo ter pensado que era o fim do mundo. Sim, os turistas em pânico estão nitidamente passando, feito vendaval, pelos nossos apartamentos, um dos meus heróis da Epopéia aparentemente morreu (Hal? o gato?) e nós, os pirralhos, estamos tratando de encontrar minúsculas tábuas de salvação nas enormes detonações dos desastres do mundo adulto, aí minha triste vida de pequenas almas volta à tona...

NO CASARÃO DE LAKEVIEW AVENUE NA Noite Antiga de Centralville surge um vendedor maneiroso, mas do tipo do chefe-de-trem jovem e cheio de salamaleques, conversando comigo e esperando pela entrevista que terá com a diretora da Ferrovia do Pacífico Meridional, que incluirá Cody, e decidirá se deve ser contratado e mantido no cargo – mas está tão ansioso e triste que só posso, naturalmente, opinar que a resposta deve ser positiva, pois quem mais poderia vender melhor as amostras? E, de fato, "já vendeu uma porção e está tão entusiasmado com o trabalho – Santo Deus, por que não?" O vendedor também me faz lembrar os saudosos Jimmy Bissonnette & Emil Kerouac, franco-canadenses de Lowell, e me declaro inteiramente a seu favor, fico zanzando pela cozinha de chinelos, tal como em 1928, quando o marido de Blanche andava por lá, de polainas tão tristes – "Dê força pra ele ser contratado", digo a Cody – bem ali, ao pé da colina onde galopei faz tão pouco tempo (Bunker Hill) no corcel branco que ia para o leste. Cody, como sempre, só diz "é", "tá", embora no sonho revele um pouco mais de humanidade, feito uma garrafa de vinho não inteiramente vazia. A diretoria chega para a reunião: uma grande massa amorfa de funcionários sem nada a dizer, como Wayne Brace, e guarda-freios puxa-sacos e subservientes, sem um pingo de inteligência. A todas essas, o "vendedor maneiroso" já esteve do outro lado da rua no Asilo dos Velhos Mestres e até debateu minha personalidade com alguns dos meus antigos professores do colégio primário, um dos quais, no entanto, alegou que não se lembrava de mim porque já fazia muito tempo – "Ora" – digo eu. A diretoria se reúne... Cody não vai votar a favor nem contra, simplesmente o caso não lhe diz respeito. Brace votará *contra*, lógico, como representante da Administração; os guarda-freios seguirão seu exemplo. Não faço parte da diretoria, mas mesmo assim não vou deixar escapar a oportunidade de fazer um discurso inflamado e inesquecível, recomendando o Maneiroso, por motivos óbvios e práticos, para a Ferrovia (como pretendo demonstrar) e porque gosto dele como uma pobre criatura humana perdida na noite e faço questão de ajudá-lo – mas tudo termina sendo um sonho que sonhei acordado e dormi apenas 3 horas em dois dias de merda nesta porra de ferrovia – por mim, podem meter a América no cu, com todos os trilhos e máquinas de ferro junto. Vou voltar para a Bretanha e avisar os pescadores: "Não soltem as velas para a foz do Saint Lawrence, foi lá que vocês foram lesados – *ils vous ont joué un tour*".

CREIO QUE ERA A FESTA DO MEU ANIVERSÁRIO e, por um motivo qualquer, o meu casamento, por exemplo, fui homenageado com uma grande reunião dos componentes da minha geração. A cena se passava numa vasta casa térrea com coisas que lembram a da família Kellostone em Hildreth, quando eu tinha 5 anos, a de Iddiboy em Gershom e também a da Sarah Avenue, por causa da disposição das peças, com a cozinha virada para o lado da rua, a sala de visitas no meio, e ainda o chalezinho do outro lado do pátio com qualquer coisa de Alice Kerrigan, mas no fim não. Minha mãe anda por perto, talvez fosse a organizadora da festa, mas não vai participar para não interferir (Ah, Gaby Jean!) – coisas que lembram Nova York, naturalmente, não param de aparecer – vinho, cerveja, todos os tipos de bebida estão prontos – Jim Calabrese ficou de vir, Cody e Evelyn também, grupos de "subterrâneos", mas bem vestidos e calmos, nem sequer conheço, porém ouviram falar na festa e vieram, quase com raiva da minha fama... Watson deve estar lá, assim como Madeleine – Julien –, mas as pessoas, os amigos, são conjuntos poderosos, íntimos, em vez de realidades, pois o pobre cérebro anseia. Todo mundo chega – numa agitação controlada, suave, como convém ao início de uma festa – mas será que alguém se lembra do que eu disse: "Estava por acontecer algo que simplesmente não aconteceu?" – (Sou escritor, uma figura melancólica) – e sem o menor aviso a festa começa a perder a animação – sem risos – mau sinal – os subterrâneos se limitam a permanecer sentados, constrangidos, sem falar com ninguém – Garden está tentando entabular conversa – Cody mantém um silêncio de pedra – há gente que chega e se dispersa, quase não se vê alegria nem bebidas. Grupos dão o fora, "por um instantinho", para ir ao bar do outro lado da rua. Começa a nevar. A tristeza aumenta – não demora todo mundo percebe que a festa é um verdadeiro fiasco. Alguns rostos demonstram comiseração. Pequenos grupos se amontoam para comentar com avidez o fracasso. Moças se aproximam de mim com cara de condolências. Claro que *não estou* preocupado porque já combinei outra festinha particular no apartamento de Lionel num prédio pouco distante, e já fui e voltei de lá várias vezes, debaixo da neve, alternando com a festa "oficial". Na de Lionel tem discos, chá, algumas garotas, Danny Richman, Josephine – mas sempre esses conjuntos de partir o coração, em vez de realidades. Cody também foi e voltou dessa festinha paralela, que nem quando fazíamos o mesmo com Deni Bleu, junto com Lionel e Danny – Deni, aliás, está lá, acaba de regressar de um navio, comprou (indubitavelmente) um bocado de vinho e cerveja e está profundamente decepcionado, como sempre. Por fim quase não há mais ninguém na festa. Houve um tal silêncio e falta de comunicação entre os participantes que isso se tornou um assunto palpitante e motivo de escândalo entre o punhado de amigos mais íntimos, que foram ficando rapidamente bêbados na minha sala. Fico meio preocupado, pois todos os esforços da minha boa mãe para me oferecer uma festa de aniversário simpática foram em vão. Cody prepara cigarros de maconha na cozinha, deixa para mim e Buckle seis baseados em cima da mesa e vai embora (sem maiores comentários, isto é, não se envolve com meus problemas nem com os de qualquer outra pessoa, e eu, afinal de contas, não tenho propriamente nenhum, só estou ansioso para ouvir a opinião de Cody, que não será dada, porque, mesmo sendo parte integrante de um conjunto, perdeu o contato que tinha com julgamentos dessa espécie). – Estou parado em pé no pequeno pátio, a maioria dos convidados já se retirou, levando junto os copos de bebida. No pequeno pátio descoberto, a neve noturna caindo sobre mim, contemplo com ternura o chalezinho fechado (que nem os vizinhos lá do Cody no 1047) – e digo a Buckle, que fuma maconha: "Esta é a casinha do meu passado. Que estranho que um dos frutos que colhi depois de já adulto e bem-sucedido tenha sido esta casinha da eternidade nos fundos do meu quintal! Ah, noite espectral! Ah, neve sagrada! Estes mistérios – meu pai – que faremos nós todos?" Chego a pensar em fumar aquela maconha para curtir melhor minha casinha – os vizinhos que moram nela não estão ali de momento, um "casal de velhos" – mas não, desisto da erva, que aliena a minha alma "como já fez com a de Cody" – a casinha tem velhos beirais de pão-de-ló, marrons, uma casa de histórias da carochinha, de infâncias perdidas em algum reino do passado. – Tristonho, volto para os últimos drinques, os últimos convidados da minha festa. – Estou de sobretudo e sento numa poltrona, taciturno. – O piano, alguém toca já no encerramento, o derradeiro piano, entre copos vazios. Todo mundo se mostra arrasado ao perceber que houve gente capaz de fazer uma bagunça tão desastrada de uma festa tão fraca, não conseguindo conversar nem se comunicar, a ponto de constrangê-los a se dar conta... a geração em peso contristada... Aproxima-se de mim a morena que amei e que, de certo modo, continuo amando. É "a irmã de Jim Calabrese" ou talvez o próprio Jim Calabrese, mas "decididamente não a Marguerite", antes a Maggie Cassidy, sensual, triste, íntima. Se parece tanto também com Madeleine Watson que estremeço só de pensar nesses nomes. Diz para mim, sorumbática: "Vem, vamos passar esta manhã nalgum lugar – a festa acabou, não fica triste. Me consola".

"Te consolar?" retruco, já me sentindo mais alegre. – "Como?"

– "Simplesmente me consolando... da melhor maneira que lhe ocorrer." Me vejo logo cobrindo-a de beijos e amor. Sinto-me irremediavelmente desolado por amá-la – e agradecido – e dependente – e por causa disso me apresso a recriminar-me: "A família dela teria aprovado o nosso casamento alguns anos atrás – naquele tempo estava apaixonada por você – agora teria não só ela, mas dinheiro aos montes. Mas você pôs tudo a perder com alguma quimera a respeito de si mesmo, relacionada com tristeza e com isso tua festa ficou triste, seu idiota". Enquanto isso, June Ogilvie andou entrando e saindo da minha festa, junto com os subterrâneos, feito estranha, uma mera espectadora – conversava sobre outras coisas com eles. Mas o meu grupo mais íntimo, que inclui Madeleine, só fala de tristezas – e é um grupo magnífico. Saio com Madeleine e vamos para o cais; lá um dos pescadores, amigo dela, está parado num recanto do trapiche, bonito, musculoso, com braços compridos, esquisitos – pega ela pelos pulsos e empurra de encontro à parede, beijando-a demoradamente. Ela estende a mão para mim e eu, a princípio, encaro com horror esse "consolo" que busca, mas o que ela quer é a garrafa de vinho do Porto que levo debaixo do braço – toma um gole no gargalo, encostada na parede, a buceta ameaçada – estou espantado – parece, inclusive que conheço esse cara e no entanto, lógico, sinto ciúme – um minuto depois também experimento empurrá-la contra a parede, para dar-lhe um beijo como aquele, sobretudo porque vai estar macia e entregue, exatamente como fez com ele, mas resiste, vira o rosto e termino apalpando-lhe a face para um beijo perdido ("Vai à merda com os teus sonhos!" diz Evelyn). Tenho até medo de perguntar o que quer como "consolo" e de certo modo também delatei o seu pedido. – Esse é o papel de Maggie Cassidy – a dos pais ricos era o de Marguerite Calabrese. –

De volta à festa, já noutro dia, a casa se transformou em escritório comercial, todas as pessoas trabalham em escrivaninhas, deve ser segunda-feira de manhã, um céu de chumbo pesa sobre as janelas, é como se a enfermaria do hospital em Kingsbridge servisse de cenário (dando vista para Nova York) (em "Albany"). A minha mesa fica na ponta norte, que nem minha cama. A de Wallington é ao sul disso, onde estava o negro Johnson e também a agonizante Mrs. Kaiser. Participantes da festa andam pra lá e pra cá, mas agora todos entretidos com o trabalho. Há brochuras, pastas de arquivo – números de revista – Madeleine faz uma porção de coisas, já não está tão morena, trabalhando, menos sensual – acontecimentos misteriosos. Até os subterrâneos entram e saem do corredor oeste com papéis na mão. Mas Wallington fala calmamente, sem parar, ou dita, em sua mesa, e não parece nada atrapalhado – como fiquei na minha – ouço ele dizer: "Temos que trabalhar com amor ou desistir de tudo". Também vejo estas palavras confiantes impressas na brochura que tenho nas mãos – "NÓS TODOS PRECISAMOS TRABALHAR COM AMOR E MAIS NADA" – com amor. POR amor AMOR – ele está pregando essa coisa estranhíssima num solene escritório de negócios e nem sequer encabula, agora, de repente, reconheço que é um grande homem, um santo, mostra-se resoluto e quase alucinado em sua insistência – e especialmente por causa de minha festa, que deu ímpeto à convicção dele, e todo mundo já sabe – O Grande Wallington Pregando Amor no meio de todos, lá da sua mesa no nosso escritório – mas no fundo temos certeza que as autoridades não darão ouvidos, Wally já é uma espécie de maníaco na sua campanha pelo "Amor", mas me sinto comovido, e acordo em plena noite cheio de pasmo e compreensão.

AQUELA LOURA MARAVILHOSA DANÇANDO de seios de fora num palco dourado perante a platéia apática de Charlotte, na Carolina do Norte, aquela beleza que lembra a Za Za – a certa altura começou a levantar a calcinha e a gente podia ver os pêlos castanhos do monte de Vênus aparecendo entre as coxas roliças que agita de forma tão sensual. Velhotas começam a se retirar do teatro, tomadas de exaltação cívica, por fim até rapazes se levantam e se põem a fazer comício entre as fileiras de poltronas e chego a escutar um deles clamando por um comitê, uma corda, um linchamento – o vozerio aumenta – a loura não pára de dançar, os seios enormes, macios, bulbosos e brancos, com mamilos rosa pálidos sacudindo ao clarão dourado das luzes do proscênio.

Comecei a gritar: "Parem com este furor, esta mulher é linda – olhem e aproveitem o espetáculo – não interessa os linchamentos e leis de vocês – é só pra *isso* que vocês ligam? Olhem aí, a vida e o amor bem na cara de vocês, aproveitem até a última gota enquanto puderem – além do mais, não vão querer prejudicar uma mulher tão simpática assim". Ninguém presta atenção; sulistas indignados vociferam com aquele sotaque característico e parece que nunca imaginei que pudessem ser tão inexplicavelmente canalhas e organizados nesse sentido – há levas de gente abandonando o teatro. Corro à porta dos bastidores, saio atrás da loura que já está de calças azuis e se apressa a pegar o ônibus de sacola de viagem na mão – atravessando um campo nos fundos do teatro, que é de lona – sacudindo a cabeça e dizendo para mim: "Bom, acho que não me saí bem aqui em Charlotte – minha próxima apresentação é em Elmira – faz um mês que excursiono com este número – teve boa renda em Newark" e assim por diante, com seriedade e "inocência" de artista profissional – ingênua quanto a questões do mundo real, político – e é baixinha, meu Deus, tão alta, escultural e exuberante no palco, e aqui fora uma lourinha de espírito prático, que só pensa em espetáculos, caminhando apressada de calça comprida – e depressa, tão depressa, que mal consigo alcançá-la...

DE REPENTE VISITO DE NOVO SELMA, Califórnia, cenário das minhas colheitas de algodão em 1947, quando morava numa barraca com Bea e a criança – mas os algodoais agora estão cobertos de edifícios, uma estranha mercearia marrom – vagões de alojamento rolando nos trilhos, amplos como casas de verdade, com as luzes acesas, víveres nas prateleiras – para "uso" dos empregados das cabines. Passo pelo meio dessa desordem, entro numa loja, uma morena linda e provocante se vira para o pai e diz: "Está vendo? Tudo quanto é homem fica caidinho por mim" – isso depois que lhe lanço um olhar de apreciação e comento qualquer coisa.

– Está bem, Irene – retruca o pai, magro, com ar de agricultor resignado.

Sento no banco fixo diante da mesa, esperando que me atendam. Percebo que é "Irene Wrightsman" e o pai, "o milionário de petróleo" do mesmo nome – me dou conta de que ela pode me tornar rico.

– Conhece fulano de tal? – me pergunta. – Primo de beltrano?

– Claro, aquele que...

– Aquele primo vai herdar um milhão em poços de petróleo... (coisa que já sabia).

Começo a acordar e a me esquecer de tudo a respeito do seu sexo, especulando, comigo e com eles, sobre os tais milhões – (batem na porta, é a ferrovia que me chama).

E nesse mesmo dia vejo pela primeira vez uma casa pré-fabricada marrom, em estilo de fazenda espanhola, que descem do vagão, por cima de rodas, em San Mateo – bem no meio da estrada – e comento o sonho com o guarda-freios Neal McGee, que ri e diz: "Puxa, que *pesadelo* não deve ter sido!"

QUERIA ROUBAR UM SUÉTER DE LÃ COR-DE-ROSA do balcão externo da loja de um judeu em frente ao parque – bem no lugar onde eu estava quando enxerguei o garoto com o cavalo fujão, de rédeas soltas – New Haven, mas também a Chicago dos parques – e no momento exato em que despertei percebi que era apenas a verdadeira Frisco, e o parque, nada mais que um acréscimo bostoniano – porém agarrei o suéter, tal e qual se faz com uma lata de Spam numa mercearia, tentei dobrar embaixo do paletó, ou do braço, saí caminhando com ar despreocupado no meio do trânsito-digno-de-Montreal do parque, mas ao acordar tive impressão de que ele me viu e que também não passava de um sonho – sonhei, de olhos abertos, que estava roubando – cor-de-rosa, de lã, nem sequer preciso de suéter, o de Edna também era cor-de-rosa, durante algum tempo usei um de caxemira vermelha (onde?) – (quando?) – (Barbara Dale em Greenwich Village). O que eu queria é a segurança típica da classe média de andar com suéter de lã cor-de-rosa.

A MINHA POBRE E TRISTE MÃE ANGIE TENTA descer de um vagão miserável, assisto à cena de longe, vem carregada de embrulhos, me "seguiu pela estrada de ferro", fica difícil para ela saltar do degrau alto, mas consegue, apesar da velhice das pernas. Como parece baixa, atarracada, tristonha – há quanto tempo sofrendo e agora, nestes últimos anos cansados, tem que me "seguir pela estrada de ferro". Por fim, depois de uma série de "movimentos", de noite, está parada junto da agulha de um desvio, o trabalho por hoje terminou – tem um aspecto tão exausto, velha, de cabelos brancos e agora finalmente cansada, muito mais pesada, mais lenta, não mais esfuziante. Meu coração se confrange quando diz: "Usa *ton point, Jean* – não caminha com as tuas pobres pernas – usa – e volta pra casa". Pretendo "usar *mon point*" na direção oposta, isso será o final do meu dia de trabalho, agora vamos descansar – demos um duro danado – meu coração se confrange, meu Deus, com esta mulher triste e solitária que me destes como origem e com o pobre uso que fez da palavra "poin", tão usada em estradas de ferro, com aquele sotaque franco-canadense, tristemente, como se estivesse falando com uma criança de colo – tendo que recorrer a esse áspero vocábulo agrícola sob o peso das circunstâncias mais ásperas e inóspitas da terra. Ah, Senhor, salva a coitada – me salva – ela é o meu Anjo e a minha Verdade. Porque senti tanta pena quando pronunciou "poam" – a maneira franco-canadense de usar o inglês para expressar humildade – significados – quem não é franco-canadense não entende uma coisa dessas.

O SONHO MAIS INCRÍVEL E *BEAT* deste mundo, fica perto da igreja de Santa Rita, naquela rua que sai da Moody, mas enquanto minha mãe, minha irmã Nin e eu viajamos pela Mammoth Road numa espécie de trem, aparece uma mulher correndo, aos gritos: "Quero ver Dinah Shore!" – Ela, a Dinah, mora pouco mais adiante na mesma rua, bem no lugar daquela escola primária – numa casa – tem um jipe ou conversível "amarelo-canário", que aponto para a tal moça, dizendo: "Aquela ali é a casa dela, a Olivia de Havilland tem um carro amarelo-canário" (confundindo os nomes). Minha mãe e minha irmã acompanham a mulher: mas fico para trás, subitamente transplantado para a casa de Sarah Avenue. É domingo, sou o irmão boêmio de 30 anos, o vagabundo da família. "Dinah Shore" está parada na frente de sua casa e percebendo que encaminhei a caçadora de autógrafos para lá diz, me olhando friamente de um jeito "cerimonioso" ou "cortês pelos padrões de Hollywood": "Não quer entrar junto conosco?" (para uma visita em que tudo estaria fora de foco). "Não, não, estou muito ocupado" – mas logo notam que vou acabar cedendo e já comecei a calcular, de cabeça, as vantagens que terei conhecendo "Olivia de Havilland". Então entrego os pontos, mas de uma forma bem óbvia e *beat,* e todos nós entramos. "Sou romancista", vou logo anunciando, "você deveria ler o meu livro", digo para a dona da casa. "Seu marido também é escritor – e um grande escritor, Marcus Goodrich." Aí, a persistente crença fictícia que tenho de que Dinah Shore é de fato Olivia de Havilland acaba se desfazendo nesse ponto e continuo: "Ah claro, sem dúvida, sim, você é Dinah Shore, que tenho a mania de confundir com a Olivia de Havilland" – mas isso é dito de um modo tão desajeitado – e não fiz a barba e cá estou, na sala de visitas dela, que se mostra friamente solícita, pareço um Major Hoople mais magro e mais jovem, que realmente saboreou um gostinho de sucesso no início, mas depois perdeu e voltou para casa para morar com a mãe e a irmã, mas continua "escrevendo" e bancando o "autor" – naquela ruazinha. Mas agora minha irmã percebe que a emenda saiu pior que o soneto, então interfere e num tom ainda mais *beat,* horrível e desajeitado, começa a se esforçar para impressionar Dinah com uma espécie de fala hesitante em que mistura os sotaques franco-canadense e inglês (tentativas de "boas maneiras sociais") (e realmente penosas para o ouvido) e desata a falar sobre isto e aquilo, e assim por diante, para demonstrar como já foi chique de fato, todos nós, aliás, e que os nossos antecessores foram muito mais elegantes, em verdade, do que parece (e a despeito deste irmão lamentável, pois é evidente que entrou na conversa para disfarçar meus foras e me tirar do meio, pois tem lá suas idéias pessoais sobre como se deve fazer para impressionar pessoas como Dinah Shore) e que a anfitriã escuta com frieza cada vez maior – e minha mãe, em pé, imóvel, feito a moça de antes que queria autógrafo – e tudo acaba nesse tom *beat* e gélido... em que me mostro completamente sôfrego e roendo as unhas – a ópera-bufa da nossa vida real.

Sou também o pretenso libertino do bairro, pronto a trepar com todas as donas-de-casa da vizinhança, que, no fundo, não querem nada comigo, com exceção de algumas, mais idosas, que querem se gabar para a minha mãe...

UMA NOITE DE 13 HORAS ININTERRUPTAS DE SONHOS. Visito a casa de "Eddy Albert" numa espécie de Andover Street, incrivelmente rica, com a qual já sonhei antes, a casa de "Ernie Malo", que fica naturalmente na Andover, e "anonimamente" ligado à casa do sonho em que perdi as calças – Nova Inglaterra, o estádio de futebol, o rio, o cais, o bulevar Hartford-Nova Orleans cintilando no escuro, a pensão onde morei – o pai de Eddy Albert, que na vida real me mostrou uma nota de 100 dólares, aparece neste sonho, em opulenta sala estilo Mackstoll. Eu entro vindo da rua Andover, paro para admirar a suntuosa fachada modernista, ao estilo espanhol, porém mais simples, "estas pessoas são podres de ricas", uma enorme mansão tolstoiana, cheia de corredores, acontecimentos e patriarcas ao lado da lareira. Cumprimento todo mundo nessa Nova York sem nome que fica na San Rico de Keresky ou sei-lá-que-Torres – Poxa, os milionários judeus que conheço, para quem um tapete grosso significa mais que todas as Salvações de 2 bilhões de mortais sofredores no mundo que geme – a inteligência malévola de Bill Keresky! No banheiro de Eddy Albert me detenho para espiar lá dentro, enquanto sua irmã "Ricky" (em homenagem a Ricky Keresky) chega em casa num carro velho e desce dele com um peru de estimação – muito bonita, pálida, olhos escuros, sombreados por olheiras sensuais – fico olhando, feito punheteiro escondido, sabendo que ela nunca seria capaz de imaginar este sonho em que a estou observando – a riquíssima Ricky. Poderia transar com ela e ter milhões, que jamais se dignaria a olhar para mim, nem hoje nem nunca (ainda me lembro do seu quarto de dormir perto do banheiro, quando tinha 17 anos, em 1939; agora deve ter se transformado numa velha cretina e assanhada, exigindo casacos de pele que põem em funcionamento verdadeiras engrenagens industriais) – mas aqui ainda é jovem – e lá fora está um dia cinzento, chovendo de leve, como na terrível mansão da Andover. Além disso, na casa da Phebe Avenue encontraram um gatinho encharcado de cimento; dado como morto, foi abandonado em cima de um tronco para definhar em sua deplorável aparência, mas de repente notei que tentava se mexer e ainda estava vivo. Gritei, corri para pedir que minha mãe o socorresse. Ela pegou uma faca ou um pedaço de pau para raspar o cimento, molhando-o com água quente, ele miou, desesperado de dor, fazia 3 dias que pensavam que tivesse morrido. Procurei imaginar quem seriam as bestas na Gershom, na Phebe ou na Sarah que poderiam ter feito uma brincadeira estúpida dessas (que nem, lógico, o gato da revista *Life*) – no alpendre verde onde brinquei de jóquei (montado nas grades), minha mãe fez o que pôde para salvar o gatinho – o rosto desfeito pelo esforço, mas não desistiu – o bicho se mexe com vida, é espantoso como um espírito tão pequeno conseguiu, não-sei-como, viver.

Houve outros sonhos, autênticas epopéias, mas só pude lembrar estes dois que tive hoje – aconteceram em rápida sucessão, atulhados num fluxo engenhoso e constante, provenientes da mesma fonte. Acordei todo festivo com a música dos passarinhos e tive a visão de um índio acocorado na macia terra cor de tijolo das montanhas marrons sob o céu azul, não da Espanha, mas do México – sonho profético das 8 horas de uma manhã de primavera na Sarah Avenue em Lowell. Para que escrever? Rejubilar eternamente feito o humilde São Francisco – voltar a pé para Nova York, seguido pelas crianças, vindo para ajoelhar-se diante de Irwin e Julien com olhos de Stavogrin numa rua do lado Leste – conservar dentro da gente o repositório de amor e júbilo, ser na nossa alma aquela mesma criança que fomos, esquecer a literatura e o inglês ao cabo destes próximos quinze anos de arte e recolher-se ao deserto para jejuar e rezar e depois voltar para as doces comunidades humanas.

"MINHA MÃE ESTÁ GRÁVIDA" e terá que ir a Chicago para fazer um aborto, por isso vou ficar algum tempo sozinho na cidade e estou dando o fora deste salão de bilhar numa noite de sexta-feira. Visto camisa branca de colarinho engomado, paletó esporte de mescla, e saio matraqueando pela rua como sempre fazia no curso preparatório e na faculdade. A princípio nem vejo direito o que fazem os rapazes no salão de bilhar marrom, nas mesas de carteado, depois chego na cidade cintilante e fico livre para me lançar a tudo o que me interessa durante quase uma semana – e sou jovem e feliz.

ENTÃO ESTOU PASSANDO POR EL PASO, um sonho e visão nítidos, é a maior extravagância, cheio de capelas e casebres amontoados feito o Mercado dos Ladrões, bem parecido, por sinal, com casinholas verdes, passagens cobertas de restos de frutas, sujeira e lodo, imundície árabe nos fundos, figuras agachadas, trigueiras e esfarrapadas, quarteirões e mais quarteirões debaixo do límpido céu azul da Cidade Índia matinal, fumaça saindo de milhares de panelas mefíticas, estranhos roupões dissimulados, a coisa louca, cascas de laranja, bananas, o fim – estou passando de carro em companhia de alguém e exclamo: "Veja só este desvairado *El Paso!* – aquele cara me disse que era o lugar mais doido da América para quem mora no centro da cidade! – e não há dúvida que isto aqui *é* o centro!" E quarteirões mais adiante já mostram os arranha-céus de uma cidade fantasmagórica, mas não era Ciudad del México, ficava numa planície do Texas e não só aquele Texas de neve pura, luas e montanhas, porque de repente vi índios Navajos e Apaches com seus pôneis felpudos, em trote desolado, diante de tendas de búfalos nas lastimáveis ruínas dos casebres do mercado e usavam chapéus de abas moles de cavaleiro, manchados e virados pelas nevascas das planícies texanas, e enormes cobertores brilhantes atirados por cima das suas pesarosas pinturas – o Texas, o St. Joe e a Independência da Velha e Autêntica América, horrendos e frios vapores saindo de bocas escuras, fraca e tênue fumaça de fogueiras não bastante quentes, o gélido, cerúleo, intenso céu matutino de fevereiro – El Paso da faixa da fronteira, dos Navajos e outros índios, dos casebres dos mercados, montes de bosta, pôneis, mestiços tristonhos e monturos de pobreza – o centro da cidade, desvairado, enorme, *El Paso de las Mercedes* – fiquei de porre! Queria descer do carro e morar ali, trabalhar na estrada de ferro, curtir aquilo, como tinha planejado – Ficar *alto!*

MUITO ANTES DE TRABALHAR NA ESTRADA DE FERRO, em sonhos anteriores em que viajava pelo dorso do continente mexicano, eram sempre trilhos – ferrovias – montanhas melancólicas – a estrada de ferro, o solo amarelo – as longas e penosas viagens. Agora estou na Cidade do México, vou morar nos suntuosos apartamentos de "Bull" e June, que continua viva, afinal de contas. Os dois têm ricas mobílias marrons, mas, não sei de que modo, têm que agüentar a companhia de um casal mais velho e paternal, horríveis de chatos, um caipira quarentão, pintor ou carpinteiro, bonacheirão mas desconfiado, que gosta de se fazer de veado, e uma mulherzinha amalucada, magra, um tipo engraçado, de meia-idade, com (que nem Vera Buferd) voz rouca que lembra a de Tallulah, um tesão. Entro no quarto de dormir, já prevendo que June e eu vamos foder, nos enfiamos juntos na cama, ela começa a falar a esmo, mas de repente a tal mulher também deita na cama, o que provoca a entrada do caipira, que parece não estar gostando daquilo ou tem qualquer coisa de errado e, puta que pariu, vou ter que abandonar o conforto dessa casa – de maneira que nem chego a comer a pobre e triste June – e "Bull" anda por algum canto da casa, calado, não mostra interesse por aqueles meus pôneis navajos de El Paso (feito a vez em que deitei na cama com June no escuro na rua 118, sob o efeito de bolinhas, e Bull entrou no quarto e sentou para conversar conosco, se não me engano). A tal louquinha não quer propriamente trepar, apenas criar um problema que vai acabar me expulsando da casa, como já suspeitava há mais tempo. Quando vejo, estou de novo no meio do frio índio e volto a El Paso, e ando pela neve suja, com anjos na minha alma, oba! Esse *El Paso!!*

TODAS AQUELAS BICHINHAS QUE DANÇAM BALÉ EM ÊXTASE estão por perto – é o Teatro, estou ali, naquela antiga casa de Ópera mal-assombrada, auditório de colégio secundário e local de reunião da turma de todos os meus dias, com coisas que lembram todos os palcos da terra e também os atores, e por trás ficam os corredores, adereços de cena, bailarinas, fantasmas, carpinteiros, contra-regras, Lon Chaneys, Ernie Malos e Madeleine Poopy Dolls dos pobres – não sei o que aconteceu, os lugares, a escuridão, os refletores, estrondo, coisas que ocorrem, hurrah, blábláblá, fui aos bastidores, caíam sacos de areia do teto, parecia os irmãos Marx – se pudesse ter sido o galhinho que estava pendurado naquela parede branca, puta merda, os ônibus não querem arrancar pra partir nem deixar as crianças gritarem enquanto o disco gira e a máquina abafa o som de tudo, sugando à medida que vai produzindo açúcar, condimentos, fósforos, pós de maltrapilho – merda! Era o Teatro, o Vasto Sonho, demais para entender e não dá para esperar até o dia raiar! Droga!

ESTAMOS NA FRANÇA, Cody, Evelyn e eu, percorrendo o país de camionete. Viajo no banco traseiro, enrolado em cobertores e lençóis. O sol cai em cheio no vidro e comento: "Está muito quente pra esperar aqui, vamos embora pra Paris!" Mas Cody está ocupado na bomba de gasolina e pretende passar algum tempo nesta região montanhosa do interior; os avisos de sinalização que existem por aqui parecem obra de Salvador Dali, desenhos velados de Mutt & Jeff, o lugar é uma loucura, com uma faixa de estrada central que corta os morros em direção a Paris. Mas não dá para acreditar que vamos realmente para lá e me sinto tremendamente impaciente. Que sonho mais sinistro para se ter num quarto frio. Numa cela gélida.

UMA COLINA ÁRIDA E DESOLADA "nos arredores da Cidade do México" e ando escondido em buracos, de onde se descortina o oceano, pois também é uma praia esquisita. As pessoas vêm à minha procura no meio de ventos que sussurram. Finalmente pego um pedaço de maconha, que apalpo com as mãos, sorridente. Há um amigo por perto. Acontecimentos.

OS CLARINS ESTAVAM TOCANDO num pátio de areia branca e lá estou eu com o mesmo soldado que atravessou as artilharias do general MacArthur no sonho com o hospital – e tem barracas. À direita, em uma tenda escura, somos pegos em flagrante, não sei de quê; o hospital tem tijolos vermelhos. Talvez eu estivesse de camisa *petit pois*, mas é mais provável que fosse de estopa cinzenta e qualquer coisa do campo de elefantes que arrancou a poeira do local do parque de diversões, as tendas, a noite, as pessoas à espera dos fogos de artifício. Me deram um lençol branco ou mortalha. No pátio, as tendas, os clarins – íamos partir para uma espécie de Inglaterra – havia panelões de sopa fervendo em gordura de porco, cozinhas de cobre para o Assado de Costela de primeira e um intenso cheiro, espalhado por toda parte, de água em ebulição com o mesmo sabor – com carne de rês. Mas nada para nós, uma dupla de perdulários. Tinha algo a ver com a casa na colina da outra noite, quando eu era criança, no meio dos pinheirais – não tão nítido como aqueles de antes, que se estendiam ao pé de uma escola bem matinal no morro em Hildreth, atrás de onde ficava a padaria – a jovem professora, que também (bonitinha como era) tinha um chalé à beira de um lago – bem rústico, feito de troncos de madeira – e, mais tarde, barcos... mas sou apenas um menino e mal despertei para o fato da manhã da vida – e parado no pátio, úmido de orvalho, rosado pela esponja do sol que acaba de surgir sobre a colina da escola, um pirralho desolado – cheguei realmente a assistir ao desfile no Dia do Armistício, na manhã avermelhada e fria, da varanda de madeira do meu 3º andar, chorando porque queria voltar para os matos de todo aquele verão.

NO AVIÃO GRANDE DE "BULL" HUBBARD vamos todos levantar vôo – as asas são enormes, um DC-não-sei-quanto, decola da nossa vasta propriedade perto das matas do Arroio do Pinheiral e lá nos vamos nós – chegando à cidade do mafuá no México estranho, e para pousar ele pilota sem erro sobre os enormes pneus de borracha em cima do chão asfaltado e leva o avião para o lugar exato do estacionamento. Tomamos drinques a bordo. Uma mulher, no início, quis colocar o casaco sobre a minha poltrona, mas não deixei, preferindo sentar e levá-lo no colo. Pediu desculpas e no fim largamos o casaco sobre o encosto de outro lugar. O avião roncava e estremecia no ar. Onde estamos? Fazendo o quê? Apenas um pequeno grupo de pessoas íntimas voando pelo espaço. As pistas de aterrissagem estão à nossa espera. Aconteceram coisas nos apartamentos em Nova York, saímos na disparada. O lugar onde pousamos é aquele México dos caldeirões de fumaça dos Navajos, capelas e pôneis tristonhos de El Paso; bandeiras ondulam: viemos aqui para tratar do que nos interessa – é também o local do hospital do general MacArthur – e Canadá – sempre o lugar sobrenatural, feito um sonho, das tendas de ontem à noite.

VISTA DO ALTO DE UM MORRO COBERTO DE grama, lá da periferia, a Cidade do México é agreste, com reservatórios de água para elefantes, pastores engraçados, enquanto acaricio um enorme – aliás nem tanto assim, tamanho médio – naco de maconha como se fosse ouro, quando se trata apenas de erva daninha. O dia está muito claro, as nuvens deslizam, o Planalto Setentrional da grande América universal, magnífico e branco, parece a barba de um patriarca no céu de Popocatepetl – você, assim tão sedosa e rendada – Acontecimentos –

ROLAND BOUTHELIER conduz minha mãe, eu e um bando de garotos no banco traseiro do carro, de volta de alguma festividade. É primavera e estávamos numa povoação com palácio e casas de madeira – andei sonhando que morava ali, nos imensos salões palacianos, onde minha irmã se admirou com o tamanho do meu quarto e o de mamãe. Queria também morar nas casas de madeira; dei uma olhada e vi algumas abandonadas, com vidros partidos – pareciam ter sofrido um incêndio. (Viajamos por Maine, região incrivelmente triste.) Percorri aquilo tudo, as instalações do palácio, o povoado. No palácio, propriamente dito, encontrei Bertha Fortier, a irmã de Joe, completamente sozinha com ele e Phillip – a família botou a boca no mundo – e um menininho mexicano adotado por eles subiu bem lá no alto da fachada para depois escorregar e cair, com estrondo sinistro, no pátio, apoiado às mãos e joelhos, tão flácidos, e pensei: "Ah, deste jeito vai ficar aleijado pro resto da vida!" – que nem paralítico nadando, mas Joe não deu mostras de ter visto e o garoto mexicano não parecia machucado – simplesmente escorregou lá de cima e caiu do poleiro. Pedi então um sanduíche a Bertha, considerei a possibilidade de trepar com ela, imaginei aquele corpão todo deitado no sofá, etc. – e saí perambulando pelos longos corredores atrás da cozinha. A família "principal" havia ido comemorar não sei o quê – depois peguei um táxi e tive que me apressar para achar um advogado na ruazinha transversal do bairro cheio de lojas perto da colina da Moody – Estava lá no morro, procurando táxi, consegui um grande, o motorista tinha uma mulher, talvez a esposa, a seu lado, mas o imenso casaco e os embrulhos dela ocupavam todo o banco traseiro e me vi forçado a empurrar tudo para o canto, soltando palavrões, para poder sentar, mas os dois nem notaram. Quando chegamos ao teatro, paguei a corrida, desci e me dei conta de que nem sabia direito se havia algum advogado nesse bairro de lojas e cinemas, só tinha ouvido falar. – Passei por portas giratórias, um bar tipo faroeste, cheio de gente e barulho – a placa mostrava o nome de um dentista ou advogado – a neve amontoada se derretia diante das lojas da rua –

Joe – Roland – Aí, me perdi – Ele, Roland, estava nos levando de volta para Lowell no Ford bigode 29. Dali a pouco enxergaríamos de novo as fábricas de tijolo do sonho por cima dos pinheirais – e seria domingo e a Pawtucketville do radar dos misteriosos ataques aéreos, do terror – o Royal Theater até mesmo agora continua às escuras. Minha mãe ia sentada na frente, ao lado de Roland, que dirigia o carro pela estrada de Lakeview, parecida com aquela, fantasmagórica, do México – Meu pai não está junto – Como se alguma vez Joe, Phillip, mamãe e eu tivéssemos saído de carro, sozinhos, com Roland –

Pauvre Roland, também é Cody. Estava quente, ensolarado, uma primavera de derreter a terra naquela povoação com Palácio. Tínhamos ido para o sul e a neve escorria, umedecendo tudo, virando lama, fragrante no ar depurado – Acontecimentos – Me mandaram apenas buscar o advogado, não era eu quem procurava encrenca nos corredores escuros – Tudo isto se foi, para sempre. Como é o nome da nossa morte?

Tudo o que perdemos voltará a ser nosso no céu.

SAIO CORRENDO PARA O CÔMORO DE AREIA nos fundos da casa das velhas. Estou nu e não quero que ninguém me veja. Um bando de meninos vem vindo em minha direção. Sento na areia, cubro o corpo até a cintura, esperando que passem. Olham, curiosos, para mim. Depois prossigo minha fuga pelos matos. Lá na casa de tijolos vermelhos das velhas houve uma grande festa, com banquete, até o Mel Tormé participou, tocando piano. Encostei a cabeça, de olhos fechados, junto às teclas mais agudas do teclado, para escutar. Mel não se importou, tocando com gosto e muito bem na parte restante.

A IGREJA DE SANTA JOANA D'ARC, QUE FICA num longo porão baixo no morro que existe nos bairros de Crawford e Mount Vernon em Lowell, – missas lúgubres, serviço de vésperas, monotonia, os garotos, eu, as pessoas. Já houve muitos roubos lá dentro. Quadrilhas de criminosos entram por várias portas, de arma em punho, e efetuam assaltos enquanto o padre continua com seus *ad altre deums* e quase ninguém percebe, a não ser um pânico controlado, até tranqüilo, cochichado – presencio um, em companhia de meus amiguinhos, rapazes de casaco cinzento parados nas portas – depois (não levam dinheiro, nada que dê pra se notar o que está acontecendo) saímos todos correndo pela rua escura para dar caça e encontrá-los – sumiram – está nevando e a garotada escorrega em pleno ar de inverno – vou caminhando para casa pela Moodly escura, pela Gershom sinistra, comentando, até chegar a minha casa, tão triste, na Sarah – tudo possui aquele jeito sinistro de coisa enterrada no chão, se decompondo – sou EU – vejo agora minha árvore brotando de minha mão, vejo novembro saindo da raiz, estou à espera de novas primaveras e flores para o meu luto, sou o Frankenstein do meu próprio túmulo de um metro e oitenta, adeus criancinhas douradas deste hilariante mundo louco.

ESTÁVAMOS EM TREINAMENTO – TÍNHAMOS que passar de bicicleta por baixo da pranchinha e todos conseguiram, menos eu, que não poderia transpor aquilo nem curvado, que dirá em pé ou de bicicleta, embora não tenha me saído tão mal assim. – "Puxa, este cara é musculoso demais", comentou rindo o assistente do treinador – "É, estou condenado a ter músculos", retruquei, "nem posso me abaixar." – Tudo porque visto um grosso casacão de inverno – e "condenado a ter músculos" se refere à gordura acumulada na cintura. Parece que o treinador, propriamente dito, é o Frank Leahy; o lugar, muito escuro, é o sótão da casa de Julien – uma mulher numa casa velha fica nos olhando da janela – tem uma padaria ali perto. Estamos treinando para ser espiões do Serviço Secreto – Santo Deus, a impossibilidade mutiladora daquelas "bicicletas"!

O ALTO PENHASCO DE GRAMADOS, ÁRVORES, prédios, trilhos, de onde se descortina a planície do mundo lá embaixo, com suas fábricas e o rio desbotado. Moro no penhasco, trabalho na ferrovia e me chamam para ir atender um trem de carga na planície, coisa que não me agrada nem um pouco. O ambiente é triste, há obras em andamento.

MINHA MÃE E EU ESTAMOS EM "NOVA JÉRSEI" numa ensolarada manhã de sábado. Entramos num terreno baldio, descoberto, e encontramos barris que contêm um grande presunto defumado, uma caixa ou balde cheio de massa levedada branca, viva, móvel, um cesto de macarrão, tudo quanto é tipo de comida. Não há ninguém por perto. Minha mãe pega o presunto enorme e vai para um canto, onde tem uma pia, e começa a cozinha. "Não precisa fazer isto", digo eu. "Precisa, sim! pra ficar (mais limpo) mais gostoso." Enquanto isto, remexo no resto das coisas – dentro da banheira – parece *pastrami**. De repente dou com Van Johnson sentado ali, me olhando. "Estes troços são seus?" pergunto. Não responde nem diz nada. Em dois chalés, no fim da rua, a mãe dele, que é enorme, grita feito doida. Tudo isso num sábado de manhã, dia de feira, de capela, em Nova Jérsei, e também dos índios Navajos de El Paso – Minha mãe e eu ficamos tremendamente contentes. Achamos uns 50 dólares de comida que não estraga e vamos levar tudo para casa, em Long Island, comentando: "Que lugar é este? Algum supermercado que começaram e depois desistiram?"

POUCO ANTES MEU PAI VOLTOU AO MUNDO dos vivos – muito pálido – mas certo de gozar boa saúde – e tinha acabado de conseguir um novo emprego em Nova York – mas sei que vai morrer – basta olhar pra cara dele – esteve lá no Sindicato. A todas essas subi lá no alto de um grande edifício, de onde se avistavam

---

* Carne condimentada e defumada, muito popular nos E.U.A. (N. do T.)

portos ínfimos, e não senti medo nenhum – a história dos Kerouacs na imensa, fantasmagórica, Nova York dos sonhos.

MELANCÓLICA EPOPÉIA DA FERROVIA. SOU um guarda-freios, moço, inexperiente, trabalhando por vastas terras luminosas, com o meu pássaro preso por uma corda – os encarregados de cuidar dos animais na ferrovia tiram o bicho da minha mão no final de cada viagem – faço meu serviço, termino um percurso que era lá por algum país vizinho (sobre isso, mais detalhes adiante) – ao cabo do percurso chego à costa marítima, desço do trem e de repente o pássaro me escapa e sai batendo asas para o céu, levando a corda junto – "Ei!" grito eu – já aconteceu outras vezes, a gente recebe notas más – "pra onde será que ele vai?" pergunto aos encarregados, cujo triste trabalho com gaiolas e alpiste nos poleiros de pássaros da ferrovia nunca tinha compreendido direito até então. – Talvez torne a encontrá-lo um dia, empoleirado nalgum frontão, ainda com a corda amarrada ao pescoço – ou num ninho na areia da praia – só que até lá... Vira comédia sentimental em que George Sanders interpreta o papel do dono de uma loja de antiguidades; é solteirão; entra uma garota bonita pra comprar uma coisa e começa um romance entre os dois. Ele convida a moça para almoçar, lhe dá de presente um dos troços caros que vende, embrulhado numa caixa (o presente foi "antes do almoço", detalhe que me pareceu irrelevante) – o sócio dele leva o embrulho – e o tempo todo a gente sabe que um dia George vai reencontrar o pássaro – mas parece que perdeu a vontade de continuar fazendo esse filme tão sentimental e, embora meu coração esteja vibrando, sinto um calafrio na espinha, na esperança de que George Sanders encontre o pássaro... ele torce o nariz para a idéia, já descontente com o roteiro e com o papel, e a gente prevê logo que o filme será um fracasso – num canto qualquer de suas antiguidades, na loja, no sótão, na água-furtada, na tristeza do sonho, o pássaro amarrado há de reaparecer, a juventude épica de guarda-freios de George Sanders surgirá, vibrante, de novo – lágrimas – a terra luminosa por onde a ferrovia passava... um homem estava levando nós todos de carro para um piquenique. Deixou a estrada para tomar uma trilha dupla que serviria de atalho, mas com uma curva que terminava em beco sem saída, de maneira que não dava para saber se vinha vindo o trem ou não, e, embora não passe de um garotinho, mesmo assim trabalhei bastante na ferrovia para me sentir obrigado e com direito de gritar: "Ah, jamais faça uma coisa destas! Não existe perigo maior – descubra outro modo de atravessar os trilhos!" E todo mundo escuta respeitosamente, até inclusive meu pai, que poderia ter ficado aborrecido com os berros que dei com um velho amigo seu, mas eles já sabem e respeitam meus conhecimentos ferroviários e concordam com a cabeça, mas de repente vejo que depois da curva a trilha dupla termina num muro de pedra, e que portanto não há o menor perigo e então digo: "Ah bom, está tudo bem, pensei que... " e lá na estação, enquanto isso, os trens estão sendo carregados, chegando e partindo. Fazemos um grande piquenique, me vejo embaixo de um coreto, no meio de cascalhos, onde descubro maravilhosas maçãs recém-colhidas, frutas de tudo quanto é espécie que minha mãe vai adorar e quero principalmente levar-lhe ameixas, e só acho uma, mas que é ótima, e todo orgulhoso corro a seu encontro, no piquenique na areia, e ela agradece. Durante esse tempo todo é que o pássaro está ficando meu e me ponho a mexer nele – até que isso me conduz à praia, onde ele se solta e foge. Vejo ele esvoaçando, sem forças, no céu, com aquela corda pesada – céus cor de chumbo.

A NOITE MAIS SINISTRA NO CAMPUS DA Universidade de Columbia, na esquina da Broadway com a rua 116, do lado da calçada de Barnard – todas as lâmpadas dos postes estão apagadas – uma tênue neblina causada pela chuva – passam sombras – fico à espera, junto da carrocinha de amendoim – noite quente de abril – mistério no bar do West End, o cadáver no Hudson, Edna numa escuridão russa sobre o campus – sinto quase medo de assaltantes no meio dessas trevas – olho em torno – eterno, o mundo espera – acordo – pensativo.

ANDO COM JOE NA SUA MOTO, SENTADO DE costas para ele, arrastando os saltos dos meus novos crepe-solas pela rua da cidadezinha sulista – sinto vontade de pedir para que ande mais devagar e possa me virar de frente, mas ele não ouve ou não liga, é em Rocky Mount ou Kinston, atravessamos os trilhos da estrada de ferro e saímos a toda velocidade campo afora, mas de repente o chão foge dos nossos pés e um grande precipício, com areia lá embaixo, numa garganta de trezentos metros de altitude, se escancara para nós e não nos resta mais nada senão despencar, mas Joe mantém a esperança louca, desvairada, de que as rodas vão cair na posição certa, o que mais ou menos acontece, e saímos rodando como se fosse um cavalete; no fundo há um riacho seco, outra subida por uma encosta íngreme e arenosa como aquelas em que dávamos saltos mortais no Lawrence Boulevard – vasta e *aterradora espera* – um casebre ocupa a ladeira oposta, nós entramos, uma garota bonita chamada, se não me engano, Ann Buee, mora ali com a mãe – tem gravador, livros, se sente solitária – entro nu, de pau mole, começo a conversar, Joe desaparece, tenho que ir embora para conseguir dinheiro ou trabalho, mas quero voltar para casar com ela – é da cor do mel, inocente, em seus doces dezesseis anos – quarto de dormir atulhado de coisas – a melancólica luz do sol da encosta arenosa enche de eternidade as janelas do casebre.

Pouco antes foi o campo de treinamento de futebol do Colégio Secundário de Lowell, visto do lado de fora, fantasmagórico – Lowell – Tewksbury Road – o técnico Keady – os garotos do time – eu me aproximando – vindo das correrias na areia – é muito tarde e sou muito velho, mas ainda quero jogar no quadro de juvenis e aqueles saltos imaginários, pra cima e pra baixo, pelos morros de Billerica vão parar nos subúrbios de Lowell, como a colina da moto e os chafarizes italianos de Frisco – a garota do coração de mel está lá, à minha espera – Leite!

GRANDES EPOPÉIAS QUE COMEÇAM NO MEU quintal da Phebe Avenue, comigo no exército e os soldados descansando, deitados de costas, sob a chuva intensa, de pura exaustão – não estão ainda com todo o equipamento, mas mesmo assim receberam ordens para marchar e fazer exercícios – alguns continuam só de pijama – o que também é o meu caso, por isso me escondo num hospital gigantesco, procurando me convencer de que aguardo o meu equipamento – muitas camas, igual a um dormitório, na extremidade oposta – vou até a minha – sem capa de chuva, nada, só de pijama, com um baita buraco no rabo. Pat Fitz vem me visitar e trocar reminiscências sobre o exército – dou tratos à bola para descobrir um meio de fugir dali sem ser visto – e voltar à ferrovia na Califórnia, para uma espécie de anonimato – esse sonho se relaciona a outros, antigos, como o hospício que servia de acampamento para a Marinha, a vida de caserna que tanto detestei.

DE REPENTE ESTOU NO "NOVA ORLEANS". LÁ embaixo, no trapiche, há centenas de navios atracados, milhares de pessoas caminhando pelos paralelepípedos. Vou até a companhia de navegação Acapulco e peço emprego. O cara pergunta se sou membro do Sindicato, respondo que "já fui", ele não quer me contratar, pergunta de novo se sou membro do Sindicato, respondo que sim, lhe mostro documentos, ele me contrata. Embarco como garboso oficial de bordo de cabelos louros; o mapa mostra nossa rota pela costa oriental do México. Em Frisco, de repente, todas as casas de madeira e colinas – quero que minha mãe veja todas elas, mas são grandes demais, estou sendo empurrado, meio acordado, por um sonho meio frustrado, embora surja uma grande visão em Nova Orleans: chega um grupo compacto, heterogêneo, mas rígido, de tripulantes de um navio escandinavo, com os oficiais à frente, marujos e camareiras na retaguarda, onde os mais baixos caminham atrás dos mais altos, tipos do Mar do Norte em trajes de mescla sacudindo braços em saudação nazista enquanto marcham do consulado até a praia, e vice-versa, carrancudos, alegres; surpreendo, de relance, taifeiros louros de penteado dourado, preso em rabo-de-cavalo na nuca – a saúde selvagem do mar e da Escandinávia.

CODY E EU SOMOS GUARDAS DE SERVIÇO NO alto de íngreme e assustadora pirâmide, que mais parece um morro, onde algumas pessoas provocam encrenca e temos que mandar chamar mais duas colegas – enquanto o reforço não chega, podem me ver escrevendo na janela do posto; Cody está lá embaixo, ao pé da colina, e penso comigo mesmo: "Dá pra eles enxergarem a minha farda, sabem que sou guarda, agora vão descobrir minha situação, esta é a minha primeira missão" – o morro está claro, alto de meter medo, e nem me atrevo a olhar para todos aqueles mundos lá embaixo, mas acabo olhando...

NOITE DE SONHOS MIRACULOSOS, domingo, dia 16 de março. Ocorreu uma catástrofe nacional, o rádio deu a notícia bem cedo, madrugada cinzenta, chuvosa, um tumulto de proporções tão espantosas que se poderia até qualificar de revolução – causada pela "brutalidade policial" – ruas cobertas por ataduras – o povo tinha se revoltado contra a polícia – os sobreviventes estavam deitados em dependências anexas – locutores comunicavam tudo, com voz soturna e serena nos noticiosos radiofônicos matinais – já estava prevendo que isso ia acontecer quando me deitei na véspera – algo que modificaria os rumos da história, da América e do mundo

– não houve aula e ninguém foi trabalhar – que nem nos meus tempos de criança, quando chovia e ficava em casa com mamãe, já antevendo doces horas de brinquedo com minhas bolas de gude, corridas de cavalos, cadernos e, como no Lúgubre Libro Cinematográfico em *Sax,* de vez em quando ela vinha espiar o que eu estava fazendo, e me trazia bolo, leite, tortas feitas na hora, mostrar as meias que cerzia e me *afirmar* que de tarde também ia chover muito e, por isso, a exemplo dos catastróficos tumultos nacionais de agora, não daria para ela ir trabalhar (se acontecer como está dizendo, vou acompanhá-la até o ponto do ônibus, podem estar jogando tijolos – mas é melhor desistir – porém insiste: "Não quero perder meu emprego, é a única garantia que tenho").

Depois apareceu Lowell, a casa da rua Gershom, e Iddyboy, com aspecto jovem e mais magro, agora que já completou mais de 30 anos, entrou correndo de camisa branca, com Rudy Loval. Fazia muito tempo que tinha me afastado de Lowell e percorrido o mundo inteiro, e agora estava de volta em companhia de minha mãe, na casa nº 34 da rua Gershom – "Ih, você, rapaz!" exclamou Iddyboy, cheio de alegria, contente por me ver – um sol tão suave e as flores lá fora na manhã de domingo, com todo mundo de Pawtucketville se preparando para ir à missa – Rudy Loval como sempre impaciente, caloroso – é o sonho mais feliz de toda a minha vida...

Enquanto isso: – surgem visões da página esportiva do *Lowell Sun*, artigos sobre o jogo de ontem do Red Sox, com o nome dos jogadores que perderam misturados, os lapsos de Jim Piersall de outras vezes comprovando que o futuro é, do princípio ao fim, idêntico ao passado; tem também histórias antigas em que redijo artigos esportivos para o *Sun*, confundindo, da maneira mais curiosa, os triunfos (atléticos) do dia 16 com o trágico trabalho dos operários do dia 19 – devo ter tomado o bonde errado em algum lugar – saí de Lowell em março de 42 para ir para Washington – voltei (depois do serviço de construção no Pentágono, e Jeanie, e de atirar garrafas de gim contra a lua) em maio, mais ou menos – e embarquei para a Groenlândia – viagem em que marinheiros rudes, que viram que tinha alma de criança em corpo de adulto, me deixaram deprimido com cuspidas e palavrões – e em outubro de 1942 o navio atracou no porto de Nova York e tentei contar a Archie "Pamonha" Hainesy que eu estava na Universidade de Columbia e ele não acreditou, e por isso dois dias depois eu voltava a Columbia para treinar para o jogo contra o exército – o que me deixou bastante satisfeito – e desisti também, mais uma vez, desgostando todo mundo, pois para ir para o céu por linhas tortas tinha que atalhar e me esquivar de instituições, planos, colégios, formalidades e ser bobo – e no Natal de 1942 cheguei em casa com um rádio debaixo do braço para descansar, mas a guerra me levou embora dali a três meses e me enlouqueceu – fiquei doido – num hospício, o pessoal coçava o queixo quando me via escrevendo – o livro era *O mar é meu irmão,* uma enfadonha tentativa naturalista que se passava no alto-mar. Quando voltei de novo para casa, em junho de 1943, com as roupas da Marinha nas costas (pois as que tinha levado junto eram remetidas para casa antes de pelarem, não só a minha, mas a cabeça de todos os recrutas, e por isso é que o tumulto contra a polícia foi tão espantoso, significando um grande passo rumo à emancipação) – agora mamãe e papai – o meu amor pelo meu pai fica maior quando disfarço – em Nova York, tinham um apartamento pequeno em cima de um *drugstore* em Ozone Park, o proprietário se chamava Sam, havia um piano velho em casa – que minha mãe trouxe de Lowell, a caro custo, meu pai reclamou à beça, mas gostava muito dela – pareciam George Burns & Gracie Allen – agora não tinha mais Lowells, nem dias chuvosos em que matava aula, mas cidades, sodomitas me perseguindo, garotas e mulheres empenhadas em se intrometer na minha vida. *Town and the city* ainda não havia sido escrito. Devia ser refeito. Irwin Garden tinha razão. E M também – mas inclusive houve viagens, para a Califórnia, deitado no chão, para o México, andando no meio de putas rumo ao deserto, o *peotl* e a "erva", para São Francisco da interminável noite verde – tudo para dar em nada – estava de volta a Lowell, naquela manhã de domingo, os passarinhos cantando, e Iddyboy de camisa branca, magro e bonito, já pai de quatro filhos, com retrato no jornal, e parecia diferente, mas era ele, sim, e as crianças todas, maravilhosas por serem a raiz de nossos males, alicerces dourados para futuras montanhas de merda, os anos não significam absolutamente nada além de uma expansão de olhos – e assim Iddyboy, também bonito, contemplava alegremente o mundo, querendo encontrar o Amor de Deus, e a mulher dele não aparecia na foto, estava escondida em algum lugar qualquer, no fundo. Eu me sentia envergonhado, no meio de todos os meus felizes e barulhentos amigos do céu, por sucumbir ao convite sexual, em público, da garota ou mulher que quer provar que os homens não são padres. E nem tampouco animais, pois têm corpos desvairados e famintos, com a vara dourada à procura da carne que a aqueça – doméstica – e as mulheres têm rebanhos de leite na profundidade de seus ventres – e permitam que imagine as melhores como as mais bonitas – não acho justo que me acusem de não gostar de mulheres – logo eu, que entendo do assunto – e que o que procuro no seu coração é através da carne e ela interpreta mal, confundindo a criança retardada com a fera monstruosa. A volta ao mundo em navios – e deixando redemoinhos em meu rastro – minhas tentativas de compreender o mundo em todos os sentidos – e assim Iddyboy e Rudy sabiam de tudo isso, sem necessidade de explicações – e me deram as boas-vindas com brados de alegria: "Gus, o 'Nojento', o Scotty, todo mundo, já sabem que você voltou – não demora vão estar todos aqui". O meu interessante quintalzinho continua lá, no mesmo lugar, dá para vê-lo pela janela dos fundos – das profundezas do inferno sei que posso fazer confissões deliberadas sobre o mal, mas no céu existem esperanças obstinadas do bom amor de Deus e é esse último que prefiro, Genêt – pobre Jean – meu irmão –. No jornal, na minha alegria, de repente vejo meu retrato com o uniforme de beisebol, usando o blusão roxo do lançador, agachado numa caixa de 3ª base, os pés fincados, o perfil duro, moreno, atlético – pelo visto fui astro noutros sonhos de vida e atividade conscientes, de verdade. É só quando os sonhos perdem a importância que começa a suja interferência do mal – por sonhos se entenda o que se enxerga durante o sono – e não o que se deseja nos devaneios diurnos. Carros cheios de caras de Lowell, como sempre, partiriam na direção do Fenway Park em Boston para o jogo daquela tarde – irlandeses – li artigos sobre o Red Sox. Quando Cody me encontrou em San José na cozinha, com o filho no colo, estremeceu, vi que sua mão tremia, os olhos ficaram alucinados, foi a vez que me pareceu mais contente. É quase assim que também ficam Iddyboy e Rudy. Começamos a tagarelar e a conversar na grande mesa redonda da cozinha, com minha mãe por perto, arrumando novas prateleiras, voltando a falar com o tipo de vizinhos que entende – nunca deveríamos ter saído de Lowell – mas agora estamos de volta e tudo está salvo outra vez.

MAS O SONHO SE ACELERA E SE TRANSFORMA – estou no campo Baker da Columbia, de uniforme de futebol, treinando sozinho; disparo, correndo 80 metros, driblando com aquela roupa pesada, as pernas se arrastando feito chumbo – eis aí outro erro que cometi, abandonar o futebol, pois bastaria ter disfarçado um pouco de cansaço físico para convencer todo mundo de que meu coração estava no lugar certo, em vez de estar aqui escrevendo, uma coisa tão perigosa para a minha sanidade mental – de maneira que sou bem capaz de ter que parar logo e me limitar a trabalhar na ferrovia no escuro – sem treinadores, sem ninguém me olhando – entro no vestiário e troco de roupa – encontro alguns dos meus ex-colegas de time, nenhum calouro ignora quem sou – não se dão conta da idade que tenho – e isso é tão absurdo, o treinador nem sequer sabe que voltei, senão me pediria para tirar o uniforme – reintegro, provisória e sigilosamente, o time – Ben Wirt está ali, insolente – na rua principal de uma cidadezinha da Pensilvânia certa vez se parou de quatro e deu uma puta cagada, chorando – estava bêbado – e ainda me vêm falar de Sinclair Lewis – usava lentes de contato – vivia se lamuriando e soltando palavrão, tentando me pegar pelo flanco em torno da faixa KT79 – eu tinha que me contorcer para escapar de suas garras e continuar no meu caminho em direção às metas da realidade. O treinador morria de rir – estávamos todos exaustos. Chegou o dia do grande jogo, as multidões urravam, por trás das tribunas de honra eu corria, em segredo, de um lado para outro, no meu uniforme roubado, torcendo para acordar. Desci a escada do elevado da rua 215 com Cliff Battles; no último degrau deixei cair minha garrafa de leite. Foi assim que quase joguei no time da Columbia e disseram que eu era outro nome que encheria Cliff Montgomery de orgulho – agora vão dizer que sou outro William Blake.

ESTOU NA SINISTRA MOODY STREET COM Billy Artaud; lhe empresto 50 cents e um livro, como tínhamos combinado; vai-se embora para casa sem dizer nada, então grito: "Tudo bem, Bill?" Não responde, insisto: "Ei!" – sem resposta – e de repente entro em pânico, me dando conta que é maluco e pretende ficar com o livro e com os 50 cents, sem jamais devolver – afasta-se a passos largos, o rosto vermelho, as orelhas queimando, enquanto rogo pragas e corro atrás dele, até entrar na casa – me ponho a berrar todas as minhas queixas para a multidão aglomerada na rua.

UMA ESPÉCIE DE LYNN... MORO SOZINHO, NA esquina da rua principal, onde tem a banca de revistas, e estou esperando alguma coisa. Há garotas por perto

– gatos – a porta do meu apartamento tem basculante – preparo o almoço e saio para o trabalho. Lá no alto das colinas felás, de onde se avista o mar, moro finalmente num suntuoso chalé milionário em companhia de Pesseguinho, está na hora de ir para o colégio, com ela e o almoço que preparei, mas tem qualquer coisa de falso – como nós à noite, quando fazemos amor; ela segura um pedaço de bife encostado na xota e tenho que meter na beirada da fenda que fez, de modo que ao sentir meu pau palpitando como se tivesse mola, passando pela membrana da carne boba, percebo perfeitamente o embuste, mas ela, em sua fantasia infantil, insiste – de dia sentamos juntos no mesmo banco duplo no colégio e parece que a aula em peso fica na expectativa do nosso enleio amoroso, e, quando ele é bom, é aquele burburinho de empolgação e me desdobro em proezas – quando não é, afundo no assento... tenso, à espera... Ganhei uma guitarra famosa, que custava $ 1.350 ou mais, no tempo em que morava solteiro no apartamento de porta com basculante em Lynn (bem parecido com a basculante da velha da festa do Mel Tormé) – (tijolos vermelhos, etc.). Com esse instrumento, de dia, no morro de onde se descortina o mar, contemplo o oceano, esperando – desço até a vila, uma linda mulher de meia-idade, felá e flamenca, vê minha guitarra, separa-se das lavadeiras do riacho ao pé da colina em Pawtucketville – se aproxima – também mora num chalé no alto do morro em companhia do marido – pergunto: "Quanto acha que vale?" – "Você não conseguiria mais de $ 350 por ela" – começa a tocar – é uma guitarra fantástica – toca tão maravilhosamente bem que meus olhos se enchem de lágrimas – um garotinho desta altura, que está escutando também, levanta o rosto em pranto – as mãos dela são tão ágeis, tão rápidas e mágicas que a certa altura pára de tocar e a guitarra continua sozinha, uma chuvarada de dedilhado celestial, complicado, riquíssimo, segundo o arranjo que preparou com seus conhecimentos de magia e técnica – me sinto na Terra Felá da Guitarra Milagrosa – tem morros pálidos – crepúsculo – a estrela vespertina e a lua em forma de cimitarra formam uma dupla cintilante no azul pálido que vai se tornando intenso – estou contente – subo até o chalé da colina junto com a mulher – me serve lautas refeições e assim, quando vou para o colégio, não consigo comer o almoço que aprontei e o homem no banco da frente de Pesseguinho e eu, elegante cavalheiro nova-iorquino de meia-idade, muito distinto, me entrega uma sacola de lanche, dizendo: "Ontem você esqueceu isto aqui no banco" e percebo, horrorizado, que ando comendo refeições tão pantagruélicas – etc. – e a aula em peso é bem-comportada, com exceção de Pesseguinho – só quando acordo é que começo a refletir: "Tenho que fazer Pesseguinho entender que é uma bobagem me dar aquele bife, que quem tem que me dar é ela e não um pedaço de carne" – Tão vastos e intemporais, os acontecimentos brotam de algum centro mais intenso, formando vagos pontos distantes, só para serem encontrados de novo, quando os núcleos e os universos se deslocam para outros sonhos.

RESUMINDO – EU TINHA DOIS GATOS NA fantasmagórica Amsterdã. Um amarelinho saltador, o maior cinzento, se criaram junto comigo – saio rua afora em busca da tragédia que, de certo modo, se relaciona com a gravidez de minha mãe, quando dei com a língua nos dentes no salão de bilhar – a lua – ouço um barulho, olho para trás, Deus do céu, que enorme balbúrdia, um gigantesco cão de caça, bem magro, atravessa a rua aos pulos descomunais, levando meu gato na boca – saio correndo para detê-lo – sei que é tarde demais – pobre gato, tão bonito, vai morrer, o meu pequeno saltador, tenho certeza, já *está* na goela daquele Cão dos Baskervilles – Ah, de onde veio esse hediondo fantasma canino??!! – Dou um grito, enquanto um baita ônibus passa rolando por nós – ouço o pranto da minha filha lá dentro – gesticulo na rua para homens que escarnecem, olhando pela janela traseira, indicando que sei que minha garotinha está ali dentro, junto com eles, faço sinais, eles riem, mas uma passageira carrancuda convence o motorista a parar o ônibus – leva bagagem que nem os das linhas do aeroporto – a placa diz QUEBEC – abro a porta de trás, pulo para dentro, e grito bem alto, da maneira mais besta: "A minha filha está aqui neste ônibus?" e, enquanto pergunto, me dou conta de que cometi um grande erro, me portando de modo paranóico e embora todos (com exceção da mulher carrancuda) estejam rindo, cai um silêncio mortal no meio dos passageiros, pois a resposta, que ninguém dá, só pode ser negativa – e minha filhinha, naturalmente, não está ali, mas noutro lugar; é puro delírio, sou louco, compreendo, e todos eles também – Por isso desço e volto para onde estava – nisso procuro com os olhos e vejo meu pobre gatinho na boca daquele cachorrão – os meus filhos gritando em vão, perseguindo-o com suas pernas compridas e magras de fantasma formando um claro-escuro contra o horizonte onírico sinistro de Amsterdã infestada de mariposas.

DE REPENTE ME VEJO NUMA LANCHONETE ambulante – estreita feito loja de discos – com um grupo de amigos; entram dois porteiros uniformizados, presto continência feito Chaplin, virando a mão contra a testa – mas súbito dois guardas de verdade chegam correndo – estamos com a "erva" – saio me esgueirando pela porta sem que ninguém veja e disparo rua afora atrás de George Wicksner, para avisá-lo, e nós dois nos escondemos nas portas das casas e acabo me safando dessa batida – ele desaparece – entro (meio preocupado com o destino dos amigos na tal loja) num bar de *beats*. Uma prostituta loura está sentada no chão, voltada para a parede. Me abaixo, dou-lhe um abraço e colo o rosto no dela. "Só isto, só isto, mais nada", me diz – se lamuriando, o olhar turvo, chorando no muro das lamentações das putas do triste salão escuro, depois de levar pontapés, arrasada – "Continua me abraçando assim, por favor" – somos heróicos amantes russos num casebre – mas de repente começa a se espreguiçar e a abrir as pernas no chão, murmurando: "Hummm", se enrosca toda, e avisa: *"Meu problema é caralho, bicho"*, e pergunto: "Quanto você quer?" "Cinco" – "É muito – que tal três?" "Não dá" – me recuso a pagar cinco – abraço ela de novo – se espreguiça, voluptuosamente.

MADELEINE E EU ESTAMOS NO ANTIGO apartamento de James Watson, eu sentado no sofá, no canto. De repente olho e ela já tirou toda a roupa, o corpo é perfeito, um verdadeiro violão miudinho, buceta escura de italiana. Salto em cima dela, deitada no chão, e começo logo a meter, de olhos fechados, os cotovelos apoiados em cada lado de suas costelas, me mexendo dentro de uma estranha concha elástica que se dilata como se o meu pau estivesse preso pelas calças de um pijama e quisesse sair, como estava (quando acordei) e a única coisa que Madeleine fazia era *falar*, muito animada, feito garotinha, enquanto eu dava duro sem pronunciar uma só palavra. Em Montreal sonhei não-sei-o-quê e acordei resmungando com o teto – por causa do "fingimento da mulher" – fazendo um gesto horrendo com a mão para o buraco vazio do quarto vermelho no bordel da Sainte Catherine. Outros pesadelos também, de bebedeiras já esquecidas – e não na Montreal dos parques de cavalos fujões – que coisa mais estranha a realidade do mundo desolado e infinito, que não tem destino, significado, nem centro, e o doce e minúsculo lago do espírito.

ANDANDO DE TÁXI COM AMIGOS E Bob Boisvert, comentando Chaplin. Quando chegamos ao escritório da Harcourt, Bob está dizendo que às vezes Chaplin surge todo solene, de óculos escuros, ou então toca de leve, faceiro, sorridente, na ponta do chapéu coco, e Bob sai caminhando pelo escritório para fazer algo, empurrando um carrinho, e vou atrás, me virando para os amigos, e fazendo aquele gesto de explicação, tirando rápido o chapéu, que nem Chaplin, e salto para dentro do carrinho e percorro o escritório, feito pateta (como o jovem Chaplin), enquanto os funcionários ficam boquiabertos e Bob não nota ou nem liga.

Numa prateleira tem diversas páginas gigantes, repletas de reproduções de capas dos últimos lançamentos e fotografias. Procuro *GO* na Scribner, mas aí me lembro que já foi publicado – Será que essa mulher do andar aí de cima matou meu gato? Não, o garoto já voltou e escondeu o bichinho como sempre – pobre criança.

ESTOU NA PRAIA COM UNS CARAS – JULIEN – e de repente vejo Al Eno e Albert Lauzon; meu Deus, como o "Nojento" mudou, está gordo, inchado, fala ciciando, regrediu a uma fase boba de criança precoce, senta no meu peito e conta o que aconteceu desde a última vez que nos vimos – uma noite destas o encontrei diante da loja do Destouches. Nadando nas ondas que batiam, tínhamos uma bola enorme, que saiu flutuando para longe e tive que ir buscá-la. Depois quero mostrar a dois dos caras como sei batucar os tambores do mambo; estamos dentro de casa, ficam esperando enquanto saio correndo para ir buscar um tambor apropriado, uma chaleira – treino 10 minutos sozinho na rua para me preparar – toco bem, meus dedos deslizam e ra tá tá – aí entro, mas no caminho descubro um velho tambor estragado, de verdade, e experimento, mas não é tão bom – quando chego em casa, perderam o interesse e saíram da sala onde falamos no assunto – se parece um pouco com a casa da rua Phebe, e também com a da praia.

VOU COMEÇAR A TRABALHAR NA USINA siderúrgica, onde retiram pedaços de ferro escuros e retorcidos de um forno, dando um jeito de batê-los até se transformar em longos lingotes, e o pobre espectro encardido depois precisa erguê-los para colocar numa calha escaldante, tudo queimando de quente; com roupas calorentas, vai empurrando grandes barras de ferro e dá um jeito de puxar de volta os lingotes batidos e se livra deles – espero ansioso pela minha vez de começar esse serviço, cheio de medo – agora vejo que tem uma roda de moinho cinzenta, lúgubre, de ferro, que vai depositar o aço a meus pés, o meu lingote batido – não só com um peso insuportável, mas vermelho incandescente – apenas por experiência nesse inferno, me debruço sobre o balcão da calha, para testar a distância; está quente também.

Tenho uma namorada italiana, verdadeiro tesão, na ruazinha, porém – ficamos nos agarrando – o pessoal não está, foi viajar – então vou lhe comprar uma garrafa de uísque – porque prefiro beber vinho – é cadeiruda – pouco antes, um grupo de pseudo-intelectuais, com a mesma pose imperturbável e esotérica de Dick Beck e Ed Williams, me convida para ir visitá-los; sugerem viagens, vantagens – e afinal permitem que me associe à organização deles, o que é anunciado de modo solene, para impressionar – fico com medo de perguntar quanto vai custar e de dizer que, seja como for, não vou topar – "não costumo aderir a organizações". Os três negros que tentaram me atropelar com um automóvel estão lá fora, nalgum lugar, ao volante, "Faz só uma semana que chegamos de Montreal", insinua, sinistro, o pseudo-intelectual, "viemos pelo Northern Boulevard" – Ah, aquela pobre siderúrgica infernal e lúgubre, onde se fica condenado ao tesão do ferro retorcido.

COMPREI UMA PASSAGEM PARA O NAVIO *Excalibur* que parte de um México montanhoso para Havana e assim poderei ver "Bull", que está lá – subo a bordo, vejo o meu camarote sem graça, marrom, solitário, como os da desditada Manchester – um dos comissários é bicha e tenta acariciar minha mão por baixo da escrivaninha, baixo os olhos e digo: "Ei, tem um rato aí embaixo!" fingindo inocência. A passagem é caríssima, fico sabendo que o navio também passa ao norte de Nova York, fazendo escala em tudo quanto é porto cinzento de sonho – vai sair às 12 e 45. Enquanto isto, volto para casa para preparar o almoço e me aprontar – não é longe, a distância de uma pedrada dos grandes armazéns do cais e do navio – estou completamente só, me sento e começo a imaginar como irei contar a história do comissário bicha para "Bull" e os outros – resolvo não preparar nenhum almoço, uma vez que servem três refeições diárias a bordo. De repente me dou conta de que estou atrasado e não disponho de roupas apresentáveis – transpiro muito, sinto as pernas bambas, mochila de andarilho às costas, saio correndo para casa, subindo e descendo ladeiras, para ir buscar o resto da minha tralha – ouço grandes apitos – vejo a popa de um navio passando no cais – corro até a ponte de comando, ele está partindo com muita pressa, é *o meu navio,* confundi 12 e 45 com 12 e 15 – Ai, o mundo vai embora sem fazer o menor ruído – fico olhando do alto da proa, mas não é o *Excalibur*, percebo que estava certo, a hora do embarque continua sendo às 12 e 45, ainda disponho de trinta minutos, mas não consigo mais enxergar o meu navio ancorado – não perco muito tempo em procurar, prefiro ir correndo até em casa, lutando para pegar meus últimos tarecos e pôr na mochila – tomo um atalho e me atrapalho todo com colinas íngremes e desnecessárias

– um México engraçado, ensolarado, cheio de ladeiras como Frisco – há um silêncio completo na vizinhança nesta tarde – não sei o que foi que houve –

ALGUÉM ESTÁ COM UMA ESPÉCIE DE CÁLICE Sagrado na mão e no mesmo instante *(cales) (cale-se!)* vemos uma pessoa – que se faz passar pelo Diabo – de costas para um espelho – e o cálice, tendo uma Cruz, obriga o Demônio a recuar, assobiando feito cobra e tremendo da cabeça aos pés –

PEDINDO LICENÇA PARA ME LEVANTAR DA MESA do jantar corro para dar o telefonema combinado. A garota de cor me observa da porta de seu quarto – mal termino a ligação, entro ali às pressas, nos abraçamos, acariciamos e não demora muito está sentada no meu colo, negra, nua e começo a meter – depois viro ela de costas em cima da cama e, acelero o ritmo – em êxtase, louco, eufórico – e fico pensando no que o pessoal lá embaixo vai pensar do meu interminável "telefonema" –

NO BOULEVARD VAN WYCK, ANTES DE TER sido aberto – SUA EXCELÊNCIA, A EMBAIXATRIZ, ou outro musical do mesmo gênero, está sendo encenado com grande sucesso; todo mundo comenta, vejo o nome da peça na marquise – indo a pé para casa, enxergo um sujeito com espigões subindo feito esquilo num poste telefônico, onde começa a cortar fios; é incrível como subiu ligeiro, as crianças olham boquiabertas – mil coisas acontecendo de um lado para outro no Boulevard apinhado de gente – esbravejo, rogo pragas, porque perdi um punhado de cinzas – acho uma calçada diante de uma casa com mil pedrinhas lindas de enfeite encaixadas em buraquinhos – roubo seis ou sete, levo na mão, deixo cair uma embaixo do pára-choque de um carro, pego de novo. Minha mãe, pra quem acabei de telefonar, vem se encontrar comigo em vez de ficar esperando em casa, então finjo que não vejo e de repente, do outro lado da rua, irrompe um incêndio em pleno chão, correndo pela sarjeta – surge logo um carro, que só de farra, passa por cima – o fogo pega num poste e num sinal de trânsito, seguindo adiante, em linha reta, cobrindo o asfalto de um grande cruzamento – "É um cabo telefônico!" – Um sonho alegre, cheio de vida –

GUY GREEN, EU E MARGUERITE, PARADOS na esquina da "rua 72 com a Broadway" – para mostrar a ela como se faz, ele leva um tombo tremendo, caindo de lado na calçada e por pouco não bate com a cabeça, engraçadíssimo, no cimento granulado de chuva – todo mundo fica olhando – mas de repente me lembro de uma coisa que esqueci, tinha que fazer ou precisava buscar, e bem na hora em que Guy bate na calçada e Marguerite quase morre de tanto rir saio disparando pela Broadway agora feito louco e deixo os dois ali plantados, sem explicação – digo comigo mesmo: "Este pessoal vai pensar que estou querendo desbancar o tombo do Guy". Depois começo a descer uma ladeira perigosa, mas acho que não tem perigo, porque está seca, é uma calçada seca – mas se transforma em prateleira de trezentos metros de altura; procuro me segurar no meu gato aflito – acho que há de se sair melhor sozinho, com suas garras – tem uma multidão olhando – jogo ele contra uma viga – se agarra, desesperado, mas escorrega, dá um guincho, bate noutra, tropeça e cai lá embaixo na areia (que nem numa montanha-russa na praia) – choro – sinto medo – não consigo descer – depois fico com vontade de vomitar – dentro de uma casa – de volta do hospital – acontecimentos – pessoas que me cercam sem parar, por que não me deixam em paz? – etc. –, uma mistura de imagens de cera, sangue de verdade e soalhos tristes –

ATRAVESSANDO DE CARRO O PEQUENO E Fantasmagórico Canadá, com Easonbur Annie, minha mãe e Nin no banco traseiro, e eu também. Annie está dormindo ou bêbada. "Pisa no freio!" grito eu – "sua beberrona idiota!" – ela nem sabe por onde anda – eu tampouco – tento pegar o volante, dirigir o carro desgovernado, louco, por cima de calçadas, no meio de postes de iluminação, dobrando esquinas, contra outros carros, hospitais, o canal, a noite – não fico preocupado, dirijo bem no banco traseiro – depois, Santo Deus, vou caminhando com Nin e mamãe pelos becos da Fábrica de Tecidos, atrás da Prince e Aiken, da Ford e da Cheever – escuridão, paralelepípedos – aquele sonho antigo que se passava por lá – de repente vejo um homenzinho tristonho, sinistro, "é Dave!" exclamo, cheio de alegria – Dave Orizaba, o elemento de ligação com a Cidade do México – Nin e mamãe ficam *apavoradas* – "Vem! não fala com esse homem! Oh!" – porém corro, só para terminar vendo que não é Dave, mas apenas o fantasma de um velho vagabundo de chapéu seboso dos becos de Lowell – mas ele leva um embrulho – erva? – sai no nosso encalço, e as duas fogem – fico doido, estendo o braço para trás, apalpo o embrulho, é sólido, que nem carne, e não maconha –

BROOKLYN – TRISTES CENAS ESTRANHAS carregadas de complexo de culpa; isso começou há muito tempo, quando tinha 4 anos, na PRIMEIRA VEZ em que fui a Brooklyn com minha mãe – agora é o adulto de ANOS MAIS TARDE, tal como num sonho, e procuro explicar para minha mãe que, se pegar o elevador e saltar em Juralomon, vai chegar bem mais depressa no emprego – ela trabalhava numa loja de calçados quando eu tinha cinco anos e morávamos na Hildreth, no Kellostone, e fizemos a primeira viagem, no meio de um frio de rachar, a Nova York negra – tem qualquer coisa errada naquele fim de linha da vida – as irmãs Marquand também andam por perto – o trabalho dela fica do lado do parque, a ilha, o Ozone, os elevados ensolarados, mal-assombrados – dos velhos sonhos – a casa de tijolos vermelhos, mal-assombrada, ainda – minha mãe e eu estamos na rua, esperando o ônibus, que aparece na esquina, mas só vai parar na metade da outra quadra; temos que sair correndo para pegá-lo – me lembro de Denver – tudo, tudo mal-assombrado e confuso – Wesley Martin é muito, mas muito mais nítido. Tinha uma garota, sem nada de assombração, com jeito de culpada, nua – timidez – a irmã dela – um sonho perdido. Antes, no lusco-fusco do campo sul da Columbia, estou arremessando a grandes distâncias para dois pirralhos, mas, como num sonho, não quero nem posso jogar coisa nenhuma, e termino correndo sem largar a bola ou pedra – até que mais tarde – quando não há mais força – mas às vezes acerto em cheio – cadê

Edna? Jule? Franz? e "Bull", da Pan American? O que é que vim fazer em San Luis Obispo? Chuva – sem dinheiro na capa de chuva – eis aí o que estou fazendo em San Luis Obispo.

PASSANDO DE TREM PELO LABIRINTO DE trilhos de san josé com uma espécie de amigo índio tipo Lil Abner, que nem o índio do guarda-malas em Frisco – e que também tem um amigo que vale ouro; descemos para um saguão de subsolo, atulhado de operários; está havendo mais ou menos uma festa, um ritual, algo que não precisam fazer, mas de qualquer maneira fazem – o amigo do índio usa malha e se exibe em cima de um estrado – eu penso: "Se alguém que não fosse índio entrasse aqui agora, seria capaz de crer que é uma festa de bichas" – o índio e eu estamos prestando um favor à Companhia Ferroviária – "Caras como você e o seu amigo são uma verdadeira raridade", digo a ele, com sinceridade, quando nos retiramos para voltar para a nossa locomotiva – A certa altura me ponho de joelhos, para esfregar o chão de um corredor fantasmagórico, coberto de ladrilhos vermelhos que nem os velhos navios cargueiros que também levavam passageiros – temos cajados, limpamos a locomotiva, descemos íngremes rampas de pesadelo – quando vejo, estou na colina de Centralville, tentando descer rastejando, ajoelhado, por um morro escarpado e prateleira – que horror! – ajudando senhoras – o meu amigo do peito lembra Iddyboy e Lil Abner – feito o bombeiro de ontem no trem de passageiros de Guadalupe. O pátio de manobras em San José dá para o Leste, como aquele Bunker Hill perdido do corcel branco cavalgando para Leste de São

Francisco, para longe de Cody e de Evelyn, lá no Café de Market Street – começo, *finis*.

MINHA MÃE ESTÁ TODA CHEIA DE DORES E achaques – mando que tome um pouco de uísque para melhorar – um minuto depois, vejo o meu velho escapulindo de casa para dar um pulo na drogaria – comprar aspirinas, aqueles mesmos comprimidos de antigamente – fico danado, mando mamãe tomar outro gole – finge se reanimar: "Ah, uísque? E aí, o que é que eu faço?" – "Toma com aspirina e vá se deitar" – A cena se passa num lugar qualquer do leste e é triste – Pouco antes foi a vez de Pete Menelakos se encontrar comigo numa esquina de Lowell, me implorando para voltar para lá – Lowell continua a mesma cidade impossível de tão quente que nem existe (me lembro de manhãs frias, com mingaus de aveia e o colégio antipático) – G. J. está junto de mim e do bom e fiel Scotty – digo a Scotty o que penso dele – G. J. se mostra amigo e impaciente – já são 8 e meia de uma manhã luminosa, adoçada pelo canto dos passarinhos, de domingo em San Luis Obispo – Ah, meu Deus, o que é que vou escrever? Como dobrar estes tendões da minha arte e em cima de que bigorna? de que harpa? que frígida janela Beethoven esperava trancar? que MAR atrair? e submeter o espírito? – Pete Menelakos, que estava lá no bar da rua Moody na última vez em que vi Maggie Cassidy e a rua ainda tinha esse nome – aliás, quando as noites de sábado em Lowell no verão se transformavam na maior baderna na praça Kearney e se esperava o ônibus para ir ao lago, o pessoal fazia compras e quem queria dançar tratava de se apressar – lá por aquelas bandas, um mero recanto desta vastidão americana – agora a tevê-ite, a meu ver, acabou com a cultura para sempre –

IRWIN GARDEN – NÃO SEI POR QUÊ, SEMPRE há uma vaga aura de assassinato pairando em torno dele – um apartamento em Manhattan – uma longa conversa – o seu dedo levantado no ar – fui me deitar com a primeira visão nítida e a mensagem definitiva da necessidade da minha morte – estou caminhando em cima de um banco, no meio de multidões, não tem importância que o homem carrancudo, atarracado e musculoso de 30 anos vá morrer – um entre dois bilhões deste mundo morto e bilioso – com sua carga de tempo e tédio – me acordo e compreendo que sexo é vida – o sexo e a arte – é escolher entre ele e a morte –

ATRAVESSANDO UM MUNDO DE TRISTES escombros, à medida que o trem – eu mesmo, transformado em parte dianteira da locomotiva – passa por uns trilhos – no meio de pedaços de reboco, poeira, quarteirões e praças inteiras de ruínas, destroços, lixo e porões – por fim começo a me esconder atrás desse entulho – em peças subterrâneas desabadas – acompanho minha mãe até a fábrica de calçados, onde vai receber o cheque do salário de Natal, a parede está coberta de avisos, um deles diz "O Filho de Angie Voltou da Califórnia" – me sinto tremendamente ofendido ao perceber que pensam que só quero o dinheiro dela – imagino o quanto não deve ter falado, contente, cada vez que estou por chegar – Escravos de loja de calçados, escravos da estrada de ferro, James Watson fez o maior escarcéu no dia em que *Town and the City* foi aceito e "Frankel" rejeitado e agora tem 20 mil dólares para os meus mil – Céus, o que eram aqueles porões romanos desabados? – junto com que rota do canal de Lowell? – Passavam bem na frente da ACM – junto dos trilhos da Boston & Maine e na direção dos pátios do Princeton Boulevard, onde Joe e eu examinamos as velhas locomotivas da década de 30 na antiga estação de 1915, enferrujando no meio do capim – O velho e triste reboco das casas malassombradas de Lowell, os porões do rato, indignos de se ficar boquiaberto, os soalhos desaparecidos – o horror da decadência de uma casa e da família que um dia morou ali – o antigo patriarca que a construiu – e perdeu – não goza de minha simpatia –

COMO NOTRE DAME EM MONTREAL, É A Catedral, templo onde entra uma espécie de trem e estou em companhia de "Bull" – um cão descomunal passa correndo pela nave, no meio dos bancos, é "O Cão dos Baskervilles" – De repente decola impaciente no ar, transformando-se num gigantesco pássaro preto e voa diante do altar, descendo para as portas da sacristia, onde alunos de teologia apressados não lhe dão atenção, e então pousa ereto no chão feito gente – e, curvado pelas asas, dirige-se a uma porta da sacristia com ar de Satã, preto, tristonho, mas também um humilde sacristão –

Depois estou junto de "Bull" e alguns rapazes, a um dos quais digo: "Também fico com cara de bandido quando me visto direito" – Ele não acredita em mim, me olha, um velho caquético dizendo besteira – me sinto idiota –

Ah, como ia dizendo, o nosso pássaro se encaminha para a porta da sacristia – atrás dos altares –

Me acordei, olhei no espelho, sentindo repugnância pelo meu rosto gordo, envelhecido – o pássaro gigante mancava – o garoto que me olhou desconfiado era Don, e louro – (Don Johnson, que conheci na Cidade do México) –

Aquele Arcanjo Gabriel em forma de pássaro manco e enfarruscado –

ROLANDO PELA CALÇADA (É O MESMO LUGAR do treino com o tambor de mambo) de uma rua transversal, ladeira suburbana de Nova York, num carrinho de madeira de brinquedo, esbarro em duas crianças, um menino e uma garotinha mais velha, e, empurrando um pouco para me desviar deles, acabo entregando-lhes o carrinho – e aí então a garotinha quer entrar na casa junto comigo e eu digo: "Você é pequena demais", mas é tão bonitinha! – e na Índia (que horror), nem tão pequena assim – dou o carro para o irmão dela – entro, subo a escada, espero uma eternidade por Evelyn no quarto da mãe, cheio de talco – "Ah – ela não está – hoje é sexta – foi visitar Cody no hospital" – eu espero – dali a pouco a garotinha vem bater na porta – pondero comigo mesmo no dormitório masturbatório de casal – já tinha visto essa garotinha antes com Raphael Urso na praia, ao pé do penhasco baixo – a praia de Lakeview Avenue no depósito de lixo – cinzenta – tinham me pedido para esperar por eles ali, voltariam em seguida – é o mesmo monturo de eternidade da minha primeira visão do mundo lá das janelas lupinas – do Mar da Folia – tique tique tique –

AQUELAS HORRENDAS AMAZONAS DE ROMA me pegaram como escravo para dançar em seus coros de tortura, num ritual, no Circus Romanus – o público ri e aplaude – a dança sexual – cutucam a gente com a espada, quando não se quer dançar – a morena grandalhona vem correndo, me agarra, puxa e me obriga a fazer um troço lascivo e sugestivo com ela, tudo numa coreografia planejada de antemão, mas sou um escravo recalcitrante, um amante desditado – a multidão urra de alegria – é também uma espécie de quadra de basquete, o salão de jogos da Paróquia de St. Louis –

EU E OS GUARDA-FREIOS estamos jogando bola num terreno baldio – só por farra, dou saltos prodigiosos, caindo de mansinho de cara no chão, mergulhando pra lá e pra cá, de ponta-cabeça, dando pancadas com o dorso da mão e tombando de costas, de lado, tudo com uma facilidade espantosa – que grande jogador de futebol poderia ter sido! – se os divulgadores profissionais não fossem tão implacáveis e impacientes – o guarda-freios mais alto, Mulles, Bostrell ou Scheafer, assombrado, se atira com ferocidade contra mim – mesmo assim revido à altura, incrível – por fim erro uma – que pena – na vasta quietude, a força do sol esmorece, os passarinhos cantam no crepúsculo – lanço a bola para o alto, no meio de um buraco enorme, a música toca lentamente – O velho maquinista está entregando seu último relatório, o dia terminou, o trem vai ser recolhido – É assim que o mundo há de acabar, em raios, vermelho, as pessoas assistindo, caladas, exaustas – O mundo do espírito é o mundo verdadeiro – os raios do espírito, os raios reais –

ESTOU CARREGANDO O PEQUENO LUKE OU O Pequeno Tim nos meus braços, criancinhas do hotel fantasmagórico, cinzento, de Liverpool, depois que não-sei-que-espécie-de-afronta crava as garras no meu corpo, tentando alcançá-lo para fazê-lo em pedaços e por isso, enquanto seguro o garoto no ar, lá está ele chupando o meu nariz – As mulheres andam por perto, mas há uma briga enorme, verdadeiro tumulto: um vasto avião acaba de decolar do Campo das Vacas – é noite – seguro o bebê, me virando, lutando, e ele continua a chupar alegremente meu nariz –

AQUELE DOIDO DO HORACE MANN, UM pirralho judeu – tão inteligente – em sonhos passados parece que conheci ele – era doido de atar e interessantíssimo – eu estava em casa de uma garota, o suntuoso apartamento de uma judiazinha em Nova York – Horace veio namorar a irmã dela – que não quis nem saber – mas usou de lábia – as coisas espantosas que disse – recebi algumas cartas dele – conhecia o pai, era engraçadíssimo – mas tantas coisas aconteciam naquela época, mal tinha tempo para responder e não demorei muito para desistir da correspondência e da amizade dele, por força das circunstâncias – na vida real não cheguei a conhecê-lo – a não ser num misto do atleta do hospício e gordinhos espirituosos, de que se compunha Horace Mann – mas este aqui era nítido, convincente, verdadeiro – o espírito inventa feito Deus – era tarado sexual – só falava em sexo com a tal irmã, de um modo que não o comprometia – rápido demais, complexo demais, para ela entender – Fico ali pensando: "Que cara espantoso – um dia ainda vai ser produtor de cinema – eu devia ficar assombrado com a eternidade da alma imensa, engraçada e complexa, que ele tem" – Marty Churchill, o jovem Blatberg – Ah, inevitáveis –

ESTOU MANTENDO UM CASO com uma garota de cor como aquela viciada em heroína em Frisco – trabalho numa espécie de padaria, onde ela é uma espécie de supervisora do escritório – as horas são intermináveis – em parte a fábrica de Crax, em parte a loja de máquinas do subsolo da Escola Secundária de Lowell, em parte as usinas de Rocky Mount – em parte, ainda, a garagem de um sonho como a de Blagden em Back Central Street, onde eu estacionava carros – cinzenta, lúgubre, feito as escolas vocacionais de Lowell em dia de chuvisqueiro úmido – mora numa das ruas 70 do lado Leste (em N.Y.), perto do lugar em que Guy caiu para impressionar Marguerite e eu fugi correndo – Nós – são mais ou menos quatro horas da madrugada – combinamos dar uma foda – mas perdemos tempo, não-sei-o-quê, heroína talvez, e quando chega o momento de entrar na porta do quarto da alegria, tem que ir abrir a padaria, às cinco da manhã – e não é que não goste de mim, são os negócios e as circunstâncias que a obrigam a ir embora (bem-me-quer, malmequer) –

ANDANDO EM DOIS CADILLACS, UM DE 52 E O outro uma limusine de 47, em companhia de um bando de amigos – o motorista é Jim Calabrese – mexicano – estamos passando por Lombard Street em Frisco e em parte Lowell, descendo por uma ladeira muito abrupta, interrompendo tudo para saltar e comprar cigarros – "Nojento", Guy Green, uma porção de garotas – Jim sorri – Cruzamos por cima de uma ponte – depois volto para o chalé de West Street, onde mamãe pergunta se o órgão continua lá no galpão – Não, a família que se mudou "em 1931", mas "a que veio depois deles, na certa vendeu o órgão" – "o Chalifoux"! – *que bom* poder ver os jardins de Montreal e Rubens, ali do quintal dos fundos – Curtindo as peças espaçosas, o quintal, o alpendre – a brancura do chalé, os velhos sonhos de Aiken Street, de First Street em Centerville – chegando em casa na suave penumbra do crepúsculo – pelo *Presbytère* – as noites sob o caramanchão de rosas – Santo Deus, que fim levou papai? – Diga papai, diga mamãe – já me esqueci como se diz *papai* – vou me esquecer de mamãe, de *mer,* até de *merde* – o que é muito sério.

ANDO NO MEIO DE UM PARQUE, TEM CRIANÇAS brincando junto de chafarizes – uma garotinha me faz parar num matinho, dizendo: "Moço, dá pra me abotoar o vestido aqui em cima?" – deve ter seus sete anos, mas já com peitinhos ou peito, parece – fico sinistro e lascivo ao olhar para ela, com aquela cor de mel, o corpinho – começo a abotoar a parte de cima do vestido enquanto ela fala – vou testar-lhe a inocência – sinto remorsos tão profundos quanto o mar – será que não há nenhuma mãe aqui por perto? – me preparo para beijar ou agarrá-la para beijar-lhe as coxinhas, de leve, mas bem na buceta – preciso tomar cuidado para não derrubá-la – ela pressente, vagamente, as minhas intenções com um incipiente sorriso travesso – não me mexo – estou velho.

Quem sou?

S T A V R O G I N

ESTOU EM DRACUT TIGERS FIELD, no meio de um chuvisqueiro ou chuva de granizo, e me dirijo para a parte mais curta do campo à direita, onde jorra e borbulha uma fonte em plena neve, e fico ali à espera de um sinal proveniente da mortalha de eternidade arábica que vai me fornecer o segredo da geada numa barra de gelo – estou assombrado de ver minha velha árvore no campo à esquerda, por cima da qual Al Roberts acertou tantas bolas na meta – eu mesmo, certa vez, acertei uma – a quase um quilômetro de distância – toda Lowell está encoberta, no horizonte, por uma escuridão triste, lustrosa – acabo de regressar de grandes aventuras navegando pelos canais tropicais do Sul –

POUCO ANTES FOI A MARGEM DO RIO, o grande navio ali atracado. Tenho uma namorada alta, uma baixa e outra de cor e tento trepar com todas – pego a de cor e digo: "Vamos lá pra baixo no rio que eu te mostro" – não sei por quê, a casa de sonhos onde Gerard morreu fica perto – a prancha de embarque do navio passa por cima de encostas de lodo e cais de madeira; não subo por ela, pois a tripulação toda anda por ali feito fantasma, mas pulo no chão e depois galgo o trapiche, que nem rato – reconheço membros da tripulação no desfile de mortos-vivos – senhoras e senhores, de repente estou num quintal enluarado de um inverno de anos atrás, de um colégio, talvez na Alta Escócia – tranças – lábios –

DEPOIS ESTOU COM "BULL", CONTANDO-LHE que fugi de navio e atravessei o Canal do Panamá – aconselho que faça o mesmo – mas não consigo imaginar que trabalho ele faria a bordo, com certeza não seria atendendo aos oficiais no refeitório – ou lavando pratos – Há um monturo de lixo lá fora, iluminado por muito sol, e a manhã de sábado é açoitada por forte ventania, ao longo de um rio noturnal, onde ando vadiando de um lado para outro na vastidão das estruturas, com tal rapidez que o rio se transforma em mar, com rebentação – o depósito de lixo se converte em gigantesca obra de construção em que corro por baixo das máquinas e também desloco canos empilhados – e a minha gazeta da aula vira uma grande natação ao longo da costa com meus próprios braços e pernas, desde o norte em Frisco, até aqui no sul, na fantasmagórica Bigshore, com um cara me observando – Ah, cidade sulista dos meus sonhos – e praia dos oceanos – minha garganta anseia por encontrar o caminho de volta ao lugar onde sou pranteado e nem sequer lembro mais onde fica –

ARREMESSANDO PESO COM UMA BOLA DE OITO quilos num ginásio onde também tem uma trincheira; um garoto chinês está tentando dormir no chão e digo para um baita china: "Ei, tira esse cara daí que vou arremessar peso" – Feito Parry O'Brien, estou virado para trás e girando o corpo por completo – Outro garoto tenta fazer o mesmo e exclama: "Ei! melhorei minha marca!" – Há também uma pilha enorme de meus escritos, inclusive jornais que eu mesmo escrevi, celebrando a mim e os meus romances, com manchetes coladas no papel – uma bagunça de enlevo escatológico tão lamentável que chega a me dar náuseas – Um grupo inteiro de caras tem vindo me visitar no segundo andar desta casa de madeira acho-que-na beira-mar; Nin também esteve aqui – agora estão me esperando lá embaixo, no carro, para ir viajar, e fico limpando coisas que deixei por último, como o meu gorro de peles, em vez do boné de beisebol, o blusão cáqui com gola forrada – "Ah, leva só uma camisa e respira o ar puro!" aconselha Irwin Garden entusiasmado – é em Maine – me mato de tanto escrever – tenho tantas caixas cheias de bobagens, papéis e coisas que escrevi – encontro o original datilografado de um romance, cuja cópia, tirada com carbono, andei corrigindo, pensando que fosse o original – pobre filho da puta engraçado.

ESTOU PASSANDO EM REVISTA UM PUTEIRO na Cidade do México ou em Paris, entro direto num pátio e sigo em frente, no meio de janelas protegidas por telas, vendo lá dentro o traseiro roliço de negros que lêem revista deitadas de bruços; às vezes chega a ter oito putas num quartinho mixuruca – meu companheiro dá uma risadinha na entrada – De repente estou sentado no alpendre da casa de praia com Maggie Cassidy, olhando para duas putas encostadas na cerca, observando o movimento, à espera de propostas – uma é morena, de traços imperfeitos, a outra, gorda e feia – mas são tão inseparáveis que, levando uma, tem que se levar também a outra, como num parque de marinheiros – a morena passa *rouge* no rosto e de repente parece muito mais bonita, com um realce exótico nos olhos e nas sobrancelhas feito as beldades indianas da rua Organo – me viro para Maggie, que está inacreditavelmente engraçadinha com sua tez rosada, cabelo e olhos escuros que nem bolinha de gude preta – "Maggie", exclamo, enquanto as putas fingem que não ouvem, "Sabe que teus olhos agora ficaram *pretos*?" – Mas ela, interessada em curtir a vida das prostitutas, continua mascando chiclete, simplesmente extasiada –

ANDANDO PELAS FAVELAS SUBURBANAS DA Cidade do México, estaco diante de um trio de gatunos sorridentes que se afastaram do bulício da rua noturna, cheia de gente, repleta de luzes castanhas, carrinhos de coca-cola, e *tortillas* – não resta dúvida que pretendem me roubar a sacola – luto um pouco, desisto – começo a explicar para eles os meus apuros e me saio tão bem mesmo que acabam se contentando com apenas algumas coisas – não quero que levem a minha fôrma de calçado – um deles pega um pedaço de metal – saímos andando e a sacola fica entregue aos cuidados de alguém – de braços dados, feito uma quadrilha, rumo às luzes do centro da cidade de Letran, passando por um campo – desconfio que seja por causa da traição que cometi contra Enrique Villanueva, de Vera Cruz, que me deu uma pata de coelho que deve ter algum significado especial para os índios – eles são mansos, mas perigosos – engambelo, me sentindo encurralado, perdendo os meus "pertences" no mundo de verdade e tendo que me envolver da maneira mais penosa com ele –

DESCEMOS PARA O INTERIOR DE GRUTAS DE areia subterrâneas na Índia, eu, duas mulheres e um menino – tem cobras birmanesas, ídolos – nos perdemos e não conseguimos achar a entrada de novo – fica tudo perto de Lowell – que nem bancos de areia – um anoitecer purpurino lá fora –

DEPOIS TORNO A MORAR NA RUA 20 DO LADO Oeste e estou sentado diante de minha escrivaninha, depois que alguns amigos foram-se embora, escrevendo com tinta vermelha, numa caligrafia graúda, florida, as linhas finais de *Doctor Sax* e de repente percebo que Irwin continua ali, ainda acordado, lendo lá no seu beliche no canto –

NUM NAVIO NO CARIBE DISPARAMOS A navegar a 100 quilômetros por hora pela rua principal de uma cidadezinha, George, o Polaco, diz que é Santa Rico, em Porto Rico, mas não dá para acreditar porque as casas são americanas, os cartazes em inglês – afirmo que é Galveston, mas de repente enxergamos a COMPANHIA KEROUAC DE ANZÓIS E ESCADAS – Nos arredores da cidade, no mar negro, vê-se uma galera enorme, com cinqüenta remadores crioulos, atracada – são valentes cantores jovens que querem subir a bordo – sinto vontade de desembarcar – Georgie diz: "Já conheço estes caras, são todos moços e atléticos" – eu penso: "Deviam estar remando" – "Escravos de galé da canção" – A tal cidade era de fato Kansas City, em Kansas –

O QUARTO DO ANDAR SUPERIOR, APENAS com uma lâmpada acesa, na Gershom em Sarah, a cena dos IRMÃOS KARAMAZOV, um John MacDougald pálido, cheio de espinhas, magro, austero e doente, está discutindo com seu pai, só de meias e chapéu os dois tomam *tócai** num canecão de litro e meio – falando sem parar, de um jeito matreiro, o pai pede para o filho se aproxi-

---

* Vinho húngaro. (N. do T.)

mar da cama para arrumar os lençóis e de repente tira uma espécie de espada dobrada de dentro de um pano e aos poucos, brincando, corta traços de leve na testa de John, até penetrar mais fundo na pele – "Seu velho Karamazov, doido e idiota!" penso eu – John, enfurecido, levanta o canecão e atira contra o pai, atingindo em cheio no rosto, e o velho cai, ensangüentado e morto, da cama – No andar térreo, no saguão do Hotel Gershom, forma-se um rebuliço, primeiro por alarme de incêndio, depois por causa do crime – saio caminhando para minha casa, que fica do outro lado da rua –

HUCK E IRWIN ESTÃO HOSPEDADOS EM NOSSA casa de Richmond Hill – no meu quarto, os dois cantam hinos judaicos; Irwin tem voz aguda e trêmula, de coro de sinagoga, Huck, de baixo retumbante – Irwin acaba de encontrar trabalho como garçom num asilo de velhos mantido pela sinagoga – Huck termina a canção com uma espetacular e teatral nota final, de grande efeito, que se ouve de qualquer canto, enquanto escovo os dentes no banheiro – aplausos – papai está na sala de visitas – apareceu uma porção de gente durante o fim de semana lá em casa, inclusive, logo no início, Vinny, GJ, Scotty e o "Nojento", como antigamente e AGORA, e conto para eles como é na ferrovia, faço um grande poema épico e todos escutam o Novo Zacarias – depois vou finalmente trabalhar nos pátios da Boston & Maine, espiem só! – índios desgrenhados do norte, com roupas listadas e sujas, recolhem a alface estragada, amontoada no campo, suas mulheres, tristes e morenas, vão-se afastando, abraçadas umas às outras, contra o vento do inverno que está chegando, ah, que tristeza! – e lá embaixo no pátio, atrás das pilhas, estão os vagões que carregam mercadorias, os guarda-freios já vêm descendo, à procura do aviso, tenho que ir até lá perguntar onde ficou o meu trem expresso – índios, também, no meio de tudo, recolhendo as sobras e refugos – digo para mim mesmo: "Ah, não só a equipe da parte índia da Califórnia, mas também a mais esquisita, da Home & North, e este desperdício de ferro-gusa" – Os monumentais fins de semana lá em casa, na 94-21, incluíam Rachel, muita gente, à sombra de árvores frondosas, tal como na Nova Inglaterra, em Lynn, foi por isso que papai apareceu lá – Ah, quem dera que a humanidade viesse me visitar assim, que meus sonhos fossem de verdade, e que pudesse trabalhar numa ferrovia dessas – não é nada mais que a mesma que ia de Boston-para-New Hampshire para-Lowell com que sonhava desde que era deste tamanhinho –

UMA VASTA DEBANDADA DA HUMANIDADE na américa atravessou regiões desoladas e está quase em Washington, mas os índios, recentemente martirizados e vingativos, encontram-se cada vez mais perto – Tudo começou num teatro qualquer, eu estava presente, sentado na platéia, havia garotas, comendo em camarotes – agora o grande desfile passa pela ponte do rio Potomac e entra em Washington, no momento exato em que os índios lá em cima no rio se atiram dentro d'água e saem nadando – "Vão nos cercar pelo outro lado!" – Alguns dos que atravessam a ponte começam a dar tiros de espingarda nos que nadam, tem até mulher atirando – os nadadores de repente não são índios, mas pessoas comuns que tentam chegar na margem oposta – consigo até reconhecer uma garota que esteve comigo num camarote na guerra em terra – vejo alguém fazendo pontaria para atirar nela e logo desistindo da idéia – outros, porém, continuam atirando, os nadadores mantêm a cabeça dentro d'água, boiando como se estivessem afogados – Subitamente, também do lado seguro da ponte, uma grande leva de gente se apressa pela água rasa da beira do barranco, pelo jeito são novos inimigos; um homem bem vestido, ao passar por baixo da ponte, joga contra ela o seu punhal de prata – o punhal aparece e desaparece à tona d'água, no lado oposto, bem perto dele – as massas todas se misturam, a guerra está confusa, todos nós corremos de roldão em direção a uma vida nova e pacífica, o rio representava a diferença da guerra – ou a diferença de guerra – por isso agora minha mãe e eu temos uma pequena mercearia numa rua sonolenta do bairro; uma tarde, saio a passear pela sombra das árvores auriverdes – a cinco quarteirões de distância, naquela modorra que lembra Nova Orleans, de repente ouço, bem fraca, a voz dela: "Deni Bleu! o Jacky acabou de sair para dar um passeio – ele não vai demorar!" A essa altura já tenho um salame de mais de dois metros no ombro, todo retorcido, feito galho de árvore, luto com esse peso enorme para chegar, todo alegre, na mercearia – passo pela mesma garota com quem fui tão tímido naquele já remoto camarote dos lugares de guerra – fiquei algum tempo sozinho com ela e me lembro – não podia falar nem levantar a cabeça – entro na mercearia, Deni é magro, se ergue de um salto quando faço cara de *oi* – "Quem você pensou que fosse?" exclama, apertando minha mão – "Quer um pedaço de salame?" – e, enquanto minha mãe ri, ele começa a cortar as fatias, mas de repente se põe a sacudir azeite de oliva e vinagre por cima, com a gesticulação frenética de um pirralho batendo punheta, e derrama uma quantidade incrível no chão – "Meu Deus, não põe tanto", reclama minha mãe – "Ah, eu sou louco por azeite de oliva!" diz, dando risada e, feliz da vida, enchendo a boca de azeite – olho com pesar para todo aquele nosso azeite espalhado pelo chão – seja lá como for, a guerra acabou (isso foi sonhado e escrito no dia 26 de julho de 1953, dia do Armistício com a Coréia).

JULIEN MORREU – ESTAMOS VELANDO O SEU corpo, nós, os subterrâneos; é na casa dele, na parte mais baixa da Quinta Avenida, mas nosso velório acaba saindo no jornal, onde comentam como a camionete antiquada de Dick Beck, sempre estacionada na frente, começou a vazar e inundou não-sei-o-quê e ele foi multado – Julien não está deitado no caixão e sim sentado numa cadeira, no canto – mesmo assim, todo mundo fala e bebe, até com alegria – é também a casa de Gerard e a minha, na rua Beaulieu, marrom e tristonha – me lembro que entrei lá na "segunda noite" do "velório", depois de ter assistido o programa de televisão anunciar que Jack Kerouac ia ler Contos Infantis e depois de longos, inacabáveis terrores e tristezas, nos corredores de mármore da Estação Pensilvânia, esperando durante noites quentes de dias santos aos fins de semana pelos trens, perto dos mictórios, me metendo em enrascadas com a polícia, inexplicáveis, melancólicas – vejo o carro de Beck ali na frente e entro na casa. A porta lateral está aberta, mas a grande, da entrada principal, com seu holofote apocalíptico, ofuscante, também, e é por ela que entro, piscando os olhos e encolhendo os ombros, envergonhado e enfiando desajeitadamente as mãos no meu cinto, para que ninguém vá pensar que encaro com leviandade a segunda noite do velório de Julien – é assim que entro, aos trancos e barrancos – o corpo dele continua lá no canto, mas desta vez, usando a liberdade de opção, prefiro não olhar – o pessoal está espalhado por tudo quanto é parte – sento no sofá com Roger Barnet, que me mostra uma garrafa de barro de gim e gipsita – marca GIM & GIPSITA – "Será que a gente pode beber?" – "Claro, *eu beberia."* – A garota (mulher do Shelly Lisle) já está com o copo e os cubos de gelo prontos – o velório tinha sido muito mais animado na véspera, agora a publicidade e a seriedade do enterro iminente de Julien começa a pesar no ambiente – Irwin deve andar por ali – Como está imóvel o solene, descontente, jovem morto em sua poltrona apodrecida ali naquele canto, tão sério, ainda obstinado, sempre reprovador, empertigado e pedante, *mort –*

OS SUBTERRÂNEOS NUMA REUNIÃO DE improvisadores de jazz no Porta Aberta, que se transforma em vasto teatro – estou no porão, procurando achar um meio de entrar de graça – vejo uma gigantesca escadaria sem degraus, que acaba sendo a escada-rolante dos funcionários do teatro, e digo: "Basta subir por ali e tá no papo" – "Que nada", retruca o pirralho que me acompanha, Dick Beck, Lisle ou Gerard Rose, "a gente tem que mostrar essa porcaria de passe e crachá em tudo quanto é porta, depois dessa escada aí" – é a foto de sempre, em que Brooklyn aparece como cena de filme – vemos alguns funcionários, a cabeça imóvel emergindo do vasto alçapão lúgubre, aparições dignas de Lon Chaney e do pavimento de liquidações do Bazaar de St. Luis – adereços da tela e do palco, elevados à suntuosidade de saguões – um deles é um operário negro, comum – há sessões de improviso de jazz, brigas – garotas – guardas. Mais tarde estou na praia, dando uma olhada num famoso chalé antigo, autêntico marco histórico e de fato tão velho que só se deram ao trabalho de colocar duas ou três referências em determinados recantos, como na copa, com algumas xícaras mofadas – banco o vândalo, quebro a louça e fico com vontade de rasgar as referências – É apenas uma casa velha, bolorenta e minúscula – sinto medo de ir nadar, pelo mesmo motivo do outro dia, em que a água de cozinhar estava infestada, como que contaminada por radioatividade – não por receio de me afogar, mas pelo contágio de algum inominável sedimento salgado no lodo da própria água. É igual à praia fantasmagórica de Lakeview, nas horas vagas, quando peguei aquela queimadura leve de sol nos tempos do beisebol da WPA, e da antiga praia de Gray Glook Lake, onde recusei cinco dólares para nadar (com três anos de idade) – Danny Richman está junto comigo no chalé, que também lembra os escombros e ruínas onde minha mãe e eu encontramos aqueles *pastramis,* em Nova Jérsei – aquela vez do "Van Johnson" – Mais tarde estou comendo num restaurante (depois de uma noite abominavelmente longa em casa dos Fortiers, com minha mãe dizendo: "Eles nunca têm lugar pra gente dormir", mas a verdade é que Mr. Fortier mandou arrumar minha cama num quarto interno nessa "casa dos Fortiers na Sarah Avenue", uma vasta cama de casal, mas Donnie já estava deitada nela – a

Donnie de Bill Tenor – e imediatamente veio por cima de mim e o que é que eu podia fazer com mamãe no quarto da frente e os Fortiers nos fundos, e Nin e todas as luzes acesas, a proximidade de todas as paredes, a aversão e o pavor que eu sentia, e Donnie falando alto, louca para ofegar e saltar por tudo quanto era canto e, por incrível que pareça, que nem Joe, saí correndo à procura de outra cama para dormir, onde estava quando a cena se transformou em quartos gigantescos no andar de cima, vazios e lúgubres como as peças da mansão de Salem Street) – no restaurante (depois de entregar meus pedaços de carne de porco ao cozinheiro da competição, que jogou tudo dentro de um panelão e preparou a comida, enquanto fiquei esperando, ansioso, à beira-mar) – entro, não estou com fome, sento à mesa com o proprietário (Johnny, que atende no bar), batendo papo (que nem quando o Johnny estava "na França", naquele outro sonho com o restaurante-à-beira-mar) e me surge aquele horrível guarda-freios louro nariguedo do SP de Frisco, que Cody odeia e acha intrometido; senta junto conosco, pede café e, mal o meu amigo proprietário sai, se curva para mim, tentando pedir dinheiro emprestado na surdina (coisa que não tenho) (e Johnny, o proprietário, nota e volta correndo, todo sorridente para não me deixar constrangido), mas o guarda-freios, bem sério, tenso, continua falando comigo em voz baixa, tentando me persuadir – Lembra inclusive, Santo Deus, o restaurante inconfundível dos sonhos com "tia Ana em Maine" e, em parte, Washington, D.C., quando havia um cintilante bulevar noturno igual ao da avenida New Hampshire e cenas tristes, em que perambulo em busca de "Big Slim" em suave e impossível mistério;

pátios, o mármore dos interiores de hotéis sepulcrais, estádios de vozerio, cais fluviais, bares de esquina, onde homens em mangas de camisa se aglomeram na entrada, Nova Orleans pairando no ar, e boatos da vasta América alcoólatra, que também vi cintilando no sonho, em Pomeray, com o colchão roubado e o filho de nariz vermelho do beberrão – A carne de meus pedaços de porco estava cortada em grandes, enormes nacos cinzentos – quando, por um instante, fico com medo de que o guarda-freios vá pedir um pouco para ele ou que Johnny, sorrindo, o convide para almoçar (pois sei que ainda estão pelando de quentes e têm que esfriar na geladeira), vejo o sorriso confiante no rosto de "Johnny" (seja lá quem for) (Roland), que entende perfeitamente de tudo (em matéria de esfriamento) – Ronnie Ryan, Buddy Van Buder, o mundo inteiro, passam nadando por ali, até parece conspiração...

CASEI COM JOSEPHINE E TODOS OS SEUS amigos andam pra lá e pra cá na cozinha, onde ela faz troça de mim e do que "escrevo" – estou ali, de cara amarrada, com todos os meus manuscritos – um corno de caso com um sapatão – invento histórias sem graça e tento escrevê-las ou interpretá-las para uma platéia de amigos desinteressados. Depois Ed Buckle, ou Buddy Van Buder, vem ver se consegue abrir a janela da cozinha, me enxerga e diz que os editores querem dar uma olhada noutro romance (pura mentira, sei muito bem que o que ele quer mesmo é outra dose de heroína) – uma vida subseqüente medonha, sem trepadas nem alegria, mamãe, Kerouacismos, nada, em suma, além da possibilidade da hora presente amanhecer e virar um completo horror

– destituída dos encantos hoje flagrantes – pareço até o velho tio Mike, chorando feito louco de tardezinha ou aquele incrível velho choramingão franco-canadense, caindo de bêbado na Taverna Papineau em Montreal, que se desfez em lágrimas quando tivemos que carregá-lo (chamá-lo) e fiquei espantado de saber que esse pobre-diabo, tão sensível, solitário e alquebrado, era um dos moradores mais ricos do bairro – as pessoas faziam o possível para evitar aquele semblante largo, lacrimoso, e a franqueza dos olhos azuis, francos e bretões – foi ele quem disse que eu devia beber sangue de rena – *Le Sang du Caribou* – uma coisa Bretã & Extinta –

LUCIUS BEEBE ESTÁ INSTALADO NO MEU quarto no apartamento térreo – trouxe o filho junto e, enquanto me preparo para pernoitar noutro canto, levando para o quarto vizinho algumas coisas, como navalha, etc., para minhas abluções, encontro o garoto já ferrado no sono e Lucius, que não é, de forma alguma, o da vida real, e sim *supostamente* Beebe, só que mais baixo, mais cordial, um dignatário visitante de *Shmolorado* etc., fazendo a barba, de camiseta. Me recolho ao quarto vizinho, que se parece com o de Huck na outra noite, e aí percebo que tenho que voltar e bater na porta por causa de uma coisa que esqueci, o que não me agrada nada – "A propósito, você conhece o Manley Mannerly lá no Colorado?" – pergunto – na porta – "Não" – "Ué, ele me disse que quando você está em Denver é ele quem fica no teu lugar" – "Não, nada disso, não conheço esse cara" – ele se parece com Mannerly. Antes disso, estive viajando por água-e-Novas-Orleans-de-Tristeza e lá por aquele rumorejante e solitário Mississippi de margens povoadas – uma espécie de grande baía ou golfo azul, com as mãos em concha para enxergar o interior das ondas – condenado a percorrer, sempre fodido, a América, a pé, de trem e por água.

UMA EXPERIÊNCIA CATASTRÓFICA E REAL DA morte por calor flamejante – o cataclismo do fim do mundo sobrevém e chega a Nova York, desintegrando todos os edifícios e estou ali parado, à espera de que tudo aconteça, para ver como é que vou me sentir. Chega *finalmente*, me vejo imóvel no meio de um pátio em Nova York, a cidade inteira e o mundo rodopiando para a direita, como que achatado e desaparecendo de vista num turbilhão, feito chapa ressequida, que nem o prédio que desmorona nas planícies de Las Vegas – há dias que a população anda falando que o juízo final se aproxima e agora, de repente, a trovoada daquela aparição vem bater em Nova York e todos ficam em êxtase – antecipação do golpe final da morte na realidade – tudo desaparece na desintegração, inclusive eu – mas minha consciência não dá mostras de se desintegrar –

MONTES DE AREIA GIGANTESCOS na estrada de ferro, um hospital ou enfermaria totalitária por perto, o sol, a garganta escancarada de uma caverna – digo para mim mesmo: "Eu sabia que ia trabalhar de novo na ferrovia, mas estou com medo, com medo de verdade, acho eu, desses precipícios, cumes e viadutos". Os trilhos vão dar na doce Lowell, que se espraia lá embaixo sob o sol de março – aliás, aqui tem o movimento diário do meio-dia para limpar a linha principal para o imponente expresso de passageiros para Boston – vejo os antigos maquinistas e os jovens e orgulhosos guarda-freios de Lowell de uniforme azul aproveitando a brisa ao lado das locomotivas – estou lá em cima, nos penhascos de areia, assistindo a tudo, trabalhando nos fretes. Depois é minha escrivaninha, máquina de escrever, papel, romances – tiro o invólucro do velho rolo de papel Cannastra Finistra de Sal Paradise no romance ON THE ROAD – converso com um homem e uma mulher; ela está indo para o México, é mãe, diz que daqui por diante vai viver de verdade e aproveitar o sexo genital – tem qualquer coisa de vagamente fútil, como se tivesse passado a vida inteira a tomar grandes decisões definitivas que nem essa – *egoisticamente,* que nem eu – a futilidade do boêmio decidido e indeciso, tentando achar fórmulas hedonistas de felicidade numa bola ascética de globo cheio de desgraças – Nos poços de areia houve uma profusão de aventuras com o meu inimigo mortal, que fez o que pôde para me induzir a cair, mas, por Deus, em repetidas tentativas de fórmula inteligente e lento esforço para passar-lhe a perna e derrotá-lo de vez, termino derrubando-o, com aqueles ossos pesados e tudo, no fundo do caldeirão da cremalheira – nunca mais o reencontrei, mas não esqueço seu rosto, a triste figura na colina, a hostilidade distante, como qualquer coisa no vento, a melancolia de sua alma precisa, para mim demente, feito pedra lançada de um universo de luz – mas, como ia dizendo, não sei como, consegui me livrar dele e escapar daquilo lá; agora está tudo bem, tive que lutar contra tudo quanto foi horror desse gênero para conseguir a tranquilidade das garantias da estrada de ferro – é o desconhecido disfarçado, de camisa branca, num filme seriado de complemento – em seus traços primitivos em Lowell era *Fish* – o garoto que me deu um soco na cara –

ESTOU NA RÚSSIA, RODEADO DE ADOLESCENTES, numa espécie de *bonbonnière* – viajei para muito longe, isto aqui é realmente a Rússia, que ninguém conhece – "Oba! o que não dirão quando ouvirem falar nos Adolescentes da Rússia!" – Tem um garoto de cor, com um quepe engraçado de condutor de bonde, à la Raskolnikof, que não dá para conter uma juba imensa, maluca, de cabelos russos – é o hippie do grupo – tem também um pirralho bem-arrumado, ruivo, com o pulôver abotoado que nem os alunos de Escola Secundária americana – duas garotas. Está escuro, frio, emocionante, na grande rua setentrional lá fora; os canos de chaminé soltam fumaça – a garotada fala pelos cotovelos em russo, enquanto eu, do alto da minha eternidade, fico curtindo a cena – saio e na rua encontro um maravilhoso canivete de mola, com o cabo trabalhado em marfim, que guardo no bolso, todo orgulhoso – vou dizer para a polícia que achei na Rússia. Num ônibus que vai para longe do centro da cidade, sento ao lado de duas russas que conversam sobre o metrô, primeiro em francês, depois em russo, quando notam o meu olhar atento – Finalmente chego e volto ao Maine, para a grande reunião de família, os Baileys, mamãe, os pinheirais do Maine setentrional, tudo...

O jovem hippie russo do quepe de condutor de bonde, o tal Raskolnikof, é um negro que nem La Negra do México, agora com 14 ou 16 anos – o cabelo dele sai e cai do quepe encardido feito palha, como "Mardou", usando quepe de motorista na Rússia, com a rua toda atrás dela – é apenas um adolescente empolgado e interessado por garotas e "erva" russa –

O GRANDE NAVIO E SÓTÃO DO MUNDO, ONDE estou com o resto do pessoal, todos nós feito crianças de camisola branca – o meu lugar fica numa parte superior da prateleira, de velhos degraus de madeira caindo aos pedaços – corro até lá em cima para descobrir o que fiz de errado – O meu amigo Scotty Boldien desapareceu – e cometeu alguma travessura – Está todo mundo sentado numa espécie de sala de aula, *en jaquette* – não sei o que foi que houve, mas estão todos sérios, sem entender nada, e as autoridades parecem negligentes e cruéis, deixando a gente perambular à vontade por este casco de navio enorme, destroçado e velho, sem ninguém para ralhar conosco ou reclamar. Realmente não ligo nem sei que lugar era esse, mas nós – alguém –

Saí do buraco com torpor –

HOUVE GRANDES ACONTECIMENTOS & reuniões de família em Nova York; recebi $ 1.000 dos editores ao mesmo tempo que uma proposta de emprego para vender livros com carro da empresa e um outro cargo qualquer de lambuja, mas vou para o México para "começar a construir meu sítio", de ônibus. Nele encontro Halvar e Pesseguinho com seus filhinhos louros e maltrapilhos, que choram e brincam com os passageiros diante dos pais desatentos – de repente estou cochilando num ponto qualquer "perto de Kansas" e ouço um rebuliço – o ônibus pára, continuo cochilando, mas por fim acordo, bem na hora de ver o garotinho esfregando o chão para limpar qualquer coisa perto do lugar do motorista, cobrindo com areia, chorando num estranho desespero sem emoção, estrangulado, que não é humano, irreal e breve, um choro rápido e seco – pelo visto vomitou e o ônibus teve que parar e a mãe, que ficou lá atrás, conversando e tocando violão com outras pessoas, deixa que ele limpe tudo sozinho e nem cogita de ajudar – eu penso: "Não é de admirar que vomitasse depois de todos aqueles picles e porcarias que comeu ao meio-dia e sabe Deus o que lhe deram de manhã (por culpa da burrice da mãe)" – Enquanto estivemos parados, Hal, o pai, completamente louro e branco, desceu para mijar, sem a menor preocupação também, e agora que o ônibus já se prepara para reiniciar a viagem, volta para dentro, bem arrogante, e, passa pelo corredor se pavoneando para todas as mulheres com o pau duro perfeitamente delineado na calça azul e empinado para a frente, coisa que não ignora – sujeito desprezível – acho que pensa que estou indo de novo para Denver atrás de outro plano que vai terminar sendo um fiasco, quando estou apenas "atravessando o México", é o que me ocorre com orgulho, e nem sequer pretendo lhe dar o gostinho de ficar sabendo disso – claro que não conversamos absolutamente nada durante a viagem e de repente me sinto desesperado, querendo regressar para Nova York e *aceitar* o tal emprego de vendedor de livros e estacionar meu carro em Wall Street, enquanto recolho minhas amostras e vendo exemplares para minha clientela de "estudantes que dirigem automóvel" e, a todas essas, cuidando dos meus filhos, se tiver, com desvelo e não que nem esses pretensiosos e inúteis Hals e Pesseguinhos; mas é tarde demais, o ônibus já está quase em Kansas, andamos viajando há dias, uma viagem espinhosa, lenta, cheia de encrencas – mesmo que me reembolsem a passagem em Kansas, terei um prejuízo de $ 36, e o bilhete de retorno custará também $ 36, me deixando com $ 80, e é tudo um grande e imbecil fiasco, e lá se vai o Hall com sua ereção de egomaníaco, se exibindo pelo corredor do ônibus – como o mundo se repete até a exaustão –

À ESPERA DE CRIANÇAS QUE FAZEM NOVENAS, um ônibus da estrada de ferro está estacionado diante da igreja de Sta. Joana d'Arc, subo nele e pergunto ao acompanhante se posso pegar carona para voltar para Boston no ônibus da ferroviária (é um enorme carro-leito cor de cinza) – "Dá pra eu ir de carona pra Boston junto com vocês?" Quer saber onde trabalho – levo muito tempo para responder, depois digo: "Watsonville" – fica meio desconfiando – mostro-lhe documentos, velhos bilhetes "frios" – lá dentro da igreja, as crianças rezam.

O VASTO HOTEL PARDACENTO DO MUNDO, A noite toda, em companhia de "Bull", Irwin, Ricki, os Subterrâneos, Gaines de *jeans* e barba – que fica andando pela esplanada, de *jeans,* e vestido feito boêmio, mas também com barba de vagabundo excêntrico da Terceira Avenida – ainda recebe sua renda para seus piques. A certa altura, uma mulherona dos cortiços é vista passando por Canal Street junto com ele, rumo a uma hospedaria. O vasto hotel pardacento também serve de escola; levo comigo toda a minha parafernália e não há meio de encontrar a sala de aula – ando de um lado para outro, nu e inocente, em quadras de basquete, entre aglomerações de brigas – é um enorme dormitório, com coisas que lembram os tristes dormitórios de Livingston Hall em Columbia, no mês de setembro, quando o semestre já começou, mas nem sequer me matriculei – num quarto de canto encontro Ricki; saímos juntos; na volta ela salta primeiro para me deixar com o motorista de táxi – fico sabendo que ficou devendo uma corrida – conto as três notas de 1 dólar na carteira e vejo que não posso pagar – a garotada faz troça de mim enquanto me afasto: "Você devia ter pago essa corrida, cara, a empresa dela descobriu petróleo e ela vai começar a sair com aquele outro sujeito bem na horinha – há há há!" – os camareiros de hotel e os cafetões da eternidade – não dou bola – subo para o quarto de "Bull" e Irwin – durante a noite "Bull" descobre que tenho um nervo sensível na cabeça, no lado direito posterior do crânio – toca de leve nele – "Agora compreendo por que você hesitou e segurou a cabeça ontem à noite, quando aquele pessoal..." – referindo-se a acontecimentos confusos, anteriores – apalpo a cabeça, o nervo dói – "Bull" se orgulha de eu ser tão sensível assim, mas me previne do risco que corro com esse nervo, posso morrer de uma pancada – ou contato errado. Estamos caminhando por uma grande rampa, no meio da neblina parda do Atlântico, do lado de fora das janelas do 10º ou 5º andar do nosso quarto, nós três – "Bull" fala em voz alta, Irvin manda baixar o volume, apontando para as janelas abertas do hotel – "Ah, *francamente*", retruca "Bull", chateado – "que diabo você espera que eles vão escutar, meu caro?" – Depois tem alguns subterrâneos no quarto, lendo meus manuscritos; descobrem que sou um gênio – Irwin conta para eles como eu, nas noites de sábado do meu passado heróico de escritor, tinha que *segurar a cabeça* por causa do grande afluxo de idéias e sensações – parece que fui eu mesmo que contei isso a Irwin. Quem ouve é Gold, de Frisco, que faz piadas. Outro, um garotão louro, Don Johnson, escuta sem prestar muita atenção e às vezes faz comentários – é uma grande colméia de conversas, quartos, gabinetes de tudo quanto é tipo, concentrações, como a de Ricki, em cujo quarto se encontram elementos dos velhos sonhos do apartamento da parte mais afastada do centro da cidade no lado leste, que tive com ela em 1946 ou 1947 – Enquanto isto, Gaines fez alguma coisa engraçada e, mais uma vez, é visto passando pela esplanada de j*eans* e barba de Augustus John, piradão –

TENHO QUE FUGIR NOVAMENTE, O DESCONHE-cido Disfarçado de inspetor Javert veio atrás de mim, anunciando a minha prisão; é uma paisagem desolada e cinzenta da Califórnia que vai dar em algumas Áfricas impossíveis e subúrbios da periferia com pequenas árvores pretas – tenho que largar meu emprego e fugir na disparada. A rapaziada está promovendo sua revolução de mentirinha pelos jornais e treinam nos microfones das rádios, embaixo da rampa do elevado – vou para Erie, N.Y., que parece o triste porto onde me informei sobre os navios – desta vez não há louros escandinavos e cargas sendo embarcadas, mas gente entristecida andando pra cima e pra baixo, sem parar, pelas calçadas, que quase me derruba, e um enorme pátio de manobras ferroviárias, como em Montreal, ao pé de uma ladeira íngreme – "Hoje de noite vou pegar um cargueiro que vá pro sul, e vou-me embora pra nunca mais voltar – "ficarei cuidando na estação rodoviária" – tudo indizivelmente triste e contínuo –

A GATINHA QUE SEGURAVA NO COLO, DE focinho tão meigo e tristonho, de olhos cinzentos, afinal falou comigo, numa vozinha de dar dó, parecida com a de Gerard: *"J'aime pas demain"* e retruquei: *"Moi tampouco mon ange"* e senti vontade de chorar, que nem quando escutei a voz de mamãe ontem pelo telefone, no restaurante de Nova York – meu coração se comoveu só com o som e a solidão da voz dela – deixei-a entregue às baratas durante todo o fim de semana do Dia do Trabalho e só liguei à última hora da noite do próprio feriado, para dizer que estava indo para lá – aquele tom cheio de piedade que Gerard sentia nela e que também noto na minha voz quando trato meus gatos com carinho – a tal gatinha era um anjo e disse a pura verdade. – Também houve desfiles em volta de mim e de Irene na cama, June Evans com "Bull" (June me dando meia garrafa cheia de saboroso *tócai*, servindo num copo e derramando em cima dos lençóis), e Irwin com os Subterrâneos lá fora, na calçada do Beco do Paraíso, na Rússia, conversando com um golem patriarca "Kosher", e Raphael Urso se arretando com Irene toda vez que eu desviava os olhos e ela lhe dizendo, apontando para mim: "Esses velhotes até que nem atrapalham" – e fico com um ciúme tremendo; ela já me mandou embora, é uma coisa estranha, sinistra e horrenda, e que sinto que vai acontecer – Por fim lá estou eu acordando e batendo em Irene, e Raphael quer me dar uma surra, e me atraco com ele – é um pesadelo de bebedeira de novo

COMO SE FOSSE EM LIMA, NO PERU, MAS É em Lowell, lá em Lilly Street, com pais espanhóis indignados, cenas numa rua escura, um apartamento, qualquer coisa a ver com homicídio ou rapina, numa região montanhosa, lúgubre e solitária, da noite; desço de lá em direção "de volta ao centro da cidade", seguido por hordas de intelectuais de óculos de aro de tartaruga, que foram assistir ao espetáculo lá em cima comigo (é o mesmo cenário do grande sonho tolstoiano) – vêem-se à frente as luzes da Siderúrgica Boott à beira do rio, e a ponte – mas na esquina da Lakeview com a Lilly, digo: "Pô, vou curtir meu velho pedaço" e lá está a Loja de Scoop e, a dois quarteirões de distância, deparo com a casa que tinha esquecido, *froid*amente, por completo – um pequeno bangalô atual, com dois filhos consertando o telhado e berrando para a mãe ali embaixo no escuro, mas no passado foi uma cena inconfundível em que mamãe e eu visitamos alguém, quando eu era criança – elementos do bangalô de Gerard-Died e do de John MacDougald e Miss Wakefield, de tudo quanto é bangalô em suma – acredito com tamanha certeza que (não) estou sonhando que, quando vejo, estou no número 35 de Sarah Avenue e saltando para dentro de janelas escuras na neve; um nenê começa a chorar lá dentro, na casa vizinha; "Ora, que dúvida, foi bem assim que sonhei"; vêem-se luzes de Natal nas janelas de Alice, só que azuis. Esse pequeno bangalô foi cenário de mortes, cozinha de mariposas marrons, antigo local de olhos remelentos de velho Sax na Lowell de outrora, tudo rescendendo a Cúbebas e Dor –

ANDANDO DE ÔNIBUS COM IRENE PELA RUA Moody, cruzando a ponte, me viro para falar com o jovem guarda-freios passageiro; onde fica o rio há um gigantesco pátio de manobras que atinge seu centro mais intenso de movimento nas quedas de White Bridge – antes tinha havido uma inundação – mas agora, milênios depois, o leito do rio é um vale de ferrovia – e então lhe pergunto: "Estão contratando guarda-freios?"

"Não!" responde com ênfase e logo sorri, radiante, exclamando: "Ah, mas na Califórnia certamente estão!" e percebo que só falta ele contrapor: "Só que aqui não é a Califórnia". Por todos os lados, no ar cristalino da Lowell perdida, posso sentir as ferrovias emocionantes, os becos de tijolos vermelhos nos fundos do *Old Citizen,* no canal, na periferia da cidade, nos cômoros de areia, no leito do rio – depois aquela gente triste, reunida sob nuvens de ferro nas noitadas da praça Kearney, a melancólica escuridão do velho saguão do *Lowell Sun,* onde, ao procurar caras conhecidas e fuçar pelos cantos, fico preocupado e imagino se alguém sabe que estou na cidade – e aquele mistério chinês do jornal, na esquina da Schultes, as minhas visitas em outubro, tão avassaladoras – *La peine dans l'air noir,* a dor no ar escuro.

Enquanto converso nesses termos com o guarda-freios, Irene, que é de cor, sentindo-se diminuída, se impacienta no banco, como se dissesse: "Mas por que você está falando desse jeito? Que ferrovia é essa? O que é que pretende essa tal de Lowell? Quem sou eu, afinal?" e por aí afora, numa infinidade de preocupações, no carro público do universo...

UMA GUERRA ENORME E ESTRANHA IRROMPEU na América; cerca de 400 ou 4.000 prisioneiros fogem de um campo de concentração e vão incendiando o Mississippi a caminho de Nova Orleans – o país todo entra em pânico, se mobiliza, me parece meio bobo, é de novo aquela velha guerra cinzenta, só que agora bem aqui, no nosso próprio país. Vou até Nova Orleans, levado pela convulsão geral do conflito armado, chego de noite na grande fantasmagórica e cintilante cidade, no clube da turma, para me encontrar com todo mundo, e lá está Cody! – de uma hora para outra, abriu mão da família e das responsabilidades e virou uma ruína espiritual, deu para beber, toma porres homéricos de vinho, o rosto avermelhou, o nariz está partido, uma coisa trágica, suja, precocemente envelhecido – fico tão espantado com a mudança e no entanto penso: "Deve estar com a mesma cara que o pai tem hoje!" – Dave Sherman, e outros espectros, também estão lá – jogando cartas. Nós três vamos nos hospedar na casa de uma sujeito que parece bicha, gênero John Bottle – não nos esperava, mas nessa mesma noite está dando uma grande festa para veados e somos bem-vindos. Sentado ao piano tem um que é alto, moreno, marcado pela varíola, de mão aleijada, a quem chamo de "*Mãos*" ao pedir que toque uma música e recebo um olhar atravessado. Estamos de *jeans,* somos jovens, as bichas parece que antipatizam conosco, mas (em retrospecto) não acredito realmente que isso fosse possível – e a todas essas aqueles prisioneiros trágicos vão abrindo caminho à força pelo Mississippi afora, deixando seus mortos e diminuindo de número a cada escaramuça, a cada novo boletim transmitido pelo rádio. Fico revoltado com a covardia e a histeria da América, que se tornou tão cega a ponto de não reconhecer a falta de liberdade de homens aprisionados, "comunistas" ou não – o grande acúmulo de armas e propaganda patológica contra eles – e Cody está judiado, de nariz partido, perdeu o emprego na ferrovia, virou andarilho, Cody Pomeray, na sua inevitável e derradeira Noitada com Garrafas de Uísque digna de Jack Dempsey pelas Planícies Bravias Americanas, como sempre imaginei, não só ele como também eu. Mas agora é uma perigosa realidade e me dou conta de que Cody vai morrer de tanto vinho e desleixo. Já não fala com a mesma animação de antigamente e mais parece caipira. Mais tarde, depois de um longo sono, entro na minha sala de visitas e encontro ali a minha mãe, sentada entre os móveis que mudaram de lugar – inclusive faltam alguns – uma sala desguarnecida, escura, triste. "O que é que a senhora está fazendo?" pergunto, ao vê-la pensativa, sozinha, sentada no meio do triângulo formado pela cadeira e pela mesa, a cabeça curvada em profundo desespero de viúva – ela, cujo semblante enxerguei ontem à noite debruçado sobre o meu sono, com uma expressão insondável, que sei que é a do amor na terra – e que amor na terra – e que estava passando todas as minhas roupas a ferro enquanto eu tinha esses sonhos trágicos –

BÁRBARA DALE E SEU MARIDO DE CASA NOVA em Lowell, no andar térreo da residência de Lilly-Hildreth, onde morei quando tinha 6 anos – Irwin e eu vamos visitá-los – a casa continua idêntica, estou assombrado, é Natal – lá do quintal, o marido de Barbara (aparentemente Marlon Brando) pede: "Tragam um pouco de gim com água", mas – quando nos quer dar dinheiro, digo que não é preciso, pois já temos, e Irwin e eu vamos devagar até a loja "de Ralph", que continua "no mesmo lugar" (há 25 anos! naquela esquina) e os velhos franco-canadenses lá estão, sentados, em vastas famílias, todos vestidos melancolicamente de marrom – entro e peço: "*Une douzaine d'eu... d'oeufs*" – fazendo questão de pronunciar direito, uma dúzia de ovos, e o velho Pernacambota vai buscar lá nos fundos e demora à beça para voltar – enquanto isso, uma das filhas dele, talvez porque eu, apesar de me mostrar cortês e sorridente, não tenha tirado meu gorro de beisebol, estende o braço e abre o fecho dos meus tirantes nas costas, o que não me incomoda. Antes disso, estive num mosteiro de treinamento em Obispo, com Bibliotecas e Técnicos-com-Cabeça-de-Monge procurando por mim – impossível que não me encontrassem, e me escondendo e atravessando pátios, lá fora, rumo aos Campos de Churrasco – etc. – submisso. Ontem à noite foi Joe, rindo, se abaixando para me bater nos joelhos, contando, com todas as letras, uma piada de franco-canadenses, e se pondo a dar saltos – Hiá! hiá! e botando o chapéu para ir embora – como outrora – mas tem Dois Joes e ainda bem que um conheceu o outro (alusões a Cody ou Sei-lá-quem) e tem um refeitório fantasmagórico na chuvosa Boston Chicago Empedernida dos Sonhos Sombrios em que Joe e eu andamos no carro dele – a volta do velho Joe de Salem Street –

(falar nisso, Barbara Dale e o marido tinham uma sobrinhazinha que estava tocando cravo atrás de um biombo na cozinha)

PAPAI E EU, VIAJANDO NUM TREM QUALQUER que passa por uma terra radiosa e faz um desvio por causa de outro trem importante, superior, e aí, não-sei-bem-por-quê, o meu baita e gordo paizão sai no meu encalço, e eu, de pura bobagem, sigo o "maquinista" por não-sei-que-rampa-abaixo para acionar a agulha, de modo que, assim que o trem superior cruzar por nós (e não é mais que o Carro Correio da Morte, autônomo, solitário, pardo, sinistro) (deslizando silenciosamente pelos trilhos) eu possa ajudar o maquinista a trocar a agulha (prender, engatar a Agulha da Linha Principal) e ele e todos os outros ferroviários que estão assistindo riem de mim, embora papai esteja sério, e aí, quando tudo fica pronto, subo lá da rampa pelos degraus de uma escada de ferro e vejo o carro da retaguarda (ferroviários sorridentes aguardando) e faço o Sinal de Velocidade Máxima para mostrar que conheço rapidez e tenho que ir embora – no meio de gargalhadas começo a correr na neve e chão de pedra macio para pegar o trem que vai partir, o que me custa um trabalho danado, precisando disparar a toda, feito corredor olímpico (enquanto aplaudem) (e, não-sei-como, papai e o maquinista encontram uma forma de ficar para trás) – correndo, forçando os joelhos, orgulhoso feito pirralho, para alcançar aquele carro de observação que se afasta na distância – corando no inverno, percebendo que riem, uma sensação tão, tão familiar. Antes disso, o trem era um ônibus e papai era mamãe – mamãe e eu íamos não-sei-aonde, sentados em bancos duros lá atrás e as pessoas saltavam e peguei um assento confortável, reminiscente da época em que preferia os bancos macios do lado da janela do ônibus da Broadway, com mamãe no dia do Radio City, aos lugares lá atrás, duros, e com a proximidade do calor do motor –

NUMA FESTANÇA EM CASA DO "SWENSON", num dos seus imensos e complicados apartamentos, onde sempre é difícil-de-achar-o-caminho, houve um fim de semana de bebedeira. Passamos pela rua de uma confusa cidade da Califórnia (Los Altos!) e vimos uma garota de cor do outro lado da calçada, muito conhecida, para quem alguém do grupo gritou: "Vem com a gente, Joo Jee!" – mas ela se negou, com um comentário escarninho, abanando, continuando sozinha. O cara de cor do nosso grupo disse para mim, entusiasmado: "Você precisa conhecer Joo Jee, precisa mesmo – ela é um negócio..." e depois o grande banquete para todo mundo – glutões desvairados. Começo na cozinha, com petiscos em cima da mesa, torrada na manteiga, estalando, num prato no aparador, várias beliscadas a caminho do salão, terminando na sala de estar, onde o pessoal está parado em pé ou sentado pelos cantos em diversas atitudes de estômago satisfeito, quase sem falar, espalitando dentes, tomando café, vinho do Porto ou uísque – enxergo uma bela torta de nozes no meio da mesa de jantar e pego uma faca para cortar uma fatia; desperto a atenção de todos os presentes, e assim, quando acordo, está todo mundo, lenta, silenciosamente, num esforço concentrado, em torno da torta, cortando, levantando fatias, deixando cair, as mãos se misturando, chocando, suando, como se fosse ouro, dedos trêmulos em crescente voracidade e quanto mais petiscos dos Swensons são expostos, mais famintos e desesperados vão ficando os sinistros e insaciáveis convidados, agora lutando para acabar com a estranha torta de nozes que "descobri" – mas o sonho todo está impregnado da inércia parda e indestrutível de uma pedra – um pesadelo de três cervejas com a barriga vazia, alcoolicamente perdido, implacável –

ESTÃO ENFORCANDO O TRAIDOR POLÍTICO no armário do meu quarto da Phebe Avenue. A multidão acompanha de perto da janela e eu (com um amigo) lá da esquina. É um velho, parecido com o ator Ray Collins, e não se mostra muito assustado – impassível, aliás. O carrasco passa-lhe a corda pelo pescoço e, por um instante, vê-se uma expressão de repugnância (pela corda) (propriamente dita) (não da Morte) no semblante do velho condenado. Fico horrorizado de constatar que tudo "vai realmente acontecer!" – o carrasco faz o nó e depois, sem alarde, ergue com esforço o corpo do homenzarrão – eu pretendia não "olhar", mas estou "vendo" de fato e a corda estica, o político faz um esgar, sufocado, o corpo se retesa, em silêncio – nenhuma reclamação – nenhum comentário da platéia – eu "sonho" o lado dele contorcido, a nuca dura, nada comovido, apenas curioso – descendo depois com Lionel até a sala, onde ligo a televisão, apesar de serem apenas 5 da madrugada; mamãe, na cozinha, apronta alegremente o almoço que vai-levar-pro-trabalho e conversa com Nin, que também já está em pé – digo a Lionel: "Mas ele não era realmente tão Antifascista assim!" e é de meu pai que estou falando: foi enforcado – minha mãe me olha como se não me reconhecesse logo ou não soubesse o que estou fazendo ali embaixo. A mobília barulhenta e vermelha da sala do apartamento da Lilly Street em 1929 é responsável pelo horror, o enforcamento, o sentimento de culpa. A velha vitrola hoje é apenas uma nova tevê – o caixão de defunto que nunca foi retirado da sala dos Kerouacs – *le mort dans la salle des Kerouac* –

AS REGIÕES INÓSPITAS DA VIRGÍNIA DEPOIS de certo tempo, o ônibus me levando para o oeste, para a "Caipirolândia", e no qual dormi com a cabeça reclinada no encosto do assento desde que saímos de Nova York e tão profundamente que um cara alto e louro conseguiu se esgueirar para o lugar da janela ao meu lado, pensando que tinha se instalado, mas fingi cair por cima dele e não demorou muito para mudar de lugar. São os inconfundíveis matos de Virgínia e o ônibus passa por uma cidadezinha com chalés alpinos, todos lembrando estalagens, fervilhando de animação e vozes de pessoas que estão comendo – penso: "Elas vêm em velhos carros lá do interior, de tudo quanto é morro, para as tavernas da cidade" – Como na minha grande viagem para o oeste em agosto de 1952, quando cruzei a Carolina rumo à costa do Atlântico, o céu está vermelho, cor de sangue, numa escuridão chuvosa, e através do arvoredo vejo sobras de uma fogueira sob a noite que se adensa, a silhueta de vidoeiros finos e cepos de árvores perdidas. No ônibus tem dois jovens ferroviários, um com quepe de passageiro – estão viajando como "penetras" para pegar um trem no alto da montanha, alguma estaçãozinha no meio dos desolados pinheirais – vou conversar com eles depois de cochilar um pouco – No meu cochilo-dentro-do-sonho imagino que o ônibus esteja passando por Santa Margarita e comigo por lá tenho recordações nostálgicas de Obispo e do pequeno casebre ao pé da colina, junto dos trilhos, em Santa Margarita, tão doce e sossegado. A América é tão triste, atormentada, cravada na lembrança, em si mesma um sonho, como é que Irwin Swenson vai ter qualquer idéia a respeito de penumbras avermelhadas sobre árvores de regiões inóspitas e o significado de jovens ferroviários nas colinas, velhas choupanas com fogões, o interminável sonho de sempre – Também tenho visões da guerra na Itália e vejo passar um caminhão cheio de nossos soldados, mas na concepção ingênua que os italianos fazem dos americanos estão todos se lamuriando num grande conjunto de música pop, feito Ted Heath ou Neal Hefti, e me acordo compreendendo o valor do Século do Jazz em que vivo e os milhares de dólares que a Agência M.C.A. perdeu com o geração *BEAT* – as grandes questões que esse estilo de música terá que enfrentar e como Watson já começou a tirar proveito de tudo isso à minha custa (usando minhas anedotas, frases, etc., e na verdade locupletando-se ainda mais com os sofrimentos dos músicos drogados) – me sinto horrorizado e receio que minha humildade blakeana, que acho natural, se tornará insuportável se valer uma fortuna para escritores como Watson, como se, e exatamente como, Cristo e sua coroa de espinhos se pulverizassem num cálice dourado, a Bíblia como *best-seller* – a Agonia do Horto das Oliveiras um espetacular sucesso de livraria!

ESTOU FAZENDO MINETE NUMA BELEZA DE mulher; é verão, estamos num quarto de sobrado que-não-sei-onde-fica, mas é perto da rua de Bunker Hill do Corcel Branco Indo para o Leste, onde, na noite anterior, andamos procurando um lugar escondido e escuro para trepar, na sombra enluarada de uma casa que puxava a nossa cama aberta, ou veículo; mas, depois de começar, percebendo que não era tão escuro assim e lá dentro da casa das tristes e quase imperceptíveis janelas vermelhas talvez nos estivessem vendo (alusões a Pauline Cole e eu, rindo na macia escuridão oral) – não sou rico, nem pobre ou feliz em matéria de amores. Agora estamos num quarto, de dia, e ela está sentada num banquinho que lembra o de ferro vermelho de Irene; e eu, de joelhos, gemendo diante dela, que retesa o corpo para trás, em êxtase, enquanto chupo e fodo – de repente me dou conta que um grupo de homens aglomerados no telhado da casa vizinha pode enxergar tudo, mas eles fingem que nem estão olhando no momento (passada a paixão, terminada a cegueira) em que levanto os olhos: no quarto há grandes janelas duplas que dão para todo o telhado – além disso, do outro lado do beco, uma mulher ficou dando risadas toda a manhã – vagamente, durante o ato, cheguei a pensar que fosse porque tinha nos visto, mas não me importei – No entanto, agora, ela ri enquanto me viro com malícia para todos os lados, em busca de possíveis observadores suspeitos, ali, no quarto da eternidade, com minha beldade nua –

ESTÃO ACERTANDO NOS COGUMELOS DO campo de futebol de Bridge Street da minha infância em Centralville – é o "treinador Frank Leahy" e a garotada (de 10 anos, menos, e mais) – ocupo a extrema-esquerda, "engatinhando" depois de cometer muitas faltas entre as moitas altas, verdes e lustrosas, verdadeiras matas rousseaunianas, para onde rolam as bolas remendadas com adesivo preto – pego várias sem interesse, deixando cair algumas. A questão é que quero me esforçar para atingir a meta e dar minhas corridas, mas o "jogo" está desconexo e desorganizado – pressinto, inclusive, que não vai durar o tempo suficiente para dar chance à minha posição e seja lá como for ninguém repara na minha presença naquela parte do campo que fica fora do quadrado, onde não chamo a atenção, esquecido e anônimo que nem caçador de bola de 7 anos de idade. Por isso vou buscá-la nos pátios, lá pelas quadras de tênis, moitas, etc., até que, por fim, a partida acaba e aí então saio pelo saguão do "colégio", do lado do campo mais perto de Hildreth (nas imediações do estábulo vermelho da eternidade), onde encontro G. J., embora esteja, por estranho que pareça, com Irwin (o "Camundongo" agora virou Irwin?) e reclamo irritado: "Aquela cambada de judeus me botou pra buscar bola e depois pararam com o jogo, raça filha da puta" e como Irwin, o "Camundongo", se mostra revoltado com meu mau humor, meus palavrões irracionais e agressividade "paranóica", contra tudo e contra todos, me afasto, farto de mim – e desconfio que os outros sentem também a mesma reação (o "Nojento", por exemplo) e me vem um frio feito gelo, de quem foi abandonado e é burro, ainda mais irritado e enfurecido porque agora meus próprios amigos me dão as costas só por causa de um rompante de raiva que sempre tive – eu também era assim – é que isso, agora, simplesmente "não se usa mais" –

UM GRUPO INTEIRO DE CARAS COMIGO, numa espécie de Quartel de Recrutamento em Newport – ouço falar que tem 27 dólares de compensação à minha espera lá na intendência – entramos no refeitório para tomar *sundaes e,* em vez de pedir de chocolate quente como sempre fazia, peço de morango com *marshmallow* – na imensa sorveteria do quartel os pedidos são repetidos pelo alto-falante por um primeiro-sargento – elevadores manuais içam as bandejas de ferro – fico imaginando ansioso as mãos apressadas e atarantadas do pessoal que prepara os *sundaes lá* em cima, se atrapalhando todo com nosso pedido de sete qualidades diferentes – observo o elevador: uma caixa vem surgindo com a bandeja – Irene e eu comentamos e olhamos – mas está vazia – só desce um cara triste e desenxavido, que depois grita para os outros do alto dos barulhentos degraus de madeira e então volto a imaginar mãos apressadas, o sorvete, a cobertura, as cerejas, as nozes, o trabalho rápido que nem na Jahn's – e, enquanto imagino, *marco o tempo* na minha impaciência para comer; Irene faz o mesmo – a todas essas, meus companheiros são uns baitas brutos da Infantaria ou da Marinha, indiferentes, piadistas, que não se contentam com meros sorvetes. O centro do interesse do sonho só pode ser recapitulado uma vez e por isso também só dá para ser transcrito em seguida – assim, daqui por diante, lembrarei o que sonho apenas neste bloco de anotações oníricas, pois tudo o que se relacionava com os sonhos da noite passada se perdeu, inclusive uma seqüência longa e horrenda em que entrava a fera, um monstro rastejante – se perdeu na primeira recapitulação oficial do travesseiro – porque, ao lembrar e anotar mentalmente, o cérebro logo entorpece e não é mais possível agilizá-lo (como uma bexiga vibrando) – *merde!*

$ 2.52 É O PREÇO DA ENTRADA QUE ESTÃO cobrando pelo novo filme que passa com legendas no cinema do outro lado da rua, provavelmente na Avenida A – a bilheteria é ali mesmo, a vendedora de ingressos me diz que a platéia é de "primeira classe" – "Apenas bem-vestidos, você quer dizer", zombo eu – Enquanto isto, seu namorado tenta falar pelo orifício aberto do guichê – não se trata de uma bilheteria, mas de uma cabine de informações, embora as pessoas se mantenham na fila e Irene esteja lendo um jornal e segurando uma sombrinha de mulher sem arredar pé do seu lugar. Tudo bem, passamos para a bilheteria na sala de espera e lá está o preço terrível – este novo filme tem legendas em francês, italiano, inglês, alemão, em tudo quanto é língua – espio rápido e consigo ver uma cena em que um homem de cabelo louro boceja; a tela está de uma brancura fora do normal – A velha que recebe os ingressos, aquela judia que tem uma confeitaria em Richmond, fica me cuidando pelo rabo do olho para que eu não veja demais (usa calças largas) – cinco pratas é muito caro para assistir a um filme; Irene e eu damos o fora

MARY PALMER, ANTES DISTO, NUMA VIAGEM de ônibus "de Lowell para Nova York, via Worcester-Springfield", com todos aqueles porto-riquenhos que agora moram e vivem viajando por lá. Mary está recostada, lendo, na poltrona-leito e só é vista por mim depois que chegamos a "Worcester", na metade do caminho, portanto, quando, junto com dois porto-riquenhos, eu admirava o sol se pondo sobre as paredes fantasmagóricas de tijolos vermelhos americanos – vou me deitar a seu lado; "Mary!", exclamo – ela nem se incomoda, cede o lugar, mas o namorado ruivo, enciumado, fulmina-a com o olhar e me afasto para a parte traseira do ônibus, em busca de uma poltrona comum, preferindo a escuridão e isolamento da janela para o resto da viagem até o rio de Nova York – um homem cochila no lugar do corredor, deixando a janela aberta para mim – me acomodo.

UM DOIDO HORRÍVEL ME ATACA, SAQUEANDO minha virilha com dedos de ferro, rangendo os dentes; não consigo me desvencilhar nem entender o que ele quer; ninguém me ajuda; acordo com dor na barriga – antes disso, Mickey Mantle lavrou um tento no Estádio dos Sonhos, onde me vi depois de nossa longa viagem (quase 500 quilômetros) de Maine a Nova York e de repente, na luminosidade cinzenta, eis toda Lowell-Manhattan com seu brilho do Merrimac-Hudson; o motorista era espetacular – Mary Palmer ou alguém que estava comigo – e a exemplo da viagem de volta de Lawrence, da praia de Salisbury, antigamente, nos domingos de tarde, lá está a Lowell de tijolos vermelhos, imóvel, as usinas paradas, e as caixas de papelão empilhadas diante dos armazéns do canal, à sombra triste das longas e eternas chaminés, aguardam o embarque – o tento de Mantle é uma bola que eu mesmo pego, fazendo uma bruta ginástica para me livrar de outros contendores, mas um espectador exige que seja devolvida – é lá em cima, na "galeria de um quilômetro de altitude", onde já estive antes. Só mais tarde, num quarto de fundos, depois de certos acontecimentos no da frente, que têm algo a ver com vadiagem, o desgraçado do tal louco começa a brigar comigo; horrores indescritíveis, como fazer cócegas, mas com maldade; e então me lembro de gritar: "Se há uma coisa que não suporto é alguém que seja bicha e louco ao mesmo tempo".

VOLTO PARA O MÉXICO, MAS COM ÓDIO – estou com Irene – dou um longo passeio diurno com ela por San Juan Letran, comentando: "Conheço muito bem estas ruas" – pretendo levá-la para almoçar num lugar com que já sonhei anteriormente e que tinha visto em companhia de Dave Sherman, mas que agora não consigo achar Não-sei-como, também, estou sozinho e carregando uma sacola branca de viagem marítima e quando vejo dois, três caras na rua, me lembro do sonho em que roubaram minha sacola marítima e apresso o passo – tem uma rua felá, comprida, tristonha, suja e erro o caminho ao tentar voltar para o centro da cidade – digo isso para um sujeito, dentro de um carro, que está dando *marcha-ré*, mas é burro demais para se interessar, embora compreenda e me ofereça carona – Céus, o cansaço, o desânimo, dos meus eternos enganos. Estou de volta a um, *ao* México da Irrealidade – junto de Irene, imagino que vou morar nesta casa de cômodos, mas; quando pendura suas roupas, todo mundo vai ficar olhando para ela, sobretudo os soldados nas últimas janelas, que são americanos – tenho um quartinho triste e provisório, perto de Medellín-Roebuck daquele sonho antigo das primitivas tardes de erva de 1950. Antes disso estive na Califórnia, planejando trabalhar lá na ferrovia "nos arredores de San Diego" e conseguindo; trabalhei de maquinista – tudo, tudo irreal, sonhos – as viagens entre uma coisa e outra. Por fim, sozinho, almoço *de fato* num lugar qualquer, com um punhado de homens que fala bem o inglês; é aqui que deveria trazer breve – a comida é engraçada: pequenos cactos úmidos, servidos em panelas – para chegar lá tivemos que pisar de leve em água orgânica, extremamente saturada, que quase cobria nossos pés; preveniram que não devíamos chapinhar nem pisar fundo Esta é a comida feita – com a grande água triste e perigosa – cacto *peotl* que nem plantinhas quentes e fumegantes, couve-de-bruxelas, pequena e verde-clara, e um prato que peço porque dizem que é sensacional: uma espécie de pele, que se parece com berinjela ou *boudin* (a lingüiça francesa de sangue quente) – ou como a dos miúdos judeus, etc. – como um pratarrão completo, pensando: "Bom, até que enfim encontrei um lugar pra almoçar, mas sabe lá se essa história da 'água' não passa de simples chamariz pra atrair freguesia e se esses caras tão simpáticos também não são apenas donos de restaurante interessados?" – Enquanto andei extraviado pelo acostamento arenoso, vi a silhueta dos arranha-céus da cidade esquecida e retorcida noutra direção, como naquela vez em que me perdi no centro de San Luis Obispo, caminhando em torno da afilada montanha – México, droga de México, isso já é solidão e extravio demais –

UMA ESPÉCIE DE TRIPULAÇÃO DE NAVIO, todos reunidos num rancho, onde estiveram comendo, cerca de 50 ou 60 homens elegantes, como Hubbard, W. H. Auden, muitos outros, Swenson, provavelmente – é que nem o refeitório do subsolo da Escola Secundária de Lowell, tão vasto, escuro. Depois de ter sido avisado que chegou a hora de trabalhar, vou até o bar para comer, estou sentado com um grupo – alguns mijam do lado de fora e se dirigem para o bar vizinho – alguém pergunta: "Por que é que todo mundo está indo pra esse outro lugar?" W. H. Auden entra e pela "primeira vez" senta ao meu lado – percebo que é capaz de falar comigo – acabo de escrever um troço genial – começamos a conversar a respeito de um drinque que é uma piada – "Mijo de mulher", resolvemos batizá-lo – "Só que", acrescento (rindo) (às gargalhadas) "vamos usar outro nome – 'mictório feminino'" – fazemos pesquisas filológicas –

14 DE OUTUBRO DE 53 – ESTOU DE VOLTA numa noite de nevasca a Moody Street ou outra rua coberta por uma camada de geada branca – venho do Destouches, onde o pessoal dava boas risadas, então pensei em escrever sobre o "asfalto enrugado" da esquina celebrizada por Doutor Sax e imaginando: "Não me surpreenderia se encontrasse Scotty e o 'Nojento'" – De repente vejo o irmão mais moço de "Duke Gringas" abrindo caminho à força; enxergo seu vulto no melancólico crepúsculo; veio caminhando desde a biblioteca, com livros debaixo do braço "*que nem eu antigamente*", e penso: "Vou chamá-lo, ei, Gringas! Ei! Cadê teu irmão Duke, Menelau?" – Imagino que seja um grande erudito, foi também astro do futebol, um autêntico Gringo, com suas baitas botas mergulhadas na neve, o queixo saliente que lembra o do Santos, as orelhas de russo e o andar curvado, típico – estou bem familiarizado com a nova geração dessa rapaziada de Pawtucketville e olho ao redor – acabo de ver outros dois que "lembram irmãos caçulas" de "fulano e beltrano" – rumo à loja de

Blezan, cônscio do sonho e decidido a "torná-lo realidade", a fina nevasca branca fortalece minha crença na irrealidade do "sonho com a neve" anterior com a Moody, apesar das tênues (e portanto mais verossímeis) realidades deste – O Kid Gringas, no triste crepúsculo, tem aquela mesma nítida e dolorosa realidade que senti no sonho com "os gorros de vagabundo enluarados de Amsterdã" e vários outros, em que as figuras andam majestosas, claras e nítidas, em mansas nuvens escuras num cérebro momentaneamente em repouso indigente (horror de H)

———

(noites reais de muito tempo atrás, quando ia ao Destouches comprar sete caramelos por uma ninharia e tinha um que era duro e saía mastigando aquilo devagar pelo parque afora, com a poeira tão familiar sob meus pés)

G. J. ESTÁ EM CASA em Lowell, onde mora a mãe; ficou mais maduro e virou um vadio intenso, engraçado, que sabe conversar – passa o dia inteiro sentado na cozinha com a rapaziada; um deles é Georgie, o Polaco, que lhe conta seu repertório de histórias gozadas, fantásticas e de crimes (como a do assassinato de três guardas numa incursão aérea sobre Marselha), só que G. J. não acredita em patavina e imediatamente faz troça: "Lá se vai ele; aaaah, que mentiroso!" e vejo um clarão de esperança nas pupilas verdes de Georgie, que cintilam com pálida fosforescência, e me olha, espremendo a vista, como se quisesse dizer: "Está vendo? Finalmente encontrei um sujeito que me dá uma grande alegria porque *sabe* que sou mentiroso e nunca hei de ceder a mão à palmatória e reconhecer isso pra ele" – "Há há!" – um grande mentiroso polonês contando lorotas e tem todos aqueles molengões do Mar da Cozinha acreditando em todo esse papo-furado, menos G. J., amadurecido em sua cidade natal, lá nos Monturos da Eternidade – Que amigos mais doidos eles parecem em todo esse sonho lúgubre de vida posterior – há uma vaga sugestão de cordames no cenário melancólico, como-de-navios – os dois estão sentados, frente a frente, em cadeiras antigas no meio da sala – acho possível que Scotcho tenha andado antes por ali –

Sonhei também com o parque, "a poeira tão familiar sob meus pés" foi uma frase profética deste sonho; nele entra crime ou horror, e morte, cadáveres – o milharal ressequido – um homem, morto – aventuras na escuridão fatal – Larry Charity – não Larry Charity, mas Kid Taki – esqueci o nome dele – as quadras das casas de cômodos de Gershom, a garagem de Omaha, Riverside Street e a Gigantesca Árvore de Ferro – as velhas casas, os cemitérios por baixo, o Submerso e Esquecido Descampado

> que agora solitário
> procuro outra vez
> em meu quarto silencioso
> com espírito sereno
> recordando
> o mundo

ESTÁ ACONTECENDO ALGUMA COISA ENTRE mim e papai, em Centralville – na tristeza das rosas do caramanchão do chalezinho de West Street, que antigamente refletia o espírito do Natal – estamos mais próximos do que nunca – é ele voltando do meio dos mortos e eu adulto e com trinta anos, mas moramos em West Street e temos profundas concentrações lado a lado, enquanto outros assistem com interesse – Por algum motivo sagrado, a coisa toda não consegue chegar em detalhe à minha percepção; só posso dizer: *"J'ai rêvé avec Papa"* –

"BULL", EU E RAPHAEL OU-NÃO-SEI-QUEM almoçamos na Delegacia de Polícia – "Bull" está tomando um pouco do novo sucedâneo do café, que tem um nome engraçado, parecido com PREEN* – não contém cafeína e o aspecto é idêntico ao do café – enquanto mexe com a colher e prova o sabor, fico olhando, à espera – "Então?" Faz careta: "Uma droga" – Acabei de ler um artigo a respeito da iminente proibição de fumar que vai entrar em vigor nos Estados Unidos – em voz alta e eufórica digo: "Igualzinho à década de 20, quando o pessoal ia tomar pileque na Europa – vai todo mundo começar a viajar pra África do Norte e-não-sei-mais-onde pra fumar – e vocês já sabem o quê – quá quá quá!" – tudo isso aos berros, mas nenhum dos guardas na sala ao lado dá bola ou sinal de ter ouvido – estão numa cabine escura, em mangas de camisa, revelando filmes úmidos. A cena muda um pouco, pois agora estamos comendo um grande jantar num refeitório da Cidade do México e minha sobremesa consiste num pratinho de vidro cheio de pudim de pão, sapecado dos lados e pegajoso, de onde vou

---

* O movimento que o pássaro faz com o bico para limpar, alisar ou endireitar as penas. (N. do T.)

tirando nacos sem método, enquanto conversamos, e Bull, levantando para levar os pratos de volta ao balcão, sem me consultar, faz o mesmo, maternalmente, com os meus, como se não quisesse que eu continuasse a comer as sobras feito abutre e ficando gordo – tenho que sorrir ao pensar nisso – Antes estávamos parados em pé na calçada... é em não sei que país estrangeiro – enquanto considero o fato de todo mundo desistir de fumar, cada vez mais, até me esconder com meu Cachimbo de Ópio – esse é o percentual de 1% de uma maioria absoluta de 99 – que horror!

O PILOTO DE BOMBARDEIO EM MERGULHO lá no alto, no céu, está pronto para se atirar e abrir o pára-quedas – sou eu – caio durante um tempo enorme, mas não sinto medo e ainda falta muito para chegar ao solo, a julgar pela paisagem, de modo que, quando o pára-quedas finalmente abre, me dá sensação de ter cometido um erro e vou passar a tarde inteira flutuando antes de bater no chão – levo meu gato no colo –

Mais tarde, já em terra firme, trabalho com um grupo no meio de uma composição de carga e dos depósitos, "no Sul" – um sujeito pinta dois vagões de prata cintilante e um de dourado ofuscante, tão brilhantes que nem dá para olhar para eles à luz do sol – o sujeito é o grandalhão do Ted Joyner, sulista, com a cara avermelhada e bom de pincel – "Como é que a gente vai trabalhar com esses carros agora?" penso, com birra – Outros acontecimentos – lá pela encruzilhada de Easonburg – Mamãe –

UM GRANDE INCÊNDIO DESTRUIU QUARTEIRÕES inteiros de Nova York, por isso fazem escavações e enchem os alicerces de cimento, que agora perfuram para colocar estacas – estou encurralado no barranco alto e escorregadio de areia e pedras, procurando passar pela cerca, mas com medo que esteja frouxa e insegura demais para me apoiar nela – uma altura muito grande para olhar para baixo – Um capataz velho aparece e me diz que posso me apoiar sem medo – não pára de me bolinar a bunda, examinando meu lenço azul da ferrovia, no mínimo pensando que tem porra – Antes disso combinei me encontrar com tio Mike na estação ferroviária, a da Pensilvânia, no guichê de informações – íamos juntos para Nashua – sei que vou passar a viagem toda chorando e ele também – Ei-lo, num recanto afastado da plataforma, abanando para mim como que envergonhado, na dúvida de talvez estar abanando para a pessoa errada – apareço numa porta do trem, ele na bilheteria, nenhum dos dois no lugar combinado para o encontro – vou até onde está – tudo isso foi providenciado durante um vasto fim de semana na casa de tia Clementine, incrivelmente parecida com a dos "Fortiers" na noite passada, quando dormi na cama de casal com Donnie – todos os parentes estão sentados na cozinha – pobre coitado do *"mon oncle"* Mike com seu guarda-chuva preto – como gostaria de tê-lo conhecido na minha maturidade – que estigma de dor marca agora seu túmulo em Nashua – ao lado do outro vasto estigma de tristeza ocupado pela sepultura de papai – e o pequeno, herdado por Gerard –

GRANDES AVIÕES EM CHAMAS TENTANDO pousar no aeroporto de Nova York-Nova Jérsei em plena luz do dia; desastres; dois deles se debatem no céu antes de cair nos campos cobertos de ferro velho – estou aqui embaixo, em terra firme, depois de ter chegado de uma viagem de ônibus de um lugar qualquer lá pelo norte, onde tinha uma mala e uma sacola (grande) com baitas bolas de gude, que guardei pessoalmente no bagageiro do ônibus numa tentativa de salvá-las (para o pequeno Luke) depois que cometi uma rata e fui a pé da rodovia até a cidade e aí vi que precisava voltar com a maior urgência e a única maneira de chegar a tempo era pegando um táxi, que custou mais caro que a própria viagem de ônibus! – então me apressei – e agora, no campo, os DC-6 caindo, consumidos por chamas alaranjadas – Mais tarde segundo as instruções contidas no Almanaque do Mistério, e marcadas no Mapa de Bayonne, vou para Bayonne, para o Templo Otomano, mais velho que a América, construído com madeira bizantina, toda rachada com fendas cinzentas, tão antigo, que nem as barcaças nas águas do Communipaw – vou me esgueirando pelas tábuas perigosas, em busca do altar; dá para ver toda a intensa cintilação de Nova York do outro lado do rio – no fim estou lá dentro, nu, com o pequeno Phillip e mais alguém, provavelmente minha irmã menor, os três completamente nus – procuro fazer minha escolha, mas ao mesmo tempo estou preocupado (porque sou pálido e infantil) com outras coisas, como aviões e o significado dos templos – Era um revestimento Pseudomorfo Árabe nas ferrugens de Jérsei que nenhum historiador ainda havia reparado – e tão estranho, tem algo a ver com aqueles punhais e as cavernas apavorantes de Burma, uma coisa bem lá no fundo, rituais da Serpente e Velhos Segredos Sânscritos – Quem era aquele machão que queria brigar comigo? Tenho certeza que estava preparado para o que desse e viesse

A MARINHA ME ENCOMENDOU UM DESENHO descomunal do trem aerodinâmico de Rock Island entrando na cidade de São Francisco por um viaduto que passa por cima das águas azuis e de um navio que vai atracar ao lado – a metade do lado esquerdo do vasto desenho colorido, que deve ocupar duas páginas inteiras de uma revista, mostrará as torres locais, depois a locomotiva Diesel puxando apenas alguns vagões e, por fim, o tráfego aquático – seja como for, estou no cais para fazer isso e a certa altura me deixo ficar por lá sentado, esperando, que nem na esquina dos engraxates de cinco e dez cents da praça Merrimack; mas na tarde sonolenta de urdiduras de madeira e gaivotas barulhentas sento e converso com Nin, uma coisa a ver com o Corpo de Fuzileiros Navais, de serviço, esperando, e também reminiscente de partes dos pátios da Siderúrgica Boot, as rampas de carregamento. – Antes disso, e provavelmente relacionado, estive nos chuveiros com todos os fuzileiros navais – me vejo ali gordo, me recuso a lutar com qualquer um deles, sobretudo o de cabelo ruivo ("dão golpes de canivete") – O desenho, inclusive, tem ligação com isso, a Marinha ou os fuzileiros – Robert Whitmore, meu chapa do navio *Carruth*, está me mostrando como descreve um prédio de apartamentos quando escreve: "The wander wada rada rall a gonna gay, *Zack*!" *– o fluxo de palavras e a sonoridade *bop* da emissão no final de um parágrafo de prosa rítmica – ficamos rindo feito doidos. Ocorreram grandes acontecimentos durante o percurso, dentro e fora da caserna, que a certa altura se fundiu com o casarão de Joe Fortier em Bridge Street e com o grande sonho da casa mal-assombrada do Doutor Sax –

A CASA MAL-ASSOMBRADA DO DOUTOR SAX – é noite, estou com Bertha e Phillip na residência de Fortier, tem luz na (agora ocupada e não mal-assombrada-e-destroçada) casa lá no alto do morro, do outro lado da rua – vejo a sombra enorme de um vulto que caminha para lá e para cá diante das faíscas douradas da lareira da sala – várias janelas acesas – "Oba!" exclamo. "O verdadeiro, real, em carne e osso, Doutor Sax, ou príncipe herdeiro daquele título maluco do meu sonho de Lowell, dá grandes passadas de um lado pro outro no *living* na hora do coquetel do louco do Hubbard ou de algum frenético lorde interpretado pelo James Mason" – a noite, a luz dourada em algumas janelas da mansão que aparecem através dos grossos pinheiros do gramado da íngreme encosta que começa no muro de pedras da calçada de Bridge Street – "Anda, Phillip, vamos rastejar grama acima e examinar isso aí." Corremos furtivamente para o lado oposto da rua, ao luar, olha!, tem um atalho que passa pelo ramal de velhas e tristes

---

* Exemplo perfeito e eloqüente da absoluta impossibilidade de traduzir uma linguagem puramente sonora e rítmica sem o menor sentido – muito menos como "descrição de um prédio de apartamentos"... Cubismo literário, talvez? (N. do T.)

composições de carga em Bridge Street; um deles nos impede de avançar, então empurro, "chuto" por assim dizer, e rola em direção dos trilhos do gramado da casa mal-assombrada e tão depressa e longe que chego a ficar com medo que vá bater no bloco de edifícios do beco sem saída ou salte por cima do outeiro do ramal e descarrilhe ou até recue com força e volte sobre nós; por isso, com o olhar fixo e atento no nevoeiro que encobre a lua lá em cima, espero um pouco antes de começar, junto com Phillip, psiu, a serpentear pelo gramado. Agora estamos nos arrastando, alcançamos um montículo, embaixo de um pinheiro, e de repente eis o proprietário, o próprio Sax Doido, a caminhar pela relva de luar oculto, de espingarda e revólver em punho – achatamos bem o corpo contra o chão e ficamos atentos – Não-sei-por-quê, mas ele vem andando para nosso lado, por engano, e de repente está até passando por cima do montículo se aproximando bem da gente e é então que enxergo o distintivo do delegado que está usando; vai pisar em cima de nós, por acaso, ou sabendo, de maneira sinistra; aí dou um salto e grito – o Delegado Sax Doido começa a berrar: "Bang! Bang!"; as armas são só de brinquedo, mas ele é muito chato e não pára de me empurrar para trás, rindo ou rosnando ferozmente, com intensidade enlouquecida que lembra a de Mr. Hyde e salto para trás, apavorado – não incomoda o Phillip – tem outro "delegado" por perto a quem pretendo pedir socorro enquanto pulo e danço de costas na grama, agora de tarde e cor de cinza, diante das investidas e bangue-bangues do velho louco que arreganha os dentes com armas de brinquedo e distintivo, e que está danado porque queríamos entrar sorrateiramente para ir espiá-lo dando passadas em sua Eterna Mansão na Hora do Coquetel junto à Lareira – gritando e vociferando comigo que nem aquele outro louco que me fazia cócegas na semana passada –

UMA LONGA CORRIDA DE BICICLETA ATÉ Lawrence, que eu ganho – tem também um trecho onde a gente sai correndo e tira a bicicleta da estrada de areia, que percorri investindo contra as beiradas feito campeão de moto em pista de parque de diversões – o desalento daqueles pinheirais estéreis, daquela estrada de areia, do concorrente ofegante e solitário! – ganho a corrida e volto para o casarão de Salem Street onde June e mamãe (reconciliadas) estão à minha espera – encontro June no portão, linda; cochichamos promessas mútuas para a noite – o corpo dela é rijo, quente, a ponta dos seios me espetam que é uma delícia; é tão branca e fácil de abrir como aquela verdadeira Garota da Ostra – na casa, está serzindo roupa no sofá do alpendre ensolarado, enquanto mamãe fica às voltas com uma série de frigideiras e panelas do outro lado da divisão que compõe a imensa cozinha – Mais tarde June e eu embarcamos num navio, por influência de amigos meus, "pois sou muito doido, desvairado ou não-sei-o-quê-mais pra ser marinheiro de convés", vou virar comissário ou primeiro maquinista e lá sentamos, June e eu, no cassino dos oficiais para comer em companhia dos encarregados do Departamento de Máquinas – a certa altura o 3º assistente avisa: "Mas não tem leite" – "Eu busco pra vocês!" digo, "afinal, vou ser comissário" – o navio ainda está atracado no cais; desço correndo aos supermercados e procuro freneticamente em armários escuros e geladeiras engraçadas, grandes por fora, mas pequenas por dentro, de formato horizontal (em relação à tampa) – finalmente colocar numa geladeira encoberta horrível sacola de pano de aniagem, como a do personagem do pesadelo de Kafka arrastando seu fardo pesado feito trator pelos estranhos e cinzentos cenários de eternas prateleiras e pó, encontro leite à beça, meias novas e tudo quanto é tipo de gêneros misturados (tinha acabado de rejeitar, num frigorífico de madeira, meia dúzia de embalagens vazias de leite) – aqui descubro novinhas em folha (pois acho que vi crostas de leite talhado pela tampa de parafina transparente) – o daqui é todo novo e já me preparo para ir embora, mas a sacola de aniagem se enrolou toda e me aperta com força em redor da cintura, aproveitando-se da distração da minha busca, tudo de propósito, trata-se de uma Geladeira-Arapuca-do-Navio para pegar criminosos e levá-los a viajar em estado lamentável na ponte de comando, envoltos pela grande sacola como se fosse um manto de vexame, mas um vexame de horror desmedido, alguém pego em flagrante, "e com a boca na botija" ou "com a mão na massa" – luto para me libertar, mas está muito apertado, resistente, me sinto encurralado – Antes disso, tinha sido ótimo cantar junto com a companhia do Rigoletto, uma verdadeira alegria estar lá com eles – e as palavras: "Cad Pa L. I. Canadá" –

(Ai, aquela camisa-de-força se esgueirando por trás em torno de mim!)

"SUA LOCOMOTIVA DE LEITE VAI SAIR" é o dito malicioso a respeito da beleza de Ava Gardner na história – os índios Enguardientes, "primeiros habitantes da Califórnia", e portanto evidentemente grupo Pomo de ferozes lutadores organizados, vão atacar um forte em 1850 – vemos seus vultos nus se esgueirando pelo telhado; fica explicado como atearam fogo no forte pondo feixes de sarça seca por baixo da estaca dos alicerces – vemos também as salas das caldeiras onde têm medo de entrar, o porão úmido onde pensei que poderia morar, mas mudei de idéia – não há homens brancos por perto – os grandes Enguardientes treinam num morro verde-claro; cargas de cavalaria montada, rajadas de fuzileiros em alvos crivados de bala de modo que se vêem os imensos balões explodindo em fumaças pipocantes. Antes disso todos nós ficamos com medo que a bomba atômica fosse cair em cima do rio Merrimac e, de fato, cheguei a "sonhar acordado" que isso, de um jeito ou doutro, havia acontecido; uma escuridão sinistra encobrindo nossas almas enquanto aguardamos, escondidos e amontoados, em Lakeview Street (bem em frente do lugar onde nasci) – Catástrofe e Armagedon no Ar Escuro do meu nascimento, sobre o rio da vida –

Depois da grande tragédia da *Dama das Camélias*, os jovens sacerdotes começam a jogar rugby com os campeões escandinavos em visita na rua – são sensacionais – passa um grande bando de freiras, a caminho da pastelaria para tomar café – o jogo é espetacular, longos passes, longas corridas, bola pegada na ponta dos dedos, gritos, bondes passando, uma grande *comédia* e a última parte da tragédia da *Dama das Camélias* – estou assistindo com Nin – parece o lado de Mersey, em Liverpool –

NO PACÍFICO, NUM NAVIO, PRIMEIRO COMO copeiro e tendo que lavar pratos para uma tripulação de 50 elementos, um navio de carga e passageiros; consigo o emprego tão rápido que fico espantado e lá estou eu, de avental, diante da pia engordurada, no meio de caras louros que berram, e cambaleando com os pratos pela passagem cinzenta que vai dar na estranha pastelariazinha onde empilho tudo – e já faz dois dias que o navio partiu para o Oriente – mesmo assim, em certa enseada fantasmagórica, outro barco fica lado a lado conosco e saio pela vigia e volto para a América e vou parar feito criança espiando pela janela da nossa casa na Gershom Avenue em Lowell, em plena tarde, com um lençol, mortalha ou cobertor na cabeça, olhando para a rua através do tecido fino cor de cinza – observo a grande casa de cômodos, onde um operário negro me encara lá do alto da sua sacada, procurando adivinhar quem sou – o velho *Jean,* inútil, zanzando pela casa, sem trabalho, doente, neurótico, sempre pronto a embarcar em navios, a enforcar a aula, tentando encontrar em salas soturnas o irmão que perdeu – Acabo assistindo ao início do filme *A Hiena dos Mares,* com os mesmos dois velhos se abraçando, surpresos, no caramanchão de um jardim à beira-mar –

EM WATSONVILLE, CALIFÓRNIA, COM MINHA mãe, de repente (nos pântanos lá fora, nos arredores de Elkhorn ou Moss Landing, cenário dos romances de Steinbeck, onde freei o carro) vemos uma revoada de cobras aladas, reminiscentes também daqueles cavalos marinhos no filme de ontem, verdes e com a espinha meio curvada-para-voar e a leve sugestão de borboletas transparentes esvoaçantes, e tremendamente nojentas – "*C'est des coquerelles*", diz minha mãe com grande desdém e nojo, "São baratas" – ela não se deixa enganar – são baratas que se fingem de cobras voadoras, nenhuma novidade para ela – Me lembro imediatamente de Irwin Garden (que papai chamava de *barata*), Hubbard, todos meus amigos que minha mãe detesta e teme e, com efeito, uma das cobras de repente bate asas na minha nuca "como Garden!" penso freneticamente, me esquivando para sair correndo, "como as demonstrações importunas de afeto dos meus amigos repelentes!" – o bando de cobras que paira sobre o pântano desaparece no ar –

Mais tarde, logo a seguir, tenho uma visão de um dos "sobrinhos do Capitão" que tinha cabelo preto, camisa listada – puxa uma caixa de presente do céu com corda e roldana – no fim é qualquer mãe trazendo brinquedos –

PAPAI E EU, COM OS OLHOS TURVOS, NO BANCO de um trem de passageiros, ficamos a conversar sobre a doença dele e o que andaram lhe dizendo lá pelo Sindicato, assunto sobre o qual se mostra muito vago – está prestes a morrer, se é que já não morreu – mamãe comenta isso comigo – meu Deus, como ele carrega penosamente a carcaça do seu cadáver por aí, nesses sonhos que se repetem, aquele rosto sem esperança, pálido, quase invisível, tão destituído de alegria; tão irremediavelmente perdido para todas as esperanças da vida e até da lúgubre constatação das perfídias da existência (que não podem mais incomodá-lo – está tão indiferente) (tendo, de fato, voltado do túmulo). Este é o nosso querido papai de antigas noites estreladas; quando se cresce e envelhece neste mundo, o mínimo que se pode dizer é que isso deixa um gosto ruim na boca, que nem ferro. Lúgubres mandíbulas com gengivas de ferro em manhãs de desespero, esterco no ramo da paz – havia outra prateleira, especial, alta, onde fiquei histérico – tudo isso foi sonhado na noite passada e agora sumiu da lembrança. Na véspera, voltei para casa da Nin em Carolina, Luke me levando de carro pela estrada de lama; e Nin, em vez de me receber com alegria, primeiro pede para ajudá-la com a mala, depois quando se digna a falar é com frieza e perguntando por que foi que vim e por que não me emendo – desolado chalezinho branco de madeira nas planícies descampadas da rodovia, já sonhado e visto antes, e o vasto pátio de grama cinzenta, enlameado no inverno – e "Big" Luke não faz nenhum comentário; o pequeno Luke não liga – tem também um cachorro –

UM FILME COM HENRY FONDA sobre piratas de alto-mar, só que ele interpreta uma espécie de mulher que aparece arrumando as malas, histericamente, para abandonar o navio; tira tudo do armário, inclusive echarpes de seda esvoaçantes, lindas, algumas azuis como a noite, e o mulherio na platéia comenta: "Ah, não disse que ele andava roubando?" – e no final (como se o filme já não fosse suficientemente esquisito) o Henry aparece sem maquiagem, descendo a escada externa de bordo bem sério, sisudo, e é óbvio que a história vai de novo tomar um cunho de aventuras de pirataria romântica quando o *verdadeiro* Henry volta da capitania do navio todo caracterizado, bem penteado, para depois surgir perfilado, bonito e indignado no meio do camarote da mulher, protestando contra o outro Henry – o pessoal que passa esse filme na televisão já está recebendo cartas de telespectadores de Greenwich Village dizendo que jamais tinham ouvido falar desse grande espetáculo, um filme velho, de 15 ou 12 anos atrás – querem saber o nome de todo o elenco – uma antiga obra-prima cinematográfica, repudiada e esquecida, do início da carreira de Henry Fonda

NOS GIGANTESCOS CAMPOS DE SUCATA DE Aiken Street, Laurier Park e Hoboken, Nova Jérsei, no meio de escombros de aviões enferrujados, num dia ensolarado, observo a decolagem das aeronaves, depois de ter estudado a vida dos pilotos – depois vou procurar e encontro a vasta e úmida parte inferior escondida de um Fantasmagórico Estábulo ou Salão de Baile Mundial e entro ali com uma criança que parece ser minha mãe ou Phillip Fortier e saio me arrastando por uma grande rocha oval até achar madeira e ferramentas de carpinteiro encostadas a um poço que vaza água e onde existe uma lâmpada elétrica. Agora quero criar uma fantástica história de mistério nesse porão de detritos e de repente começo a ouvir umas batidas lentas e compassadas – "As batidas de um coração gigantesco – Tem um monstro escondido aqui dentro! – Estão construindo estruturas pra ele!" – Bem afastado, na escuridão que reina em torno da Grande Parede do Porão, enxergo o Maior Caranguejo do Mundo, só que não tenho certeza se é isso mesmo ou apenas uma sombra, ou qualquer coisa mais medonha, subterrâneo, que pode estar com o coração batendo – não é de verdade, sou eu que quero acreditar que o Caranguejo Monstruoso existe para escrever a história – vejo famílias se aventurando pelo entulho

GUERRA – UM HORRÍVEL CONFLITO DE INFANTARIA, que me fez acordar no meio da noite e sentir vontade de me refugiar no mato feito Thoreau – estou sozinho numa espécie de colégio, cercado de todos os lados por orientais que disparam de uma distância de 100 metros, pelos campos e matagais, com trabucos e espingardas, numa barulhada ensurdecedora, ou que todos fazem pontaria contra mim, tão inocente e infantil no sonho, e a única "arma" de que disponho é fazer "pum" com a boca, merda, pelas janelas e mesmo quando as vidraças se quebram e o inimigo aponta as espingardas ali dentro para mim, levanto o revólver de brinquedo e grito "bang"! – Não paro de imaginar a chuva de balas penetrando no meu corpo, a dor, mas por enquanto nada disso acontece – no entanto são tantos os tiros desfechados contra a escolinha, que é, em parte, a Secundária de Bartlett, mas só no andar térreo, e parecida com a Casa Mal-Assombrada em frente ao Joe e qualquer coisa anterior, mais estranha ainda – as balas são tantas que não é possível que não seja atingido. Finalmente o dia nasce enluarado e nem sei bem como vou me livrar dessa situação, pois de repente encontro balas de verdade e uma espingarda que funciona e coloco uma cápsula dentro dela, só que não consigo achar o gatilho, um inimigo assesta a arma na janela para me matar e a única coisa que faço é levantar a espingarda de verdade e fazer "pum"! – Tinha esperança de sair furtivamente no meio da escuridão, mas no luar, que já vai clareando com o romper do dia, dá para enxergar nitidamente vultos de índios que se aproximam em rápidas corridas entre as árvores – e não posso sair sem risco, rumo à segurança, ao esquecimento, do outro lado dos matagais. Acordo percebendo que gostaria de estar morto, e pensando na próxima guerra, que não conseguirei sobreviver, me lembrando dos nossos soldados que estão na Coréia, de mãos atadas nas costas, caídos no chão, fulminados por baionetas, vítimas de armas que nada têm de brinquedo, uma morte lúgubre sob a geada do inverno. Não vejo por que o Ocidente deva sofrer a indignidade de viver no mesmo planeta com esses Mongóis Idiotas do Oriente, que investiram aos milhares de suicidas em ataques ao luar e adoraram a experiência – Pearl Harbor foi só o começo – Ganharam couraçados dignos de Átila – acho que deve haver outros mortos junto comigo na sala de aulas – não vejo nem percebo nenhum no meio das cores douradas, estranhas e gerais deste sonho horrível e definitivamente desesperado –

ESTOU NUM PAÍS DO CARIBE, CORRENDO sobre as águas do golfo num barquinho que aciono com os pés e, quanto mais forte e rápido pedalo, maior a velocidade com que ele desliza na superfície – há outros barcos, sou turista –, chego e salto por cima da praia, saindo chispando pelas ruas da orla marítima, mas reparando que o casco de palha sofre desgaste com a fricção no solo. Ando pelas vielas pitorescas da povoação do Caribe, à procura de mulher – vejo uma velha que, por incrível que pareça, é interessante, mas tem o rosto marcado pela doença – está numa sacada e dou-lhe uma secada – a princípio se faz de desinteressada, mas depois desce atrás de mim – passamos por ruas quietas e misteriosas como as de Victoria no México e a mulher da Guitarra Felá, lá em cima do morro – fico contente de ver que sempre se consegue trepar nos países latino-americanos –

Chegamos à rua principal do Povoado, que se parece com a de "San Obispo", que sempre corta a cidadezinha exatamente da mesma maneira – subindo a ladeira, cheia de surpresas – a cena muda para onde Julien, eu e provavelmente Irwin (ou "Bull") andamos passando férias nesse lugar e deixamos nosso carro estacionado diante da Instituição do Mosteiro ou Escola de Caridade, na frente da parede cor de salmão – mas o diretor do colégio está franzindo a testa no portão de entrada, dizendo que é proibido estacionar ali; porém descubro um aviso meio escondido provando que não é, e Julien não está nada preocupado, já se ocupando com a bagagem e soltando palavrões –

Já que vamos deixar este país, acabo no apartamento de "Russell Jurgin", "Gene Dexter" ou "Charley Williams", recolhendo nossos pertences, que ficaram todos misturados; o proprietário não está em casa – roubo clipes de papel, procuro material de correspondência sem a menor serventia, mas deixo, de propósito, camisas que não quero mais, meias (as roxas), calças suspeitas (serão minhas ou dele? a viagem vem de longa data) e deixo três quadros valiosos: um, que mostra Julien Love como Cristo Crucificado, todo dilacerado e se retorcendo na Cruz, mas tão bem pregado, numa gigantesca pose de agonia, que pende, louro e *de bigode,* da parede de uma catedral; o motivo desse quadro ter tanto "valor para Garden" é que a gente vê seu baita pênis em ereção por baixo da tanga, o que fica, para quem olha de baixo, muito erótico – tem uma legenda: "Da patota do Colégio Secundário de Elmont, 1919" – e traz o nome de J. Kerouac para mostrar quem desenhou... é um grande quadro e resolvo deixá-lo para o possível interesse de algum futuro ocupante – (e demonstrar o lado espiritual de visitantes aparentemente gananciosos) – Remexo em coisas sem valor, calças, livros, por tudo quanto é canto da sala, para verificar o que devo levar comigo para os definitivos confins do mundo – Termino numa mixórdia de *hipsters* e Dick Beck, e indo de um apartamento a outro para fazer ligações, recolher folhagens e uma mistura de aparelhos de televisão, acabo em casa de mamãe na Phebe Avenue; é Natal, ela tropeça no sofá e pega no sono; desligo a minúscula tevê portátil no quarto ao lado e levo para colocar na sala diante do sofá, mas por acaso, quando vejo, estou ligando (levando), em vez disso, o relógio elétrico – ando de pijama, a casa está cheia de troços (o tal relógio tem revestimento de couro finíssimo) – e tudo começou com um inocente passeio alegre por um lago – (o feitio do pedalzinho aquático era que nem o de um avião de papel que se joga contra o teto – o que realmente *aconteceu)*

EM PLENO E HORROROSO CHÁ DA TARDE DE Za Za Gabor, que está sendo servido em casa-de-não-sei-quem, um casarão melancólico situado ao pé daquela locação de Boisvert Street onde ficava o antigo endereço da freira de St. Louis de France em que Nin dava suas tristes e lúgubres aulas de piano nas longas tardes avermelhadas do inverno da Nova Inglaterra e eu jogava no campo dos Demônios com minhas botas que rangiam – Estou escondido no toalete, dando uma cagada, e outro cara, um grã-fino bem-vestido e metido a espirituoso, como Kyle Elgins, mas horrível, entra ou já está ali dentro e perturba meu devaneio – estou tentando escapar da tagarelice-a-respeito-do-Romance-Russo-das-damas nessa Sala Frágil de Rendas Cinzentas e imagino o horror de tudo aquilo, tal como uma criança que se lembra da porrada de tias que tem – A certa altura da farsa e à força de sonhar sem sentir sono, fico sabendo que Za Za, ou o tal grã-fino, está doente e o médico recomendou que fosse de carro diariamente a Nova Jérsei para comer nata pura com sorvete, em grande quantidade, e logo quero ir junto pra ganhar também um pouco, ficar doente talvez – Tive oportunidade de me levantar às 8 e meia e, em vez disso, dormi até o meio-dia, por medo de não saber o que fazer com toda essa manhã –

VAGAMENTE, O SONHO É ANGUSTIANTE, O grupo formado por nós está num lugar ao ar livre, rodeado por uma multidão de espectadores que presencia um imenso ato de espírito de camaradagem e solidariedade, enquanto cada um de nós (apesar da naturalidade com que se conversa, sem parar, quase alegremente) se reveza na posição central do círculo para receber o impacto, apesar de bastante suave, do pára-quedas que vem descendo lá do céu, uma espécie de aríete mental e de sentimento de culpa, só que verdadeiro, concreto, e então assumo meu lugar, bem na última hora, quando um de meus amigos insiste: "Jack, é a tua vez"; paro ali embaixo e aquilo se despenca lá de cima: branco, imenso, adejante, provocando um calafrio instantâneo no meu crânio, em algodoado reconhecimento, e me encrespando o sonho – uma vez completado seu lento e programado ímpeto de Eternidade, se ergue de novo, saltando para o alto e muito longe, quase a perder de vista, onde recomeça a descer para a terra (sem *jamais* tocá-la), onde NÓS TEREMOS que recebê-lo em nossos crânios como imolação. Os espectadores nada dizem, ficamos conversando, em grupo, para matar o tempo e até socar uma boa bronha, rindo, irmãmente, feito loucos, que nem uma turma de pilotos de provas de corrida no céu –

AL BINGHAM FOI PARA A CADEIA, MAS NÃO oferece periculosidade e lhe permitem perambular pela prisão com uniforme de presidiário, ou pijama numerado, durante o dia – vou visitá-lo; subimos a escada que leva às celas e ao pátio arborizado de recreio – "Cruzes", comento ao ver as grades de ferro cinzentas lá em cima. Ele ri, todo radiante, sereno. "Foi exatamente o que o Wallington disse na semana passada quando esteve aqui." Al parece resignado, mas é uma resignação budista, não cristã, que nem um personagem de Genet, e aproveita o fato de estar na cadeia de uma maneira tranqüila e quase sem ironia, sem se queixar, nem tentar se justificar, como se não pudesse deixar de ser presidiário, mas parasse de atormentar o espírito *ao menos aqui* – por isso, ao ver como está radiante, fico maravilhado com ele – chegamos ao Pátio Arborizado onde os outros presos se reúnem com as visitas, alguns sentando na grama da encosta, outros andando por lá como num jardim Ginsbergiano de Bonecas, detentos de certo modo delicados, todos vestindo roupas cinzentas, sem "periculosidade", e Bingham é o mais bondoso, o mais esplendidamente radiante; parece um santo – tudo é tão bonito que, quando dou por mim, estou quase querendo ficar nesta prisão tão amável –

AQUELA NOVA YORK ALUCINADA QUE LEMBRA chicago ou a "Pittsburgh chuvosa" da primeira página do Livro dos Sonhos – estou saindo de meu apartamento na rua 20, nº 450, Lado Oeste, para ir fazer um lanche num refeitório Brown do Bowery, que nem na velha Visão de Joe na Henry Street, quando ele e eu, entre lamentáveis latas de lixo e reboco caído das ruínas da cidade, caminhávamos; um sonho tão antigo quanto a Rússia, com Joe andando pela calçada com o gorro roxo na cabeça, e pronto para dar risadas com botas e tudo, e naquela melancolia de Jardim do Crime – agora é noutra parte da cidade, mas com a mesma escuridão típica do Bowery; depois de comer, que leva duas horas, e com meus pensamentos tão dispersos que quando acordo percebo que meu espírito andou por duzentos terríveis e exaustivos Velórios de Finnegangs*, um sono de vigília de pateta – qualquer coisa relacionada com uma garçonete, queimaduras – saio e volto diretamente para casa, para a "Primeira Avenida", apesar de que, geograficamente, seja a Décima Primeira do Lado Oeste – passando por lúgubres paralelepípedos pretos que lembram Boston, como os que tinha visto antes num sonho de tarde de sol vermelho com a praça Sheridan,

---

* No original (sic) "Finnegangs Wakes". (N. do T.)

Danny Richman e Bev Watson – vejo quatro garotas de cor, andando com estrépito sob um poste de iluminação (semelhante aos lampiões do sonho que tive com a festinha de comemoração do Armistício na pequena casa colonial grega da rua 59 em Nova York) (onde fui falar com o misterioso Jack Anderson). Quando começo a segui-las de puro tesão, noto quatro garotas brancas que também vão atrás delas, fazendo alarido, só que todas de cabelo curto, com calça e Sapatões – saio no encalço do grupo – há outros gregos caçando que nem eu (na imaculada manhã vermelha urbana da Nova York de tijolos marrons, os gregos do Sexo) – lembra Boston e os tempos da Siderúrgica Boot – de repente percebo que terei que passar por dentro de um restaurante para chegar na minha rua e voltar para meu quarto mobiliado – atravesso um movimentado refeitório dourado, onde vem um homem correndo para me contar uma história a respeito de uma garçonete loura de um lugar qualquer que era tão porca que as feridas dela escorriam pus enquanto servia a gente – "Espinhas", explicou – demonstrei uma reação cortês, mas desinteressada; vai-se embora correndo, de modo que, se eu tivesse olhado bem sério para ele, como realmente queria, ele teria insistido com outra coisa (Ah, a dor da ponte de Lowell sobre o canal, a velha calçada de vidros partidos para namorados no muro trancado do canal, as noites em que pulei ali dentro em sonhos e na vida real, como um garoto de verdade vadiando com Dicky e Sei-Lá-Mais-Quem e o sonho da Enchente que já cobria tudo) (com fúria destruidora, a foz do rio invadindo, chocando, espatifando) – lixo! – entulho! – Arraaaaaastando para loooooonge – avanço cozinha adentro e saio pelos fundos com recomendações de lavadores de pratos porto-riquenhos que chegaram com Atraso do Mar de Chico – subo por uma escada de degraus de ferro em caracol como a que tinha na Waterworks & City Clocks, com o gorducho do Wipers de camiseta junto das válvulas lendo o Union City Journal – subo outro lance, tenho em vista um terceiro (em cada patamar encontro a porta de ferro trancada), continuo torcendo para me deparar com uma aberta para poder descer, pelo lado de fora, para o meu beco – mas não acho nenhuma sem tranca, e, quanto mais alto eu subo, mais em vão resulta a minha busca do caminho de casa – estou encurralado dentro da engenhoca de aço e loucura da cidade – preciso descer de novo, começar lá pelos fundos – descobrir uma forma de abrir os patamares do meu espírito e passar por ali – acordei na madrugada de ferro incandescente de um dia útil (nas agências dos Correios), pensando: "Não quero ir pra nenhuma Califórnia e na exausta madrugada vermelha a minha locomotiva está esperando, virada para Watsonville, a três horas daqui..."

MATRAQUEANDO, COMO SEMPRE, NA PRAÇA da Prefeitura de Lowell, provavelmente com Cody, não deu para notar o motivo da longa viagem do Pequeno Timmy no carro, já crescido, com 5 anos, vestido de roupinha azul; Evelyn, a mãe dele, andou enfeitando e preparando o garoto para o grande dia, enquanto fico tagarelando, por isso só no último minuto, quando já estão entrando no carro, é que me lembro de dar uma olhada na planta-itinerário deles & percebo, com atraso-sentimento de culpa, vendo "Religião" & os nomes das localidades no folheto, que o Pequeno Timmy vai (e Gaby também) ser

Crismado, em certo sentido, grande dia, etc. etc., Ah, meu Deus, chateio até a mim mesmo com pormenores inúteis – não notei que era o grande dia do garoto, no carro, que se dirigia de roupa azul nova para a cerimônia religiosa, porque estava entretido a tagarelar na Prefeitura e então vejo que Evelyn não se interessa por mais nada além dos filhos, que é como deve ser, e acordo exclamando: "Não tem cabimento ir lá encher o saco deles", isto é interromper a tranqüilidade da família, batendo tramela a respeito de mim mesmo – pequenas tranqüilidades de jovens pais e novos filhos e todas as calmarias & pequenas alegrias da poeira – Para mim, é a imortalidade numa cabana –

NO TEATRO PARAMOUNT, G. J., Scotty eu assistimos ao balé dos Negros, composto por crioulos ou polinésios, atléticos & delicados, fazendo a gente lembrar, mais uma vez, o "amigo indiano, carregador de malas, de San José" (na realidade, um baita português de Frisco) músculos rijos, ombros redondos, magros, veias saltadas, as danças sem nada de efeminadas, viris & bonitas, lá no palco – É aquele Teatro Paramount fantasmagórico onde levei mamãe & Nin na noite da "história do doce" de Irene – Indo aos bastidores & no lado das escadas em caracol, que nem ontem nos fundos do restaurante, com G. J. e Scotty, agora digo: "Vamos tomar café, a gente precisa se encontrar, aonde é que vocês vão depois?" – "Que tal o refeitório do Ritz?" – Interrompo G. J., que quer sugerir o refeitório "X", que na verdade é o nome certo, e eu sei, mas insisto, dizendo: "Bem, mas acontece que o Hotel Ritz ocupa a parte de cima do prédio", quando na realidade é o fantasmagórico Astor – astor astral – e então G. J. e Scotty concordam com a cabeça – ambos se mostram (como nos sonhos tristes da volta ao bar Middlesex em Lowell) hesitantes em relação a mim; parece que trocam olhares estranhos entre si – "Daqui a meia hora", "sugiro" – na realidade retendo-os & dando o fora antes que possam dizer não – e pego o elevador para ir pedir dinheiro emprestado nos bastidores para pagar o café & as rosquinhas – se não conseguir o empréstimo, G. J. e Scotty vão ter que pagar minha parte. São os bastidores dos Bastidores, e uma vez que o Repetitivo Exemplar Paramount também é a Monumental Casa da Eternidade e palco de grandes confusões & prateleiras poeirentas & acontecimentos que se recomendam para a atividade do mundo inteiro. Depois surjo como o vitorioso e sorridente jovem escritor genial nova-iorquino, à la Damon Runyon (como eu era em 1949) andando pelo Central Park com amigos bem-vestidos, de chapéu, todos sorrindo e batendo papo, dizendo: "Bom, aonde é que a gente vai agora, que que se vai fazer?" – feito Lionel; cupinchas de ficarem sentados em lanchonete até altas horas, de conversas & entusiasmados de boa cara, carteira recheada e bem-estar metropolitano, o único tipo que sou bem capaz de tentar de novo, se algum dia voltar (por causa do tutu) à cidade para novas permanências – É inverno, a tarde já vai pela metade, e estamos todos ociosos no parque & apenas levemente licenciosos (de almas com responsabilidade) e bonitos, feito uma equipe de roteiristas cinematográficos fazendo besteiras – um punhado de Sigmund Rombergs – Tenho impressão que G. J. e Scotty nunca foram se encontrar comigo no lugar combinado –

UM INSETO RASTEJANDO EM CIMA DE UM barril, como no sonho, comendo um "pedaço de pêssego", acho eu, enquanto vai avançando, e uma pessoa – isso no sono mais profundo, acordado pelo gato, provando que os sonhos mais fantásticos, e complexos, são irrecuperáveis para o cérebro comum que acorda de manhã – O inseto provavelmente era eu e estava tão entretido em comer que nem me pareceu estranho. Depois foi um sonho longo e feliz com o pátio dos fundos da Phebe Avenue e Jack Elliot, o "Vaqueiro Cantor", gravou um disco que vende que é loucura & estamos todos reunidos no pátio feliz, onde há uma casa nova, e a certa altura aparecem três colchões finos no soalho de uma cabana muito fria & felizmente pego logo o meu (mais estreito, mas mais grosso também), não deixando outra alternativa para os outros dois sujeitos, Jack e Sei-Lá-Mais-Quem – Agora já esqueci tudo, é de tarde, a não ser que pudesse escrever "mais detalhadamente" e este é o triste resultado.

Meu cérebro, o Cérebro, é Vasto demais para não perder o fio da meada.

O inseto comia abóbora cor de pêssego como se fosse carne – uma coisa que me pareceu muito familiar no sonho & que portanto já é familiar em algum mundo futuro –

SONHO SEXUAL – MARIE FITZPATRICK OU-NÃO-sei-quem e eu, no maior arreto, descemos os degraus que levam ao porão apalpando as respectivas genitálias – eu seguro a dela, ela a minha, enquanto vamos devagar, escada abaixo – à procura de um canto para trepar – no subsolo da Vastacasa dos Fortiers em Salem Street. Escolho um quartinho lateral que serve de depósito de carvão – está coberto de cinza, úmido – encosto Marie na parede – e acordamos numa súbita vontade, tão doce, inadiável – ela respira delicadamente, arfando entre os dentes cálidos – ranjo meus molares com violento tesão, ardendo em ânsias de abraçá-la – havemos de encontrar um ponto para roçar nossas partes quentes e suculentas, vara imersa no furo, nalguma latrina oculta no imenso porão, ninguém vai ficar sabendo, teremos coxas nuas, escreveremos coisas com giz na parede, de pele arrepiada com beijos estalados, jorrando secreções escaldantes na vala secreta, em êxtase, lambendo os lábios, mordendo a língua, sugando a boca, até pender – hei de agarrar-lhe as nádegas roliças, espremer, descarregar ali dentro, de pé, a estaca reta naquela racha ambulante, mergulhando fundo, ela abrindo o hálito morno para depois se amuar – vou adubá-la – vomitar, despejar, inundar-lhe as entranhas do ventre – de joelhos bambos – fazendo-lhe cócegas em cima – e, sem querer, cair lá dentro, meu Deus.

O NAVIO ODIOSO NO ODIOSO MISSISSIPPI; volto para ele atrasado e no fim, ainda por cima, não é o que deveria ser e saio tropeçando pelo tombadilho nas primeiras horas da madrugada – meu beliche na sala de rancho da proa – depois de coisas tristes e ruins que acontecem provavelmente em Nova Orleans; bebedeira – o meu navio mesmo, de verdade, já seguiu rio acima –

SONHO FELIZ COM O CANADÁ, A TERRA transfigurada do Norte – estou lá primeiro em Ste. Catherine ou noutro Boulevard qualquer, com um grupo de irmãos franco-canadenses, entre velhos parentes, e a certa altura Nat King Cole aparece conversando com minha mãe (não está preto, mas de pele clara, muito cordial; chamo ele de "Nat") – Vamos todos para o Colégio Harsh Northern e estamos sentados (como a sala de aula, de madeira cinzenta, de Desenho Industrial no galpão da Bartlett Junior do Secundário) e o professor é um escocês ruivo sardento – que trata franceses com certo desprezo; paparica na primeira fila seu aluno predileto, também anglo-canadense, sarcástico, ruivo e sardento me mostrei íntimo, conversador e uma espécie de Santinho *Jean-do-pau-oco* com todo mundo, por isso agora me debruço, pensativo, para estudar o ambiente – vejo o professor e seu êmulo puxa-saco sarcástico concordando, baixinho, em francês; nada me escapa, porque só um gênio americano franco-canadense de fora é capaz de enxergar, e faço questão de pronunciar Ca-na-*dá* em vez de *Cá*-nada – e meus irmãos morenos, impacientes, violentos, concordam plenamente comigo – "São sempre eles!" exclamam – e vejo aquele sorriso pedante, nada francês, no rosto dos dois ruivos, naquelas caras que deviam levar um soco, coisa odiosa que devo ter presenciado em Ste. Catherine Street em março de 1953, aquele olhar arrogante, britanizado – ou das recordações ancestrais das guerras de canoas primitivas entre franceses e índios – Se voltasse ao Canadá, não levaria desaforo para casa de nenhum cidadão canadense que não fosse francês... como levei do Irmão Noel e depois me arrependi – mas, por Deus, a cara soqueada do meu inimigo anglo-canadense ruivo –

Este sonho me deixou tão contente que acordei às 5 da madrugada todo radiante com o espírito de coleguismo que se respirava nele – nenhuma raiva (agora, já de tarde) em absoluto – devia ter anotado ao raiar do dia – era *Ti* Jean, o Santo feliz, outra vez no meio de seus leais irmãos, afinal – Foi por isso

VELHOS ESTRATAGEMAS PARA NOS DIVERTIR; G. J., o Nojento, Scotty e eu nos anos imortais da adolescência, só que em Nova York, naquela parte (Thompson Street) onde G. J., Scotty e eu perambulamos naquela tarde em 1940, quando foram visitar o grande *Zagg* da Columbia em Hartley Hall e saímos para passear... o sol vermelho se prolonga sobre o calçamento de paralelepípedos da ponta inferior de Manhattan, passamos pelos prédios mal-assombrados de Wolfe e as janelas azuis de leveza arquitetônica dos edifícios ocupados pelos escritórios de engenharia e das fábricas do bairro Canal, vimos carrinhos de mão de Bleecker Street e fomos até lá na Vesey da infância de Skippy, e, sem saber que Nova York nunca mais seria a mesma, tiramos retrato na escadaria de Avery Hall, fazendo pose elegante de cachimbo na boca, ainda com a barriga cheia dos *sundaes* que tomamos na Walgreen em Times Square, e dos filmes – as últimas anedotas rebuscadas de G. J. com Scotty, e os dados nos dormitórios, a derradeira cerveja triste no Lions Den, antes de voltarem de calhambeque para o que julgavam ser sua "triste sina" lá em Lowell – Ah, que grande livro tenho que escrever agora sobre minha vida inteira! – aquela Nova York central desse passeio em 1940, só que já de noite, num bar; o afluxo de porto-riquenhos em NY é tão intenso que o bar está repleto de garotas de lá dançando sozinhas na pista atulhada de gente diante da eletrola automática, e quando procuramos a porta de saída, depois de ter estado no salão dos fundos (como no Pioneer Club) (Rapazes) elas nos paqueram, rebolando a bunda e vou abrindo caminho (o líder *Zagg*), empurrando a primeira para o lado, tentando ignorá-las segundo as recomendações de Buda – são morenas felás desgrenhadas – tem homens sentados em torno que riem às gargalhadas, na realidade é o Village atual da Nova York, central de porto-riquenhos bichas – em vista disso, me entrego a conjeturas e vejo o "Nojento", G. J. & Scotty atracados com as tais garotas e imagino um lindo e triste filme francês de amor retratando o grupo no dia seguinte, cada um com sua namorada em quarto separado, o amante sério e trágico será Scotty, com o queixo crivado de espinhas, malcriado e realmente amoroso... a nota cômica virá do "Nojento" com sua namorada engraçada... e também de G. J. com seu comportamento afrontoso e garota maluca... "Não vou entrar na trama deste livro", penso, seriamente, "será melhor" – fico imaginando as verdadeiras garotas –

UM CARRO MG, OU CAMINHÃO DE BRINQUEDO, comigo dentro chispando pelas esplanadas ensolaradas de Lowell, passando pela Prefeitura, a princípio num espaço aberto quase semelhante àquela (sonho antigo) esplanada ensolarada ao pé da colina em Frisco (a primeira visão das colinas de Van Ness ou Fillmore, tão velhas quanto as primeiras visões de Deni Bleu em Marin City) – minha máquina veloz me leva de um punhado de estrelas dilatadas, do tamanho de pequenos satélites, perto do sol, e são grandes (e redondas como bolas) porque inflam e empalidecem feito luas minguantes ou somem ao cair no horizonte. Depois contemplo as pequenas corças de fogo que se deslocam pelos campos da estrela lunar globular e fico apavorado como naquele velho sonho de catástrofes estreladas em Lowell... olhando pelo vidro do pára-brisa, enquanto corro em alta velocidade com a máquina, observo & reflito –deduzindo que a estrela pode ser enorme por algum motivo recente, mas também por causa do declínio no horizonte e o sol se mostra desbotado, opaco, cor de laranja – chegamos a uma casa, antiga como o Império O Tomano de Hackensack, mas em frente à Biblioteca Pública de Lowell e então desço do carro e saio perambulando por novos acontecimentos em companhia de alguém; uma nítida sensação daquela casa de música nas proximidades – Observo os pontinhos cintilantes na estrela mundial em feitio de bola; parecem espiroquetas alaranjadas

O SENHORIO E SEU AUXILIAR APARECEM NA casa de cômodos, nos altos do *Textile Lunch,* para onde minha mãe e eu nos mudamos – estamos morando no 2° andar em vez do 4° e assim, olhando para a casa de Iddiboy em Gershom, que também já ocupamos, calculo a distância entre o chapéu-coco do transeunte e as janelas do nosso apartamento; a diferença é menor do que seria de esperar, de modo que o nosso andar não é nada alto – estou na cozinha, sozinho, sem nada para fazer; o senhorio franco-canadense e seu jovem auxiliar acabaram de consertar não-sei-o-quê e me deixam um papel que devo entregar lá no centro da cidade, no Banco de Empréstimos e Locações, que não fica longe da casa de música – começam a dar explicações monótonas sobre as ruas de Lowell – para o "filho pródigo" – passo pela experiência momentânea de desespero e melancolia de estar de volta, outra vez sujeito às "leis de Lowell", há tanto tempo repudiadas. O auxiliar é positivamente um fedelho intrometido de Pawtocketville, ri por qualquer bobagem, e decerto vou encontrá-lo à noite nos becos do Social Club, com Gene Plouffe e todos os outros, e exatamente como acontece nos bares de Ste. Catherine Street – cerveja, fumaça, gélidas ruas de inverno em Lowell, no Canadá – não é um sonho feliz ou sequer interessante. Por isso fiquei com raiva de ter que escrevê-lo e só estou fazendo isso por um sentimento de dever que não tem cabimento a essa altura adiantada da minha busca de repouso maior que o destino, e de morte maior que o céu

AO ANOTAR OS SONHOS, REPARE NA MANEIRA COMO A CABEÇA SONHADORA INVENTA

OS ANAIS DE JACK KEROUAC – ANAIS, SEM dúvida – de ânus – o Espírito tanto pediu que acabou sonhando com uma enchente em San José, para onde sou levado até o estacionamento de trabalho num local que não tinha *sonhado de olhos abertos,* naquela estrada que vai para o norte a partir de Santa Clara, em direção à administração do pátio de manobras e do aeroporto – e, como não tenho bebido nem puxado fumo, estou com as idéias bem nítidas, muito amigo e franco com todos, brinco com as crianças de ânimo sereno, etc. – cenas cinzentas, mas felizes, no estacionamento, para onde Evelyn me leva de carro, e vejo os automóveis, o manobrista que se afasta, o chefe , etc. – mas o Espírito se descontrola numa cena no toalete que fica do outro da rua, em frente à casa de Cody, onde ele e eu estamos cagando lado a lado numa latrina dupla – enquanto me limpo com papel, Cody fala mal de um ator, dizendo: "Mas você sabe, ele é veado, vive chupando reis" e como ao me limpar continuo sentado, de pau de fora, a referência a esses detalhes eróticos faz com que comece a endurecer; me apresso a me levantar antes que fique duro por completo, mas me atrapalho todo e, quando vejo, estou com um pedaço de merda na boca, por algum motivo a ver com o papel, com o movimento desordenado dos braços, com os restos de comida que entram no meio dos dentes – eis-me ali, procurando tirar aquele naco de merda do sonho colado na boca, também cheia de papel higiênico (em vez de passá-lo no rabo, acabei passando nos lábios) e o papo de Cody a respeito de chupadas, enquanto me levanto e tento ser rápido, é uma verdadeira Comédia – cheguei até a sonhar com o gosto imaginário da merda, sensação só possível de ser associada à lembrança de uma pasta de amendoim insossa, como aquele "pedaço de pêssego" que o inseto do barril arrastava na semana passada – a todas essas, Cody nem nota minha situação e, como não estou trabalhando na ferrovia, não me preocupo com hora –

INDO DE CARRO ATÉ O LUGAR DOS PIQUENIQUES, junto com Mr. Calabrese, o pequeno Luke, mamãe e outros, estendo o braço e pego um ramo cheio de coquinhos marrons ou amarelados e como um punhado, de pura travessura – tem gosto desagradável de sabão – os guardas de segurança do parque viram o que eu fiz e começam a me interrogar (a me "repreender"), e Mr. Calabrese, que já tinha se mostrado muito aborrecido com o fato de eu "pegar o que não te pertence", agora está calado e avermelhado de vergonha com minha sem-cerimônia em me servir dos coquinhos do parque – o primeiro guarda (à paisana) tem tipo de caipira, de meia-idade, alto e de óculos – parece delegado de polícia – "por que você fez isso?" Fico ali sentado, sozinho no carro, estacionado entre o viveiro de pássaros e outras construções (o resto do pessoal se afastou para se divertir com os jogos), a escutar pacientemente, com certo sarcasmo, esses "carões" – em vista disso, o "delegado" vai embora e aparece outro Repreensor, um sujeito de cabelo preto, bigodinho e terno azul – a expressão do rosto dele oscila entre afável e antipática (passando da mera cortesia para a franca brutalidade) enquanto fala comigo ("por quê?") e tenta adivinhar se deve me tratar como membro de uma família bem-educada que passeia aos domingos (ah, aquela vez em que o cachorro me mordeu nesse mesmo lugar em 1930!) – Olho para ele com cautela e chego à conclusão que, se for me bater, não vai ser nada bom, tem todo jeito de ser bruto, mas estou preparado para o que der e vier, sentindo apenas certa dúvida quanto à minha segurança & aptidões pessoais. Antes disso, o espírito se perde entre personagens que aparecem num bulevar de férias como o do Hotel Garver Farver do Mundo e, ainda antes, mamãe e eu estamos num avião que vai pousar e sinto tanto medo que aconteça um desastre (está *acontecendo,* o Comandante já pediu para todo mundo se segurar) e é naquele campo de Lilley Lakeview (o campo Laurier) e também a Ponte Ocidental do Canal de Boston, Nova Inglaterra, com os telhados de Mattapan Charley e a Comissária de Bordo, as luzes das ruas lá embaixo, de noite – minha mãe e eu, abraçados no chão, eu chorando com medo de morrer, ela com cara de contentamento, a perna rosada metida sexualmente entre as minhas, e penso: "Até na iminência da morte as mulheres pensam em amor & carícias sorrateiras" – Mulheres? mas quem é que está sonhando com isso?

SEURAT – nuvem-trovão dor bexiga barcos

PARECE QUE A LINDA PESSEGUINHO, TODA arrumada, morena, viçosa, vem saindo do saguão pela porta alta com bandeira ao lado de uma lésbica, no mínimo Ricki, tão deslumbrante & parecida com Maggie e de uma beleza trigueira que, sem querer, abro os braços para ela, mas me controlo, e Pesseguinho diz: "Hum, por que você nunca faz o que tem vontade de fazer?" e altaneira, ou seja, indiferente, vai embora com a lésbica – Passei naquela sala a noite inteira, séculos, numa angústia indizível; está situada na Cidade, mas que lugar mais cinzento, com tia Anna morta, Gerard desaparecido, o caminhão no alpendre da frente, e como está gravada para sempre na minha lembrança e mesmo assim esquecida... como se tivesse voltado ao Céu para buscar meus sapatos velhos – só a contemplação definitiva há de levantar os pormenores daquela vida perdida e eu a descrevo –

ACABO DE ME METER NUMA GRANDE CONFUSÃO com algumas pessoas que atendem no balcão de uma lanchonete-ambulante – "derramando minhas lágrimas por tudo quanto é canto" digo comigo mesmo, tentando relembrar detalhes e pegando no sono – em todo caso, me sinto triste e alquebrado – de repente, a dois banquinhos de distância, senta um freguês, inesperado na nossa odiosa tragédia, cômico ao chegar, mas mesmo assim um freguês em carne e osso, de verdade, na nossa lanchonete da vida real – e é W. C. Fields!!! Fico completamente espantado: narigão vermelho, chapéu-picareta, o próprio Fields da vida real acabou entrando aqui por acaso – tão imprevisto e abrindo tantas áreas de humor redentor e purificador que, sem querer, solto um soluço trêmulo de alegria e W. C., ouvindo, me dá um rápido olhar, de relance e educadamente, mas, com tristeza, examina o cardápio em deferência ao que imagina ser um menino chorando a seu lado por um motivo qualquer – e essa deferência e tristeza, tão engraçadas – ainda não pronunciou uma só palavra, mas é claro que vai falar –, era a materialização do Velho Balão Agressivo, o Fields vivo, bem na hora da Amargura – mas, se tivesse anotado este sonho na madrugada do mesmo dia, eu traria para vocês uma mensagem sobre W. C. Fields do céu, pois foi lá que isso aconteceu – tão engraçado que pense que choro por causa de problemas e amarguras, chega até a pigarrear discretamente, fica ali sentado (acaba de entrar) sem se intrometer na vida de ninguém, ao deus-dará, imerso na aventura de sua própria personalidade e ei-lo conduzido pelo nariz, pelo destino, para a nossa humilde e doida lanchonete-ambulante – as incríveis encrencas e piadas que o acabaram levando até ali!

– Foi bem nesse instante que acordei com o gato me batendo duas vezes de leve com a pata, como fazem os lobos nas Histórias dos índios – a primeira vez que Rondidindu fez isso comigo, embora seja useiro e vezeiro em fazer com minha mãe toda vez que quer ir lá fora – neste caso só queria dormir junto comigo (ou parar com meus roncos?)

UM SALÃO DE GINÁSTICA, UM SUJEITO RUIVO, um crime que presencio e depois passo a noite inteira me vangloriando com isso tudo isso – acontece no campus da Universidade de Columbia, provavelmente, e Guy Green anda por perto – A verdade é que a cesta branca de basquete ainda não havia sumido de vista dos moradores lá de cima da varanda dos Fenways, quando, durante uma guerra ou sei-lá-o-quê, chego eu, dando voltas por ali, comparando impressões, e descobrindo com isso a angústia da atividade, e também quis me formar pela faculdade e procurei imaginar que vantagens me traria um Diploma – desertei do exército, fugi da cidade, não prestei continência para bandeira nenhuma, me escondi no porão, trepei com bonecas escuras, me entreguei a dhyana* numa Gruta em Burma – "Salve o Kerouac, & cá está ele & Em Prosa e Verso", & ando de um lado para outro, fazendo várias piadas oportunas sobre o famoso crime do ruivo na guerra que presenciei no meio dos bambus, ervas e punhais de um campo de batalha ensolarado lá pelos lados do Parque Filipino, onde Soldados viram Snodgrass fazendo minete e os Reis Filipinos vieram estender tapetes de palha para os Heróis Faustianos feridos de Moody Street e do West

---
* Alta meditação budista. (N. do T.)

End Bar – vi Guy, talvez Catlo, o Herói Porto-Riquenho, talvez Garden, de quem seriam as latas de cinza da Henry Afghanistan Street e as cortinas cor-de-rosa do quarto que ficava de frente para o lado oeste nos crimes que aconteceram no mar, e os *Blues* de Yucatán (agora) – a Visão do sol enferrujado vermelho no salão de ginástica do parque todo traçado na memória – escrito em sua própria linguagem –

"Para falar em "Jeannes" e retrocedendo ao segundo sonho da outra noite, foi aquele incorruptível, quente, macio e úmido talho de Jeanne Desmarais quando ela, depois de uma infinidade de plumas e inexplicáveis frioleiras, finalmente vem e se deita no meu sofá de Richmond Hill (no living) e baixo a mão e ei-lo, todo lubrificado, pronto para ser penetrado – mas primeiro tenho que ir ao toalete para mijar e são 6 da manhã e, de qualquer modo, acordo – está tudo escuro e o fedor do vaso é insuportável –

TRABALHANDO NO CAIS DO PORTO DO RIO da periferia da cidade como estranho estivador à beira de um trapiche, manobrando o guindaste inclinado para seu tonel, onde o óleo de proteína de amendoim está sendo batido e para conseguir isso cá estou eu, fazendo malabarismos do lado de fora do parapeito e sobre a água, que é a mesma daquele sonho com o trapiche do Navio da Liberdade de Brooklyn em 1942, que sonhei porque vivia atormentado, com medo da idéia de ter que voltar para o alto-mar e estava sendo iludido pelas Férreas Irrealidades na Discriminada Escuridão Sem Regaço do Mundo, e mergulhei, saltei do navio ou me suicidei, e também como se estivesse em companhia de Julien no nosso-Último-Dia... aquelas águas, mas no mormacento Sul do, Mississippi – um bando de estivadores no barranco do lado oposto começa a dar gargalhadas e a acompanhar minha luta para não perder o equilíbrio, acenando para o barco de remos caído lá embaixo, tentando orientá-lo –

VOLTANDO DO HOSPITAL COM EDDY MAC-ARTHUR (!) (amiguinho irlandês, das artilharias do General MacArthur) chegamos na minha casa na West Street e entro furtivamente pelos fundos para ver se tem alguém lá dentro, precisando tomar o cuidado de me abaixar no meio das moitas altas, secas e estalantes sob as janelas, mas na realidade chapinhando durante o esforço para me curvar e não ser visto, sem me apressar e fazendo um barulhão danado – espiando pelas venezianas fechadas, como as da sala (escura, feito água preta) com seu linóleo, móveis de couro, madeira grossa e rádio de mogno – batendo os pés assim no quintal dos fundos, junto à cerca de madeira que parece a da casa de Joe Fortier no dia em que fiquei brincando dentro da água acumulada em torno da construção enquanto ele trabalhava, consertando coisas feito gente grande – vejo a casinha branca do cachorro – o pequeno galpão no (agora semelhante ao da Phebe Avenue) pátio e percebo que tem janelas e aberturas demais para servir de moradia que me proteja dos ventos do inverno e, além disso, é muito pequena – dou volta, toco a campainha e chacoalho a porta de tela, "da frente", mas num andaime à esquerda, e bem alto, vejo Eddy Mac à minha espera e Jeanne Desmarais com outra menina atendendo às minhas batidas (Jeanne está de calção) – as duas dizem:

"Teu pai saiu pra ir buscar a pasta dele", mas como até agora só pensei em minha mãe, suponho que, por não terem dito se ela está em casa, talvez tenha caído de cama – me sentindo piegas demais para me comportar como autêntico índio em meus movimentos sorrateiros, nada me parecia suficientemente verdadeiro – o hospital era um hospício que ficava não sei onde

A morte, esquelética proprietária –

SONHOS COM INFLAMAÇÃO NA GARGANTA, um vírus qualquer me faz engolir em seco, sem parar, e piora quando tenho impressão que minha garganta saiu do lugar, como se tivesse sido degolado, de modo que continuo engolindo o vácuo e, quanto mais me esforço para engolir, pior fica... sonhos desse tipo são da infinita atividade do Karma, penosa, incessante, do cérebro discriminador selecionando sua impiedosa matéria e atormentando seus frios súditos (que insistimos em chamar de vida)... cenas num bairro de pardieiros que lembra Brooklyn, e cada vez que engulo em seco fica maior, mais complexo, doloroso... bandidos em ação à beça no domingo de madrugada... diante de um clube de bilhar, de noite, a enorme árvore do outro lado da rua, certos pormenores que lembro (caraterísticos de um "sonho com San Luis Obispo")... lá no alto de um andaime, com Hall Hayes que, ao sermos surpreendidos pelos guardas e levados a cogitar num refúgio seguro, salta diretamente para o chão, o pequeno Hall, de uma altura de uns 30 metros – "Não, não!" grito, ao vê-lo cair em linha reta... mas parece que chega lá embaixo sem maiores problemas, são e salvo em cima da areia, no meio de uma multidão de curiosos – continuo querendo me sentir apenas sereno e tranqüilo, mas o Karma não pára de produzir imagens inquietantes, agitadas – engulo em seco com dificuldade, mas a dor aumenta como se numa incubadora, a escuridão se multiplica, agora entendo como a mente deveria ser (e é) e como o Karma tem que terminar – Mais tarde Eisenhower ou-sei-lá-quem precisa de água quente na parte superior do saguão do Colégio na Carolina, então desço ao porão onde Deni Bleu está se lavando e pego um pouco de água num balde – No campo verde ensolarado, atrás da escola de tijolos vermelhos, quero comprar um terreno para guardar o reboque de minha mãe; pergunto a um agricultor, que está de carro, é um delegado – O relógio de tijolos vermelhos mostra a hora – De noite, nas ruelas surpreendentemente movimentadas do povoado de Rocky Mount, passo pelo caminhão do jovem atacadista que vende vassouras, que discute com dois varejistas parados na calçada, e vejo que um lote de sete vassouras custa 29 cents – sufocado pela vida, descubro que os chineses chamam de GHAT o que se entende por Karma – se realimenta por si mesmo, multiplicando-se, em dor & amargura – Cadê todo mundo? – Depois que o Pequeno Hal se atira lá de cima, faço o mesmo, e enquanto caio e sinto a altura, me dou conta de que morrerei com a queda – Antes de ir dormir, sonhei, de olhos abertos, que me esborrachava da maneira mais estranha, de rosto e barriga achatados no chão, resultado de um tombo fatal e vertiginoso, imaginando o *baque surdo* do cérebro batendo e estraçalhando os miolos antes de morrer – o GHAT é uma coisa informe, mas mesmo assim, por enquanto, mais torturante – Acabo me envolvendo numa confusão de GHAT de um submundo infernal, e acordo sofrendo, com náuseas, e tomo um *anahist,* pois, cada vez que ângulo em seco, a necessidade de engolir de novo recrudesce, num círculo vicioso sem fim – Finalmente, depois que os comprimidos surtem efeito, por volta das 2 da tarde, abro a janela e o ar puro me traz o sonho com as "irmãs Gabor" – uma convida a outra para ir se encontrar com ela na Austrália enquanto corre o processo de seu divórcio – vejo que vão se recusar a enfrentar a decadência, que dirá o horrível GHAT, continuando a ser duas louras sorridentes e tagarelas, mantendo-se ativas e ocupadas até ficarem velhuscas e gorduchas e ainda assim fingirão que nada disso está acontecendo, sempre com um sorriso na boca, batendo o salto alto nas lojas até o dia em que ficarem irremediavelmente gagás e, não obstante isso, teimarão em repudiar a tristeza, insistindo em viver iludidas, dissimulando seu horror à custa de sorrisos e cosméticos – casando-se, divorciando-se, e tornando a casar de novo – as eternas, famosas e alegres irmãs – Za Za e Eva – jamais permitindo que o mundo veja sua dor, o horror, o sofrimento, o desespero, a calamitosa velhice, as enfermidades e a morte... os frutos do Karma, o apodrecimento do GHAT – fingindo que tudo continua na mesma – sendo tipos eslavos romenos, à la Tchecov, isto é, "*se lamuriando*" em vez de *compreender*... que a vida não vale a pena e que nunca deveriam ter nascido, já que seu segredo definitivo só foi revelado no único momento de salvação possível para pessoas assim – na morte – pobres impostoras gorduchas, de pernas cambotas e gengivas idiotas – fazendo estardalhaço à toa neste Mundo de Conchas

        Cobri de cinzas o original
        E se evaporou.

BRUE MOORE E EU ESTAMOS NO CLUBE DE Jazz da rapaziada na rua 59 e vamos lá para o Bowery acender fogueiras nos becos; ele vai tocar no seu pistão-tenor – mas é um triste outubro e de noite – fria, desperdiçada –

BICICLETAS PERDIDAS, LUAS ESQUECIDAS DE Lowell – as boates de Lupine Road – garotas, de tudo quanto é tipo, a noite inteira – me mandam visitar a menina com quem vou casar no lugarejo das bruxas de Salém – ela mora do outro lado da estrada, perto da praça local – bato na porta, um mulherão atlético e horrível atende e penso logo: "Pô, que corpaço – não se pode negar que é bem-feita de corpo" – mas não é ela, é a "senhoria" – minha "ela" está nos fundos, em seu próprio quarto, humilde, pálida, mais magra – não dá para olhar direito para ela porque a tal senhoria, da maneira mais cretina, quer saber quanto tempo vou me demorar, a que distância vou me manter, embora ambas sejam jovens – A minha namorada tem personalidade definida, vejo seu perfil bonito, apesar de pálido, com um pouco de espinhas, e penso: "E é muito triste, retraída, feito professora, quase parecida com a Bev Watson" (passando a tarde deitada em sofás de quartos de casas do interior) –

De repente tudo se transforma numa festa gigantesca ao lado de Lupine Road – andei por lá, questionando mamãe a respeito da minha infância – agora, em Lakeview, está havendo uma orgia no hotel principal, dá para ver casais entrando e saindo correndo, ficam dançando na marquise do segundo andar, fumando baseados – a entrada está protegida por um monte de valentões – passei algum tempo fora, no cais de Brooklyn, onde Joe e eu nos engajamos em dois diferentes navios mercantes, cada um dormindo na sua doca, embora uma vez, durante a noite, lá no meu beliche alarmante, desconfiasse que alguém tinha entrado a bordo, talvez Joe – agora estava de volta à casa de Lakeview, onde o velho havia morrido naquele pôr-do-sol de Stonewall – acontecimentos lá dentro – subo correndo as escadas do hotel da orgia e bato numa porta – no quarto tem uma beldade alta, de cor, que está nua, junto com um homem – ela vem rápido conversar comigo no corredor e no mesmo instante agarro-a pela xota, apalpando-lhe o rabo gostoso, carnudo – ela se entrega e quase fazemos ali mesmo, mas não dá tempo – também tem personalidade marcante, é alta, me conhece, me trata por um apelido afetuoso – desço correndo, no sonho, pego uma bicicleta emprestada e saio pedalando até chegar na minha casa na Califórnia – Evelyn não está e não preparou o jantar de Cody e das crianças – Cody é Joe, a bicicleta que me emprestaram é do amigo dele – Na estação grito com o bilheteiro, pensando que não tem troco – "Ah, julguei que a passagem fosse 45 cents!" – idéia absurda, custa $ 1.65 até a cidade – Dou risada e saio correndo, antes de receber o troco e a passagem, para verificar se minha bicicleta continua no mesmo lugar, já com medo que não esteja, tenha sido roubada – Procuro e procuro na escuridão, às vezes encontrando bicicletas velhas sem rodas, escombros, mas não a minha. – No meio das macegas... é a parte dos fundos de um lugar triste que conheço – volto à estação das passagens, as luzes estão apagadas; quando chego, quase piso em cima de pessoas que dormem com os pés fora das cobertas. Lá em cima, no apartamento de tijolos vermelhos, vejo janelas iluminadas de outras namoradas – O que não vão dizer quando souberem que perdi a bicicleta! Procuro a luz da estação das passagens, tateando no escuro; tem claridade nos fundos, onde o bilheteiro, no mínimo, ainda me espera com o bilhete e o troco, de serviço, fazendo piadas com outros retardatários –

Na hora em que estou na biblioteca e vejo as alvas nádegas da garota de cor se limpando na latrina de madeira, e encontrando os velhos refugos que deixei embaixo da estante de obras de ficção – pedaços de elástico e restos de comida que nem vale a pena mencionar – todas as formas que a Essência Una do Dharmakaya assume nesses desvairados sonhos humanos – não só neles, no próprio mundo também – enquanto procuro a bicicleta no meio das macegas, uma espécie de pedrinha molhada parecida com abelha me entra no sapato; mesmo assim saio caminhando, pensando: "Está úmida, tomara que não seja uma abelha viva – provavelmente é uma fruta ou um pedregulho" – e deixo onde está e ficou quente –

NUM HORRÍVEL APOSENTO EM NOVA YORK, toda a minha família, composta por mamãe, papai & Nin e eu, se instala e "todos conseguiram emprego" – aqui dentro já é noite, e há uma única luz, muito fraca, acesa – a gente conversa, mas é um papo meio esquisito – parece que não sei o que faço e, sem querer, ou por descuido (porque não sinto medo da raiva das mulheres da família e já me esqueci da de meu pai; faz tanto tempo que ele morreu), começo a enrolar um baseado, continuando a falar com eles uma porção de maluquices, empolgado, louco (por causa da erva); nem sequer prestam atenção, preferindo debater solenemente a meu respeito, até que meu pai se levanta e pergunta: "Mas ele não tem medo da maconha? Hem?" se aproximando de mim – vejo que vem vindo e fico cego, a escuridão toma conta por completo da cena, mas sinto, contudo, a mão dele no meu braço; é possível que tenha um machado, qualquer coisa, e não consigo enxergar – caio desmaiado feito morto no escuro, com um rugido que me acorda e impede que seja encontrado morto (se é que existe uma coisa como a morte) de manhã, na cama – pois meu sangue parou de palpitar quando o Viajante Amortalhado cravou finalmente as garras em mim – se aproxima cada vez mais – agora já sei como fugir dele – não me preocupando nem acreditando na vida ou na morte, se é que isso pode ser possível num humilde Pratyeka a essa altura

DEPOIS DE LER A NOTÍCIA DOS TRÁGICOS amantes do sol vermelho que se perderam num *iceberg* em Islip Drownpond, boiando em pleno mar para finalmente serem salvos ou descobertos quando foram bater no iate de outros amantes, e de ler outra notícia sobre o grande time de futebol de Michigan, que incluía Keith Jennison, o último parágrafo do artigo publicado pela revista *Liberty*, apreciada só por quem tem que fazer hora em consultório dentário, se esforçando ao máximo para disfarçar a dor, descrevendo o trabalho defensivo de fundo de campo de Jacky McGee, quando vejo, estou viajando junto com o time, num vôo que vai de Nova York para "Detroit" em avião a jato – Além disso, leio um artigo inteligente e bem ilustrado sobre aeronáutica moderna que mostra jatos soltando jorros de fumaça, e os turboélices – o time todo, muito bem-vestido, de terno e gravata, ocupa poltronas de luxo – ao chegarmos em Chicago, vejo lá embaixo os monumentos característicos e as amplas avenidas cinzentas de lugares penosos e familiares nos meus sonhos, e exclamo: "Chicago! Ei, olhem, já chegamos em Chicago, em apenas uma hora!" mas todo mundo é tão *blasé* em matéria de aviões; tento avisar o comissário de bordo encarregado de lavar o corredor, mas ele anda às voltas com o balde. Vamos pousar na pista, que de repente não é mais pista coisa nenhuma, e ninguém falou que devíamos aterrissar em Chicago ("As viagens aéreas seriam muito mais seguras se não inventassem de fazer escala em tudo quanto é cidade!" penso, petulante) – É uma estrada da periferia, num vasto parque, uma estrada em linha reta, mas aí vem um ônibus – que se afasta para o lado, a poucos metros de nós – fazemos um pouso perfeito, sem nenhum solavanco, mas estamos indo a mais de 300 km por hora nessa porra de estrada, talvez por ser reta – o ônibus continua seguindo pelo seu caminho com a maior naturalidade, é uma espécie de carro de entrega marrom da Macy's – aí vem um carro – o comandante, com sua cara de cínico toda especial, como se fosse um comunista pousando com a gente de propósito na China para espalhar confusão, desvia para o lado, quase batendo no carro, e já imagino a gente virando cambota com o maior estrépito, mas nada disso acontece – meu cinto está bem atado, mas ninguém se preocupa, muito menos o lavador do corredor, parado ali no meio do avião, todo sorridente – "Vocês vão ter que fazer conexão às 3 da tarde pra pegar um avião via Porto Rico para ir para

Detroit", ouço pelo alto-falante e enlouqueço só de pensar que isto tudo é obra do sindicato dos empregados aeroviários – Pousamos.

UMA LANCHONETE AMBULANTE que serve de ponto de encontro para adolescentes futuros, num salão qualquer na parte mais baixa do centro de Lowell, perto do cruzamento de Aiken & Lakeview, onde ultimamente venho tendo tantos sonhos com acontecimentos e comoções futuras (os Quatro Irmãos, o pai enfurecido do Peru), estruturas enormes feito pirâmides de madeira lá por uma planície onde se ergue uma triste Feira Mundial Surrealista – Deni me mostra um cartão-postal que recebeu agora mesmo de minha mãe, repreendendo-o pelos ataques recentes que fez contra mim – está todo desenhado, mostrando posições ocupadas por pessoas sentadas e cavalgando, e como se comportam no meio dos símbolos e signos que ela desenhou. Há duas outras pessoas, um casal – Mas de repente me vem uma idéia fantástica, que não pode ser mais nítida: "Deni, sempre imprevisível naquela escala fabulosa em que se locomove, como que inocentemente, oscilando entre a malícia e a doçura, está muito impressionado e me olha de modo quase amedrontado" – "a casa em que vocês nasceram? estão me ouvindo?" – pergunta ele ao casal – E como acabo de me dar conta de que estou de volta a Lowell, minha cidade natal, fico com uma visão muito clara de mim mesmo indo até lá, em Lilley, e depois ao cemitério em Hildreth e por fim mergulhando no Mistério Felá das casas de cômodos de madeira desde Aiken até Lakeview e o morro coberto de matas de Lupine Road, tão encharcado de sangue no sol erudito do meu cérebro

– ao mesmo tempo me vem a desconfiança de que não vou chegar a ir, realmente, ficando por aqui mesmo para conversar com essa gente – moro em Pawtucketville, do outro lado do rio, e essa caminhada vai ser na minha ida para casa – são 4 da tarde e faz sol aí fora – de repente é noite e não fiz nada do que pretendia fazer –

DOIS PÁSSAROS COMEÇAM A BRIGAR JUNTO da minha orelha em Bridge Street, do lado de lá do rio; estão cada vez mais furiosos e gritam, mordendo e arranhando, com demência violenta e sobrenatural – vão acabar me furando o cérebro de tanto meter o bico na minha orelha

ELE VEIO E ESTÁ NO CORREDOR, EM CIMA do *Textile Lunch* – O Viajante Amortalhado, que me seguiu no deserto em 1945 – fica parado, com camisa branca comum, me olhando sem expressão – é tarde da noite e a luz está acesa na entrada da casa de cômodos de madeira – quer me pegar com a mão –

                    São dois sonhos de loucura & morte

HORRÍVEL! TIA JEANNE DE LYNN ESTÁ HOSPEDAda em minha casa, em cima do *Textile Lunch* – bem na hora em que venho entrando e tirando a roupa junto com Maggie Zimmerman para dar uma trepada – estamos lá na cozinha, no meio de roupas e caixas desarrumadas – "Por que você não vai embora!" berro com a velha intrujona, que nos observa – "Porque não quero!" Me dispo bem na frente dela, levo a garota para o meu quarto – Lá dentro começamos – ouço tia Jeanne ainda batendo tramela e ameaçando coisas na cozinha – "Se ela vier aqui pro quarto, a gente continua sem dar confiança pra ela" – Mas de repente fico com vontade de injuriar tia Jeanne e quando profere outra queixa contra nós (e a garota não podia estar mais se lixando) digo: "Não sou Jack – não é ele que está aqui – é o Noël" (o filho dela) – "Ah, é o Noël, é?" retruca, sinistra. "É o que veremos" e pega o telefone para ligar para minha mãe na sapataria – "Faça o que quiser, sua burra velha intrometida!" grito eu – Quando minha mãe chegar em casa, vou arrumar a mala e simplesmente me mandar – depois de terminar o que estou fazendo com a garota –

AONDE VAI PARAR O ESPÍRITO DOS VIVOS? que sonhasse que percorro a Segunda Avenida em Nova York numa agradabilíssima noite de verão, entre luzes cintilantes, por bares onde sujeitos aglomerados assistem, todos de cerveja na mão, à luta de boxe na tevê, meninos brincam na rua e dão encontrões em mim, enquanto sigo adiante, arqueando os ombros para mostrar como sou machão – aonde? para que luz no fim do túnel?

UM HOMEM AMARRADO NUM PILAR PARA SER morto, o carrasco enfia-lhe duas lâminas de aço na barriga, que não doem tanto quanto esperava e por isso fica na expectativa, sem sentir dor, com curiosidade, em silêncio – mas o carrasco canalha sorri de leve, e saca de um dispositivo que parece um moedor de legumes ou torradeira de zinco que se coloca em cima do fogão, sobre o fogo, e vira as torradas de tudo quanto é lado – trata-se de uma espécie de gancho para as duas lâminas de aço, invenção engenhosa, hedionda, assassina, criada pela própria besta – enquanto a vítima olha, ainda com aquela comovente expectativa e curiosidade que lembra um cordeiro, o algoz se aproxima, prende as duas lâminas na parte interna do dispositivo de zinco, e dá um puxão – acontece uma forma de harakiri com as entranhas do homem, que solta um urro de dor apavorante, retorce o corpo, amarrado, e morre – pendendo a cabeça –

NUM PONTO DE ENCONTRO DE ADOLESCENTES da boate do Village na rua 14 perto da Quinta Avenida na estranha noite nova-yorquina em que estou com mamãe, que quis vir junto – mas é um lugar escuro, sinistro, de apaches, e se sente deslocada, embora curiosa. Uma linda ruiva está sentada comigo num reservado com dois outros caras; um deles parece o Todd de Easonburg, grandalhão, atarracado, quieto – A garota joga duas moedas de 25 cents em cima da mesa, e pergunta: "Alguém quer f...r?" Salto diante da oportunidade, mas fica combinado que Todd também será incluído no preço (as 2 moedas), só que não se mexe e então, sem olhar para ele e sem ter pago nenhuma cerveja, pego a garrafa mais próxima e emborco, esvaziando tudo, e me espremo para fora do reservado, levando a garota comigo. Vamos andando pela rua 14 às 3 da madrugada, rumo ao apartamento de Deni Bleu – mamãe vai junto, exausta – quer dormir. De repente percebo que não tenho o direito de levar gente para a casa do Deni no meio da noite – "Melhor ir pra casa de metrô lá pra Queens" digo para mamãe – está muito sonolenta, não quer ir – a ruiva agora é uma Maggie Zimmerman displicente, que caminha em silêncio ao meu lado. Quando menos espero, me vejo completamente só no Elevado nas vastas e perdidas Brooklyns da vida, carregando uma porção de coisas, tudo porcaria, um pouco de sorvete-misturado-com-salada-de-fruta-e-óleo-de-salada-de-legumes, tudo junto, verdadeira meleca derretida em caixa de papelão, mas gostosa – derramo um pouco na minha camisa e estou limpando quando (agora um ônibus) pára no ponto da Richmond Junction – fico limpando enquanto o homem ao meu lado luta com meus joelhos para poder sair. Depois recolho toda minha tralha e de bilhete de baldeação em punho saio correndo até a parte da frente no momento exato em que a última garotinha está saltando. "Ei, eu tenho que saltar aqui!" grito, mas o motorista quer me sacanear e arranca na disparada, fechando as portas com estrondo – eu berro e esperneio no corredor – ele não aceita o bilhete de baldeação por algum motivo que não consigo entender – parece que os passageiros estão do meu lado e explicam aos gritos o que devo fazer – O motorista vocifera feito louco: "Eu ouvi você dizer isto-e-aquilo, você tentou me subornar, vou te levar pra ser preso na delegacia..."

"Pára esta porra de ônibus!" urro, vendo agora que o sujeito não passa de um louco – fica todo avermelhado – "vou fazer com que seja multado e trancado na cadeia." Por um instante consegue me assustar com suas ameaças intimidantes de autoridade legal e motorista de ônibus – mas digo: "Pára que eu quero saltar aqui!" e não tenho tempo de explicar que carrego muita coisa para retroceder dez quadras aos trancos e barrancos, mas ele acelera ainda mais – Então chego mais perto e empurro o calcanhar na cara dele, bem na hora em que todo mundo começa a berrar que o ônibus vai virar – e então acordo, chutando no ar, em cima da minha cama –

EPOPÉIA ENTRE PAI & FILHO, ATÉ QUE FINALmente (eu) o pai pega um trem de carga em movimento para viajar como clandestino para o leste e encontra o filho de dez anos fazendo o mesmo – "O rosto dele está tão coberto de fuligem que o pai não consegue reconhecê-lo" – Sou tanto o filho quanto o pai – é um lugar que lembra Santa Margarita, nas montanhas, com matagal do outro lado dos trilhos – Um trem de carga se dirige para o desvio e eu (com minha mochila) procuro descobrir a melhor maneira de subir nele sem que fique rápido demais para o menino – corro com lentas passadas de cão por causa dele, quase como se fosse em câmara lenta – esperei demais porque o cargueiro diminuiu a marcha depois que o chefe acionou a agulha, mas agora passa bem depressa, o desvio é longo, e vejo que o trem pomposo, de passageiros, já vem à altura da agulha superior e, no sonho, fico com medo de que o cargueiro há de cruzar simplesmente a cancela e seguir adiante – tudo comprimido e acelerado – mas eis que, mesmo assim, surge outro trem de carga na linha principal, atrás do de passageiros, de modo que teremos tempo suficiente para entrar no vagão e me decido pelo antepenúltimo, que já está bem na nossa frente, de portas abertas – não há nenhum carro de alojamento para trabalhadores na retaguarda desse trem fantasmagórico – no momento em que corro em câmera lenta para pular para dentro do vagão aberto com o garoto, ouço gritos e vejo dois vagabundos, sujos e com cara de maus, vindo no nosso encalço lá do matagal com a evidente intenção de me dar uma surra e se apossar de tudo o que levo no bolso & na mochila – Trago dinheiro, dobrado no bolso traseiro da calça e coisas de valor dentro da mochila, junto com metade da escova de dentes azul que tinha perdido e que guardei na calça de reserva, "Estou sem canivete!" me lembro, horrorizado – sem defesa, sem pedras. Como se estivesse sozinho, falando a esmo num mundo mal-assombrado, saio correndo por uma encosta pedregosa abaixo, mas paro, ao me dar conta de que vão me alcançar por causa do peso da mochila que carrego comigo – penso em jogar pedras mas a questão é que podem fazer o mesmo – quem sabe volto a toda para o vagão aberto? Mas agora está diminuindo a marcha e tudo isso vai acontecer com o barulhão do outro trem de carga que avança lado a lado, portanto ninguém neste mundo vai escutar porra nenhuma e imagino, apavorado, a impressão que isso há de causar no espírito do menino – me vejo todo emaranhado no mingau desse sonho – acordo com vontade de ser Buda, e não sinto medo da individualidade, da dissolução do ego, da dor, do insulto e da morte –

> Se Deus existisse, tudo seria uma maravilha
> E portanto tudo é maravilhosamente verdadeiro

UMA GUERRA ENCARNIÇADA COM TODOS OS soldados da infantaria americana disparando tiros de espingarda sem parar, mas sou o Palhaço do Regimento, sempre perdendo minha arma e procurando outra que funcione, de maneira que em pleno fogo de batalha (nas trincheiras, nos morros, no meio das árvores, me escondendo dos soldados inimigos) todo mundo me ouve berrar: "Cadê minha espingarda, hem?" e ninguém dá bola ou sequer uma risada de tão ocupados que estão – meu papel de soldado desastrado – mas a certa altura levanto os olhos e percebo as vastas ruínas de um lugarejo europeu onde estamos, a arquitetura da cidadezinha vista nitidamente no meio do entulho – me perdi e não consigo encontrar meu regimento; ninguém se importa; é uma guerra nova e monumental –

DESASTRES AÉREOS (NESSA MESMA GUERRA) são registrados por um dispositivo fotográfico que tira fotos das pessoas a bordo enquanto o avião vai caindo – a gente vê a agonia delas, inclusive o instantâneo de um homem se debatendo no meio da fumaça – (na hora da queda) o dispositivo nunca falha. Estamos olhando uma série de fotos – fico completamente horrorizado, pois logo me identifico e esqueço que é um (sonho) dispositivo que tira as fotografias – Os passageiros civis aparecem em grupo, se retorcendo, atormentados, no bravo avião marrom, que se precipita céus abaixo para se espatifar em plena noite e matar todos eles – vêem-se homens que se entreolham com expressões de insuportável pesar – reparo num que contempla o soalho, tranqüilo – enquanto outros gemem, rezam e se contorcem – vai deixar-se levar calmamente pela explosão – mas, à medida que a câmara documenta o progresso da queda, cada vez mais próxima do momento fatal do contato do avião com o solo, nosso herói dá um salto e começa a gritar – Seja lá quem se olhe, o semblante (mulheres, crianças, homens) mostra uma expressão jamais vista, antes ou depois – Um pesar insuportável e uma grande compreensão bestificada, com pálidas pinceladas de medo, tão enorme, que eu mesmo fico apavorado de ver. São flagrantes de moribundos envoltos pela fumaça e pelas chamas, famosos heróis convulsionados pela agonia, sozinhos, sem saber que posam para fotos e que alguém um dia vai ver tudo isso, que nunca mais há de se repetir – É a Solidão da Morte, a individualidade da morte – os frutos, finalmente, da existência, com toda a dor e o terror que contêm – seu poder foi tão grande que a perda causa um sofrimento enorme, aterrorizado – Ah, quem me dera poder descrever esses rostos, esses olhos que, por fim, enxergam algo novo, numa avaliação definitiva – o nó que sentem na garganta quando tentam conformar-se com o destino, alguns soluçando entre as mãos, enquanto o pobre mundo se despenca, aos gritos, para a destruição – Og – OM!* Salva todos os seres conscientes com tua clava de diamantes!

JOE E EU ESTAMOS NUM QUINTAL TÃO GRANDE que, quando preciso ir buscar qualquer coisa dentro de casa, é uma verdadeira proeza atravessar o gramado, onde grupos espalhados de garotos brincam com altos cogumelos – gritando ao longe. Nós dois tínhamos sentado no chão, contra a cerca de arame, e nisso surge um desconhecido, de terno; então comentamos ao mesmo tempo: "Aquele não é o Dicky Hampshire?", embora, por ter sido dado oficialmente como morto em Bataan, não levássemos nossa suposição a sério. No entanto, mais moreno, e maior, *é* Dicky. "Logo vi que

---

* No hinduísmo, um *mantra* que representa a tríplice constituição do cosmo. As três partes componentes do som ($a + u + m$) correspondem ao Absoluto, ao Relativo e à relação entre ambos. (N. do T.)

era você pela nuca." Não há nenhum entusiasmo com o encontro ou redescoberta, apenas um aperto de mão bem sério, uma serena sobriedade de monge budista e indiferença. Joe está "adulto", bem penteado e enorme. Depois aparecemos no meu Pátio em Sarah e aí acontece uma coisa com o sonho, pois tiro e levo uma parede da casa de minha mãe para o outro lado da rua para "dar mais espaço", só que agora o trânsito passa por dentro da construção e quem é que vai querer buscar água (na cozinha) no meio de todo aquele movimento de carros? Tem quatro gatinhas cor-de-rosa na mercearia. junto todas, praguejando. Quero arrumar de novo a parede e os móveis, para refazer a casa antes de mamãe voltar do serviço – aquele gramado extenso, seco, cansado –

UM REBOQUE DUPLO DE NÃO-SEI-QUEM (servia para transportar mudanças) que é de fato imenso e inútil, com grades de madeira e sem teto, que querem vender para mamãe e para mim. Estacionaram em frente à nossa casa, na beira da estrada suja e ensolarada do Velho Sonho do Árabe Amortalhado. Aconselhei mamãe a desistir da compra. Mas essa gente não passa de um bando de agricultores caipiras e tinha um velho com eles por quem me senti na obrigação de ter pena, por isso fui buscar para ele uma caneca de água gelada, mas parece que o gelo estava incrustado ou encharcado de vinho e o vidro da caneca ficou todo vermelho de vinho do Porto. Então resolvo dizer aos viajantes que lhes preparei uma jarra de água gelada misturada com vinho e que basta tomar um copo bem grande da bebida para acabar com todo o cansaço provocado pela estrada poeirenta. Me preocupo com o velho de cabeça branca.

Faço o possível para tirar o vinho da água porque quero realmente ajudar o coitado, refrescar e agradá-lo. O sol brilha muito, o calor é intenso, no verão do Sonho

OLHO MEUS MOLARES NO ESPELHO E CONSIGO tirar toda minha arcada dentária do lugar; assim dá para se ter uma idéia de como ficará meu futuro esqueleto: um olhar de soslaio nos dentes cravados no osso. Os molares são enormes e possuem uma única linha vertical suja que passa por eles e me dá um arrepio de náusea só de pensar que fiquei tão velho & decrépito & reduzido a tal esqueleto. Encaixo de novo a mandíbula no lugar

TODO MUNDO SE MEXE COM O ESTRONDO de um estouro de boiada quando chega a hora de acorrer em massa para a grande Estréia Mundial debaixo da chuva, mas só tem um carro, um vagão comum de passageiros, na porta, onde cabe apenas determinada quantidade de gente & que não demora a ficar lotado; aliás, nem vejo direito como encheu ou se alguém chegou a entrar & o Porta-Voz grita: "Agora basta, esta leva foi a primeira" e ele andou agitando todo mundo num tal frenesi de entusiasmo para ir à Estréia e agora vai demorar a noite toda para o pessoal ir até lá, que dirá abrir o pano sobre a primeira máscara de traças pardas, turva de chuva. Vejo o teatro, a noite, a marquise, a rua deserta, o único veículo vindo feito lesma na Escuridão de Ficção Científica ou Cômica e Maluca para despejar passageiros marcianos liliputianos, que não perdem estréia. – "Todos nós iremos!" é o brado no Saguão Torturado. – Andei me espremendo a noite inteira para dar um jeito de conseguir entrar – Escreve!

ESTOU EM MINHA MESA DE TRABALHO NA manhã chuvosa de uma Manhattan envolta em neblina; olho lá embaixo para o lado do cais do porto e vejo navios da Marinha ancorados no trapiche e multidões de marinheiros caminhando por cima da água em direção à terra firme. Digo: "Todo mundo já aprendeu como se faz – parece fácil – até demais – deve ser um truque bem simples" –

MICKEY MANTLE, ESTÁ NA TEVÊ, DE BASTÃO em punho, e quando começa a briga e a gente vê o sólido Herói Americano desfechando uma porretada bem nas pernas do outro sujeito, derrubando-o no chão, assiste-se a jogadores de beisebol de uniforme branco malhando sem dó nem piedade – explosões de violência no vídeo

VELHO SONHO MUITO AFETUOSO COM HAL Hayes – romances de Kafka, Raphael Urso estudando na biblioteca pilhas de livros – Hal tem uma vasta estante cheia de volumes de tudo quanto é espécie, além de anotações pessoais, inacabáveis, maciças, sobre música, impressas a mão, conscienciosamente, por ele, a tinta, em grossos livros-razão que um sujeito com cara de bandido, de chefe ou de intruso suspeito, folheia, refletindo em voz alta, enquanto Hal & a namorada observam humildemente. "Puxa vida, como esse coitado do Hal estuda!" penso eu. "Entende tanto de música quanto Nietzsche." Enquanto isso, Raphael lê, encostado noutra estante, de cabeça baixa. Vejo as empolgantes capas luminosas d' "O processo" e d' "O castelo" de Kafka. Fico com vontade de levar o primeiro para casa, para iniciar um ano novo interessante de leituras e estudos. Me sinto contentíssimo. O ar está fresco, outonal, quando acordo –

ROCHA GIGANTESCA SUSTENTANDO A ENORME E linda catedral do Mundo do Notre Dame em Montreal-Lowell, perto de South Common. Mamãe, eu e não-sei-quem-mais (Hal Hayes?) estamos à procura do Restaurante Ste. Catherine da rua Chinesa para fazer nosso lauto e alegre jantar de compras, já está perto do Natal e as cenas ao anoitecer são rútilas – a rocha montanhosa, o íngreme penhasco onde estive em sonhos há muito tempo, com medo de cair nos bancos de areia lá embaixo (o sonho de trabalhar na ferrovia, no penhasco acima da cidadezinha de tijolos vermelhos, em Montreal, no entanto também indo dar nas estradas empoeiradas do México – & além disso fui andando até ali ao longo de uma cerca vacilante e quebrada, bem na beira, os prédios ao luar que nem os de Joe McCarthy nos campos de treinamento e o Hospital do General Mac Arthur, todas essas cenas num Mundo Completo, para o qual tento dar um sentido de nome mortal). Acordo contentíssimo, para calçar os meus sapatos de uso diário e ler Chuangtsé

PASSANDO POR UMA CASA FLUTUANTE ABAN-donada ou apartamento enlameado do lado do rio, junto com Danny Richman, roubo a parte de cima de uma vitrola e levo comigo para a cidade, onde se toca, mas não funciona direito e tem que ser consertada – ninguém repara no burburinho geral do movimento urbano. Tem cinema e mamãe e eu entramos. Sento no chão, um sujeito fica olhando para mim com curiosidade, depois vê minha mãe e os dois se desmancham em cumprimentos – ele usa óculos. Voltando lá para o rio com Danny, pelas margens, penso como é difícil diferenciar um cavalo de uma vaca isolados numa ilhota durante as enchentes do Yangtsé e começo a olhar para as ilhotas do Mississippi – simples pontinhos. Está quente, a grama e a margem infestadas de insetos. Fico preocupado com carrapatos, fazemos um atalho pelo meio da grama, indo ao reencontro da América. Passamos de novo pela casa flutuante e me dá vontade de roubar a vitrola, mas aí me lembro que já fizemos isso. O sol da tarde filtra raios dourados pelos escombros das janelas –

MONTREAL, RÚSSIA. Grande escarcéu com pais num prédio, por causa do cunhado inepto, Eddy Jones, que é motorista de táxi nessa estranha e escura Cidade Sinistra Setentrional. Está tudo cor de cinza e chuviscando, quando Eddy e eu, que tenho 18 anos e conservo ar de garoto, saímos no carro dele para ir buscar não-sei-o-quê. Eddy parece W. C. Fields em versão magra. "Menino", me diz, "espere aqui enquanto tomo um trago de uísque. Sabe qual é o problema com teu pessoal? É que estão sempre chateando a gente pra fazer isto e aquilo. E eu gosto da minha liberdade, sabia?" Sai rodando pela cidade toda até que afinal, já ao raiar do dia, e sempre chuviscando, numa rua qualquer das Estepes Russas e na zona de puteiros da periferia, dá de cara com uma gigantesca Máquina de Asfaltar que ocupa toda a largura da rua, tem mais de um metro de altura, com prateleiras para estocar alcatrão, e é manobrada por um velho operário. Eddy mete o táxi por cima, é aquele estrondo, e o troço todo estremece, chacoalha e avança, pois não é pesado. Eddy se diverte à beça, morrendo de tanto rir – está bêbado & doido. Logo em seguida bate num caminhão de ligações elétricas e continua empurrando (o caminhão está vazio) sobre um pedestre que tenta cruzar a rua – e, como o volante está virado para o lado, o caminhão descreve um arco atrás do sujeito. Antes disso, outro caminhão de ligações elétricas ou táxi também é empurrado longe, só que desta vez quem desce é um motorista de viseira que saca um revólver de aspecto sinistro e cabo de madeira. "Ei", reclamo do banco de trás, vai com calma, sou apenas um passageiro." O motorista segura a arma pelo cano, para usá-la como porrete, enquanto o transeunte se aproxima correndo e arranca Eddy para fora do carro, começando a esmurrá-lo com força de profissional no queixo com ambos os punhos; me apresso a apartar os dois, puxando Eddy para longe dos murros e protegendo-o com o corpo. No momento exato em que o motorista do táxi vai começar *sua* queixa, o transeunte, para minha surpresa, tira uma arma do bolso e, com a maior calma, dá um tiro no peito de Eddy. Eddy fica assombrado, só sentindo a dor mais tarde, e cai. De repente me vejo sozinho com ele na rua pavorosa, varrida pelo vento, sempre chuviscando, de madrugada, não tem movimento e por isso não se enxerga viva alma para onde quer que se olhe em toda a extensão lúgubre de sua falta de nitidez. Eddy se retorce e chora: "Me dá um trago de uísque" – "Mas onde? como?" Estou completamente sozinho com um homem cujo ferimento pode ser grave, mas não dá para dizer se é, e ele quer uísque, ali caído, no meio da rua, sofrendo, sentimental, meu louco e bêbado tio-político. Fico tão atrapalhado que só penso em sumir daquele lugar (mas na esquina tem um inferninho que funciona a noite inteira como bordel e cassino, com cortinas azuis na porta luxuosa) – "Eu vou até ali buscar um trago de uísque, ouviu, Eddy?" – "Sim, sim, mas traz a garrafa inteira, pois, se trouxer só o copo, vai derramar tudo pelo caminho". Apalpo meu bolso, tenho só uma nota de $ 5 e penso: "Para o pobre Eddy ferido, posso gastar este último mango", mas sinto uma pontada de sentimento de culpa, medo, remorso e angústia de avareza e me ouço perguntar: "Você tem $ 5 aí?" – "Tenho, sim, no meu bolso, pode tirar" e então preciso apalpar-lhe os bolsos porque não dá para ele se virar. Levanto os olhos para ver se ninguém está olhando, e penso: "Vão imaginar que sou um assaltante roubando alguém". As notas caem do bolso, pego uma de 5, corro até a esquina no meio da neblina cinzenta e entro no bar. Não querem me vender nenhuma garrafa. "É muito tarde, pô, o que há, então você não sabe?" Está escuro ali dentro, o ambiente é elegante, luzes azuis e douradas sobre as garrafas no balcão, do fundo vem o som fraco de um piano e há um punhado de vozes de gente que passou a noite toda bebendo e vai continuar até o raiar do dia. Sinto vontade de explicar por que preciso da garrafa. Estão falando entre si. "Tem que esperar até as 8, é uma postura municipal." Fico furioso com a porcaria de regras deste mundo e as pessoas que só sabem acatá-las, enquanto meu tio agoniza lá fora, debaixo da chuva, morrendo de vontade de tomar um trago com um ferimento de bala no peito. Pego uma garrafa na prateleira na ponta do balcão e saio correndo. "Eles que venham atrás de mim! Eddy vai tomar seu trago!" Mas quando chego às cortinas da entrada, não ouço nenhum rebuliço do outro lado. Ainda comentam a postura municipal, dão até risadinhas e então, em vez de estar sendo perseguido, aos gritos e tiros, me vejo são e salvo, com a garrafa de uísque e a nota de $ 5 de Eddy. Me afasto rapidamente sem fazer barulho e vou para o ponto da rua onde deixei Eddy. Mas ele já morreu. Parado ali em pé, com a garrafa e a nota de $ 5 nas mãos, do lado de Eddy, que acaba de se tornar puro para sempre, choro de vergonha e amargura

FOI COLOCADA UMA TORRE NA CIDADE PARA mostrar o lugar onde a bomba atômica será lançada quando chegar a hora de explodir tudo – anunciaram que isso vai ocorrer no mês que vem e a evacuação já começou – agora se vê a cidade de noite, escura, sob uma lua imperceptível; luzes baixas por tudo quanto é lado, da população cada vez menor e mais escassa. Estou ali, numa triste sacada de casa de cômodos, fazendo planos para minha partida, rio norte acima, à direita. Todos os porto-riquenhos ainda não deram um passo na Nova York condenada, esforçando-se para aproveitar o derradeiro mês de vida saboreando as ricas sobras de uma cidade que já foi opulenta – tentando devorar todo o amor que sentem por Manhattan, a sua *Manhattanana,* antes de terem que partir para sempre. Olho para a torre ao luar. Parece tão sinistra, resguardada, amortalhada para morrer –

"CAVALGANDO EXATAMENTE NO MESMO ritmo da música usada no início do filme", diz o anúncio cinematográfico, "Turhan Bey é visto entrando na cidade de Havalah, aglomerada pela multidão" – vêem-se fotos de uma tremenda falange de descansados cavaleiros de turbante invadindo uma cidade aberta, com a planície pela frente – depois, "no final do filme", lutam com espadas, unhas e dentes, e os cavalos galopam ruidosamente pelas estreitas vielas de Halavah – "os combates são narrados por comentaristas judeus" segundo o anúncio. Mostram uma cena depois de uma batalha em que os prisioneiros de guerra ficam suspensos pelas mãos nas arcadas públicas e ouve-se o tropel de um GALOPE enquanto o locutor, na obscuridade e tumulto da rua lá embaixo, avisa que "um grupo de algozes, impaciente com o atraso das execuções, resolveu degolar as vítimas ali mesmo na calçada", mas essa parte eu perdi, só escutei a descrição – uma cidade turbulenta e causticante que Turhan Bey conseguiu libertar –

TENTANDO ESCREVER A NOITE TODA NO reservado do refeitório, mas, como usava um enorme e grosso suéter da pista de corridas da Escola Secundária de Lowell e também ombreiras de futebolista, acabo tirando tudo, e mamãe, que conversa com amigas por perto, quer saber se estou me sentindo bem – "*J ava sh'o*"* (Eu estava com calor) – Antes disso Joe apareceu naquele Salão Dominical em Salém Street, parado pelos cantos, com aquelas pernas compridas, um verdadeiro anacronismo, que nem um vigia em velhas fotos tiradas em dias de chuva –

---

* Uma das peculiaridades de Kerouac é sua maneira personalíssima, ou desmemoriada, de grafar frases francesas que deve ter escutado na infância entre familiares franco-canadenses. Leia-se "*j'avais chaud*". (N. do T.)

"ONE OF THE NICE GUYS OF LOVE, MUSELLE" é a música que alguém canta num sonho intenso –

ESTÁ SE LEVANTANDO UMA ESPESSA FUMAÇA do monte de areia que se acumulou no outro lado da estrada, onde semanas atrás despejamos parte de nosso lixo para ser queimado, o que não só não foi feito como ainda ficou pior. Um cão late junto da fumaça. Mamãe, Nin, papai & eu saímos de nosso casarão cor de cinza, cujo alpendre é protegido por tela, e atravessamos a estrada para ir ver mais de perto. O lugar é lá pelo sul. Me aborreço com o trânsito e procuro me desviar dos carros para cruzar; mas continuam avançando sem a menor cerimônia –

Vagões de alojamento soltam, numa manhã de inverno, uma doce fumaça consoladora –

Vê-se o presidente do Lions Club sentado entre os garotos da galeria enquanto o órgão toca "Segura esse leão" – agora cortou o cabelo feito cadete, e os dentes estão mais separados do que nunca; é Bill, o popular presidente, que se preocupa com a reação do povo americano diante de seu novo corte de cabelo. A câmera sobe para o vasto teto e passa para a prisão logo acima, onde os presidiários estão escutando a música e a convenção – vêem-se as grades de arame e a luz cinzenta –

CAIO DE COSTAS PELOS DEGRAUS DA ESCADA abaixo, que só têm dez centímetros de largura – então desço penosamente até o fim, devagar, me segurando no corrimão, voltando do auditório dos negros. É noite enluarada, não-sei-onde, sou marinheiro. Um conhecido meu, de cor, caminha ao lado de uma negrinha – os dois me vêem. Digo-lhes: "Aquela escada é de matar". Seguimos adiante, em direção ao enorme auditório onde moro e antes fiquei encurralado por ter roubado jóias, e o cara quer transar com a garota, mas ela vai a uma festa e por isso ele se manda por uma ruela transversal com sulcos na areia e chalés adormecidos; fico andando com ela. Não demora muito, estou segurando-lhe a mão e fazendo sinalzinho com o dedo. Alega que vai a uma festa de seis participantes, na casa de um guarda. "Você é a sétima?" pergunto. "Gosto de sentir o contato da mão", diz ela, que não é bonita, até gorda, feiosa, mas tesão. É em Nova Bretanha. Antes, quando me pegaram em flagrante, e eu estava lá em cima daquela escada tão alta me escondendo, o sujeito louro me dedurou para um policial à paisana. Fugi feito flecha pela assustadora escada escura do corredor, entre ecos do espetáculo, me sentindo culpado, coisa que não era, mas meu amigo começou com aquilo – roubos viscosos. Agora, caminhando ao luar, o auditório se transformou no meu quarto e quero levar a garota até lá em cima, mas ela insiste em ir à festa –

NUM APARTAMENTO DA NOVA CHICAGO, dou uma mijada desesperada numa garrafa de vinho vazia porque o Hubbard já encheu todas as outras que havia. Meio que me dou conta, horrorizado, na falta de graça cinzenta do sonho, que usei a própria garrafa em que bebo. Não quero mijar no soalho e formar uma grande poça visível no apartamento da garota, só que o mijo sobe tão rapidamente pelo gargalo, transbordando abundantemente, com espuma, me cobrindo as mãos, escorrendo pelo lado de fora da garrafa e pelo chão de madeira crua, não atapetada –

UM TREM VELHO, FEIO, SEM BRILHO, COBERTO de fuligem, o Braguilha, pronto para partir para Watsonville Junction, então entro e vasculho os vagões de passageiros (!) e aí ele se põe a caminho, mas na direção contrária, rumo à cidade; por isso, ao tentar saltar, me atrapalho todo com o grande molho de chaves que teima em me escapar das mãos, e quando procuro guardá-las (ainda nos degraus), não cabem, ficando metade dentro, metade fora do bolso, e claro que não posso perdê-las e assim me penduro, precariamente, por três dedos, às alças de ferro – e o trem aumenta a velocidade de maneira espantosa. Consigo chegar à Locomotiva Cinzenta e me atiro, virando as costas ao mesmo tempo para o vagão e para o solo, enquanto me solto no ar, o corpo frouxo, o braço estendido em despedida aos degraus, o pé no espaço, equilibrando o calcanhar acima dos trilhos, feito a dança estilizada que é – e salto, são & salvo.

NUMA ESTRANHA E NEVADA SÃO FRANCISCO, faço um atalho por trás do Mercado, mas acabo indo parar no campo, no meio de granjas cobertas de neve, embora continuem "paralelas ao Mercado", só que agora um túnel fechado me impede de voltar e outro sujeito passa pela porta de madeira da barreira e se depara com vastas cavernas subterrâneas, repletas de Prisioneiros de Guerra Orientais escondidos. Atravessamos várias plataformas, cada qual mais profunda e perdida, no meio de rochas rabiscadas, poeira, refugos, papéis, merda, umidade, goteiras, vazamentos, da cidade lá no alto – finalmente encontro os dois orientais que procurava diante de uma fogueira no canto da Vasta Gruta da Eternidade e por pouco não viro um assado para o jantar deles, pois não há comida aqui embaixo – Ah, que fim levaram as granjas nevadas?

ALLEN EAGER TOCANDO DISCOS NA SALA fechada da casa de cômodos por cima do *Textile Lunch* e chamo a atenção de Danny Richman, mas não está interessado. Vou até a porta e fico escutando; pena que Allen não aumente o volume, mas reconheço sua grandeza e profética humildade, sua "discrição". Tenho que descer a escada úmida e cinzenta onde o Viajante Amortalhado já esteve em mangas de camisa branca. Ao chegar ao nível da rua, paro e ali toda a minha vida sonhada me volta de repente numa onda sólida, triste, gris, imensa – por tudo quanto é lado, intermináveis cenas cinzentas e horrendas – esse é o preço da consciência, a corrente de mortes e renascimentos – Oh trilha de doce Permanência, através de que bosque, de que gota de chuva?

EM LOWELL, FIZ INSCRIÇÃO NO "*SUN*", PROVAvelmente com Jimmy Santos, para me candidatar a um emprego na revista *Comentário* e me respondeu com uma baita carta calorosa de boas-vindas, me oferecendo a vaga, mas mamãe ficou cismada e diz que deveria permanecer onde estou porque agora que vou começar a ganhar dinheiro e me tornar conhecido, outros vão querer seguir pelo mesmo caminho – então resolvo não fazer absolutamente nada, arre! – Enquanto isso, está havendo a encenação de uma peça, ou escrevi ou trabalhei numa peça, e no último ato, já no final, o pai herói aparece, durante um piquenique, com um copo comum cheio de vinho tinto, bem-vestido, e a mulher dele reclama: "Você bebe demais" e olho para Nin, que diz: "Claro que ele bebe..." Esse homem tem um filho que discute com ele grandes questões filosóficas o tempo todo – o pai usa paletó de mescla. Agora estou indo com Joanna lá para cima no quarto dela, um quarto novo, que fica num corredorzinho estreito; entro com ela, que se curva para apanhar alguma coisa, estou grudado ao seu traseiro e nós nos empurramos um pouco, mas querendo que pense que não sou vulgar e sim que gosto muito de sua doçura, me apresso a dar-lhe um beijinho no vestido, me debruçando para a frente – aí então nos acariciamos com vagar, como num sonho é lindíssima e a amo –

O período de vida de uma formiga é curtíssimo, e só serve para ela ficar sabendo que a sabedoria não passa de ignorância –

Entrando a pé em Lowell pelo "lado norte" há muito tempo desprezado, a pouca distância daquele recente penhasco do circo, passo por uma praça que de repente me parece familiar como um velho local esquecido de Lowell, onde nunca andei nem procurei redescobrir em meus pensamentos – num ponto qualquer na misturada de catedrais, casas de cômodos de madeira, trilhos de estrada de ferro e trânsito intenso atrás de North Woburn Street e South Common, lá pelos lados da zona sul da cidade, nas proximidades do leste, o que é estranho – meu lampejo de memória só ocorre no sonho e *por causa* do sonho, pois agora vejo que não existe nenhum recanto assim em Lowell ou na minha cabeça, inventei para encaixar no sonho, mostrando como a Mente sonhadora não se preocupa com Concepções arbitrárias tão fantásticas ou não-fantásticas – tenham ou não ocorrido, todas suas recordações pensadas são ativas, captando no ar azul distraído imagens vazias de mundos oníricos

ANDO À PROCURA DE UM LUGAR PARA SENTAR e escrever em paz no campo de beisebol; me aproximo de um chafariz, cercado pelo arame de treinamento, onde tem um banco lateral com uma velha máquina de escrever & escrivaninhas à sombra de uma árvore e aí me transformo em "Malcolm Cowley" e começo a datilografar – mas a máquina é tão antiga, que para que as letras apareçam no papel se precisa bater com um dedo de cada vez e *com toda a força,* que é o que faço – & há por lá um rapazola tristonho, de 18 anos, personalidade marcante, cabelo castanho e crespo, pensativo, e eu, no papel de velho e interessado homem de letras, começo a entrevistá-lo com simpatia, descobrindo que se trata de um jovem poeta incipiente, tão melancólico que nem escreve muito ou apenas o suficiente – caminhei uns 4 quilômetros antes de escrever isso, por isso esqueci grande parte – Quem é subjetivo? Quem é objetivo?

UMA ODISSÉIA DESVAIRADA DE UMA FAMÍLIA que mora no Norte longínquo, em estranha e alta costa marítima, curas águas sobem e lambem a soleira da porta quando é maré cheia e nos temporais chicoteia toda a casa trêmula – que nem no Alasca, os dias são curtos e a escuridão prevalece. Estou lá com mamãe & Nin e há um breve verão ensolarado quando chegamos, bastante quente e agradável – "gostei tanto quando apareceu de repente, uma tarde, seis semanas atrás" diz a velha avó da casa, num súbito e gélido crepúsculo, "mas agora já é inverno de novo" – Durante algum tempo, também, pôde-se brincar no gramado do outro lado da estrada, onde começa a agreste Ars Scotia, que se estende, a perder de vista, sólida, por todo o Distante & Irremediável Norte – os brinquedos no quintal eram violentos, com cavalos brancos e jogo bruto; montava no meu e perseguia os garotos que me tivessem atirado paus, me atracando com eles sem usar sela – tudo de brincadeira, mas violento. Agora o inverno voltou, a casa se sacode com o estouro e rugido do mar apavorante, as ondas vêm com ímpeto terrível, se vê como lambem, sedentas, a porta da cozinha, vindas da infinidade cinzenta dos mares da Groenlândia, ao norte do Cabo do Adeus – o dono da casa é um velho louco avarento que tem um empregado que o odeia, os dois comem juntos uma refeição miserável numa estrebaria, naquele lugarejo digno do Alasca – o empregado esbraveja: "Seu *miserable* (desgraçado), você desperdiçou toda sua vida neste Ermo Setentrional com tolices espalhafatosas em torno dos Dias do Armagedon e da Bíblia, abalando todo mundo com essas loucuras" – De repente o empregado não está mais sentado na cadeira ao lado do Patrão Doido, que ficou indignado, mas na minha, e me transformo no empregado. Enquanto isso, fui ao lugarejo digno do Alasca com minha namorada, a única garota do interior que me convém – procurando *bonbonnières* para ter certeza de que vou conseguir bastante chiclete – restaurantes alegres, com cerveja e famílias inteiras às mesas com botas comunitárias e grossos casacos forrados de lã – tem um homem sentado num banquinho do balcão com um aipo espetado no assento por uma criança. Minha namorada (Maggie Zimmerman) e eu perambulamos pelas estrebarias da Rua Principal – o céu se mostra cinzento, de ferro. Agora o patrão está sendo descomposto pelo empregado na Última Ceia da estrebaria local e aí então sobrevém um grande temporal que chicoteia e sacode todo o casebre na noite e se sabe que a casa agora vai ser destruída; o Patrão salta em cima de um vagão muito alto, gritando no escuro a sua Profecia: "No dia em que as janelas ficarão sem luz e as filhas da música serão trazidas para a terra..." e vai-se afogar na maré junto com seu escravo e se ouve um Porta-Voz da Odisséia dizer: "E assim os dois se afogaram ao mesmo tempo, o que vivia à custa e o que procurava viver nas águas da morte" (o segundo sendo o patrão, e vê-se a cena do Mar coberto de escombros de naufrágio), mas vou me levantar e fazer um enorme discurso de improviso para benefício de todos os presentes e de todas as bondosas avós, namoradas e tias que fiquei conhecendo nesse simpático casebre do horrendo Norte – direi: "janelas-fiquem-escuras-e-vão-para-o-inferno, a única coisa que ele tinha que fazer era construir a casa dele em terreno mais alto!" – o que é óbvio para todos

Antes, ou depois, estive tentando roubar alguns blocos de papel amarelo da agência da Western Union no corredor de Mármore do Metrô, mas fiquei hesitante, sem saber quantos deveria levar, até que finalmente resolvi roubar todos, mas a essa altura as belas secretárias começaram a percorrer as salas, embora não prestassem a mínima atenção ao que eu estava fazendo e me curtissem

NAQUELA GÉLIDA E CONDENADA CIDADEZINHA setentrional vou do posto de observação de mármore, de acontecimentos tenebrosos como teias de aranha, à casa de Pat Fitzpatrick, de dia, para visitar a mulher dele, Marie, para f., espero – não tem ninguém, entro, me sirvo de uma boa talhada de queijo americano que vejo em cima da cômoda de um quarto e aí me lembro de chamar: "Marie?" e não é que ela me responde do fundo de outro quarto, só que não demonstra o mínimo interesse por mim quando lhe digo quem sou. Por isso, lá fora, nos trilhos da ferrovia, estamos tentando fazer um encaixe que vai acabar com a geringonça de madeira que está nos sustentando, e o meu gato Pinky, deitado no leito da estrada, fica olhando – enquanto experimentamos para ver se funciona, se aproxima e fareja o que estamos colocando – "Vai ser colhido pelo trem!" – mas o movimento recomeça e Pinky se deita, são e salvo, entre os trilhos, observando, o gato mais calmo que já vi. Encaixamos o engate com ESTRONDO e Pinky pisca os olhos ao escutar o barulho no meio da soneca – atingimos nosso objetivo, há muita poeira, passo o sinal, ventos violentos e outonais sopram no dia tão claro; Marie F. pode não me dar mais bola, mas tenho meu gato, meus cupinchas e as obras do Espírito –

Mais tarde, no trem de passageiro, brado de alegria e assombro ao ver os homens da ferrovia de uma estranha composição empurrando o vagão-gôndola por um ramal em desuso, até descarrilar e virar tristemente numa depressão de areia, por não ter mais utilidade – "Emborcaram aquela gôndola!" – O guarda-freios dá risada e explica: "É porque as partes laterais já estavam gastas". – "As ripas tinham sido arrancadas" – é em

"Woburn" – "perto de Lowell" – areia aos montes, construções novas e desvairada agitação no dia batido pelo vento, com nuvens fofas disparando no cintilante céu azul – penso com tesão no corpo moreno de Marie naquele quarto e na sua voz indolente, de mormaço – logo estaremos em Lowell e verei as cenas que meu coração tanto quer ver – já dá para um livro inteiro, meu Deus. Quando o outono reconquistar meu coração e me fizer perder o meu amor, as árvores hão de pegar os Sonhos, as Estradas, as Ferrovias Sagradas e as Bolhas do Mar Imaginário e arremessar tudo de volta à Eternidade

FRANKLIN ROOSEVELT JR. NA TEVÊ DISTRIBUINDO ovos – e a droga que é aplicada com seringa estranha – Roosevelt estende a mão, lá de dentro do tubo do televisor, para a minha casa, que pego, aceitando o que me oferece: ovos quebrados, uma garrafa grande de Relevo, pasta de alho e sal – mamãe e eu conversamos na maior agitação enquanto vou recolhendo tudo e por isso perco algumas que FDR me alcança e que, por causa do meu descuido, somem por encanto – me arrependo das coisas que perco, tripudio com as que ganho –

– O garoto queria fazer amizade, fomos para o hospital, a enfermeira aplicou o narcótico com a seringa e fico ali parado, completamente entorpecido e louco, na frente de outros pacientes que assistem à aplicação de injeções – Só depois é que o marinheiro se torna sinistro (assim que saímos do Hospital da Sarah Avenue) e com seus amigos embaixo do Elevado Jamaica (onde estava a fogueira de lenha) faz gestos de quem pretende brigar, mostrando como vão me bater, chefiados por ele; já trato de providenciar minha fuga

AS ALUCINADAS RAMPAS DE ACESSO E DESCIDA de um inacreditável cais do porto em Brooklyn, com partes que se erguem feito pontes levadiças, vigas no meio e operários (tenho um emprego, que consiste em manobrar carros da ferrovia das docas de Nova York, mas é um trabalho sinistro, esquisito, em que nos comunicamos por enormes buracos em rampas ascendentes e às vezes fica difícil chegar até lá, por serem tão íngremes; recebe-se uma espécie de pagamento e horas extras de acordo com a altura do buraco) – perambulo pela noite, de camiseta branca, procurando minha equipe de trabalho, encontrando prédios fantasmagóricos como o da Squibb ou o Hotel St. Georges, mas apenas mansões de madeira, cheias de dorminhocos, privadas, sexo, lençóis, quartos úmidos abandonados – o capataz não consegue me achar – por fim encontro June Evans, que imediatamente quer me chupar o pau no degrau inicial da Grande Escada de Acesso à Torre de Babel – nós... – ela começa, sorrimos, saímos correndo – me perco dela no casarão, embora tivesse me explicado em que quarto poderia achá-la – desço ao andar inferior, nos desencontramos; descubro-a, finalmente, bem mais tarde, após uma série de acontecimentos parecidos com os que ocorrem em navios, e muita solidão num labirinto de corredores perdidos na casa da mente sinistra – está deitada na cama, mas tem uma criança brincando no quarto e precisamos tirá-la dali – sorri feito anjo, radiante, lá do seu céu escuro – acordo me dando conta de que foi tudo um sonho, principalmente o Despertar Matutino –

SONHO COM UM HOMEM ADULTO CORRENDO atrás de mim. Sou um garotinho não-sei-em-que-cidade, sem lar, cometi alguma travessura ou ato de vandalismo; ele está furioso e quer me pegar, com uma camisa branca parecida com a do Viajante Amortalhado no Corredor. Na rua principal, perto do Colégio Secundário, começa a me perseguir; saio correndo pelos gramados da escola, pulo a grade de ferro e desço por uma transversal até chegar em casas que lembram as de Gershom, com quintais misteriosos cheios de folhagem. Estou de olho num banco de areia que existe atrás delas (primordial, cena do nascimento do sol vermelho no mundo). Ele continua vindo no meu encalço, sempre a umas duas quadras de distância, mas persistente e inabalável. Já estou apavorado e tenho que recorrer a tudo quanto é estratagema infantil para escapar de suas garras por completo, *senão...* – Está doido – entro numa casa, me escondo, como nos sonhos antigos; os moradores não ouvem nada, vou me esgueirando pelos alpendres, pelos quartos de perfeitos desconhecidos – o adulto furioso olha pelo lado de fora, à procura, sabe que *ando por perto* – escapo por entre moitas para outros quintais de úmidas casas sepulcrais e vou parar nos espaços abertos dos morros de areia e arbustos que tem por lá e levanto vôo para passar para o outro lado de um largo desfiladeiro – é uma região de nítidos contornos, e estou certo de que existe água mais adiante, e "que já foi vista antes" numa cinzenta terra setentrional – chegou bem perto, me enxergou e apressa o passo, sabe que procuro o ar livre por medo de casas e quintais – O que será que eu fiz? ***** Me escondo cuidadosamente na extremidade oposta do desfiladeiro, mas à medida que se aproxima (também se escondendo), sei que acabará simplesmente me descobrindo – retroceder pode resultar em ridículo, seguir adiante talvez seja inútil, pondero, ofegante – Tem uma casinha velha na encosta do morro, que invado, me ocultando no meio de ripas de madeira e ruídos úmidos – Minha Mortalha chega mais perto – *Sei* que vai me pegar (as ripas de madeira e os ruídos úmidos a masturbação com os gêmeos aos cinco anos), e o cretino também sabe que, mais cedo ou mais tarde, vai me deitar a mão, mas, sendo garoto, tenho grande potencial e todo o mundo ainda pela frente para me esconder e proteger – Devo procurar refúgio nos velhos e misteriosos bosques de Chalifoux lá ao longe, em cujos cepos nasci, em vales que se iluminavam todas as manhãs com esperança de vida? – ou me esgueirar de volta, feito cobra, à cidade? (Quem o garoto? Quem o perseguidor?) Quem objetivo? Quem subjetivo? Quem real? Que real? Toda a fantasmagoria líquida em meu sonhar com a essência da mente, feito vida – Há há!

(Feche os olhos para todos os perigos & não tenha medo de morrer... é tudo imaginário & vazio & ótimo)

COM MEUS LÁPIS DE COR DESENHO UMA paisagem maravilhosamente linda de edifícios no fim da tarde, talvez igrejas ou lojas, mas usando cores rosa e azul-marinho em profusão e com a mão bem pesada crio um colorido de espanto e mistério do sol que se põe sobre velhas pedras, tão bonito, algo nunca visto por olhos humanos, obra de arte digna de um Da Vinci ou até de Rembrandt – Fico meio assombrado de ver o grande artista que sou – Infelizmente desenhei o quadro em cima do vídeo da televisão "durante um programa transmitido a cores" e agora, bem na hora em que vou mostrá-lo a minha mãe, o programa termina e toda a minha obra-prima se desfaz por completo – "Os miseráveis cretinos mudaram!" eu grito – Era uma paisagem que lembrava Veneza no fim de uma tarde de outono, com azuis & rosas & pedras salmão & melancólica tristeza de engolir em seco de espanto – fazia a rer... é tudo imaginário & vazio & ótimo)

"QUANDO SE SOBE EM POSTES..." ERA UMA ODISséia com famílias numa cidade à beira-mar. Estou lá em cima, empoleirado numa árvore ou poste, só para me divertir, mas o pai (bancando o amável, a quem acabo de insultar em sua sala de aulas no sótão) exclama: "Fogo! não está vendo o incêndio daí de cima? Quando se sobe em postes – quando alguém do *meu* grupo sobe em postes, é para localizar incêndios e furacões", mas de repente ele e seu bando de fedelhos se dão conta de que o incêndio é perto da casa deles e saem correndo para lá – de onde estou, dá para ver que se trata, efetivamente, da casa deles. Por fim, quando o furacão se aproxima, mandam um vagão de mercadorias no meio de um silêncio mortal pelos extensos trilhos da península, para bloquear não-sei-o-quê – as preocupações imaginárias de minha vida inteira giraram todas em torno dessa península cinzenta –

DE MADRUGADA (DEPOIS DA INICIAÇÃO DE ontem ao projeto "Ocidental" de Uma Refeição Diária-Sem Bebidas-Nem Amigos em favor do Budismo) uma indizível alegria linda em meu cérebro onírico a respeito do Único Sabor de todas as coisas, uma sensação transcendental de Unidade do Universo, Êxtase Solitário – interrompido pela vulgar limpeza de garganta diária matinal do Poste Gordo vizinho que, no entanto, abençoei em minha felicidade e toda raiva tinha desaparecido – Depois minha mente continuou, da maneira mais ignorante, profundamente adormecida & consumida em si mesma com visões de mares bravios, marinheiros lutando com salva-vidas do lado de um cargueiro & de repente todos desaparecendo afogados e não se vê mais nada no mar até um minuto depois que o casco do bote de remos afunda a 300 metros da proa a estibordo, nada mais restando dos tripulantes que manchas de tinta marinhas – antes disso estive no velho prédio do *Sun* em Lowell, dormindo lá em cima & um sujeito, pensando que eu estivesse bêbado, me traz para baixo para a praça Kearney & me finjo de desacordado, uma cena de ternura, me leva no colo como se fosse nenê – depois vou até uma lanchonete ambulante perto da ACM, lá pela Merrimac Street, e conto o que me aconteceu para alguém no dia escuro e chuvoso – a esquisitice maligna da praça Kearney, a coisa toda não passando de uma altercação cerebral discriminada, o mesmo podendo ser dito do livro inteiro de sonhos e imagens, para perturbar sua ininterrupta serenidade & preocupações com a falta de imagens, embora ainda não possa explicar *como* é que isso acontece por palavras que sejam, em si mesmas, altercações discriminadoras de concepção arbitrária – Como estou dizendo, as imagens & os sonhos são dedos da falsa imaginação que apontam para a realidade do Sagrado Vazio – mas minhas palavras ainda são muitas & minhas imagens se expandem para o vazio sagrado como uma estrada que tem fim – o que escrevo, a vida que levo, essa imagem de saudades, *é* a ESTRADA DO VAZIO SAGRADO –

PELA PRIMEIRA VEZ SONHEI QUE FUI SUBINDO aos poucos num penhasco, de encosta a encosta, conseguindo chegar lá em cima e me sentando, mas de repente, ao olhar para baixo, vi que não era nenhum penhasco aonde a gente sobe aos poucos, mas abrupto – no sonho, nem pensar em descer pelo outro lado – como sempre, nos Sonhos com Lugares Altos, me preocupo em *descer pelo mesmo caminho que me trouxe até ali,* ou em corrigir meus próprios erros – e, muito embora saiba que se trata de sonho, enquanto perdura insisto que tenho que descer do alto penhasco que galguei – o mesmo velho medo me agarra em convulsões mortais – "Mas, se é sonho, então o penhasco não é de verdade", digo comigo mesmo, "portanto simplesmente acorda & ele desaparecerá" – mal posso acreditar que seja possível e, trêmulo, abro os olhos & o sonho acabou, não tem mais penhasco, o terror passou. Esse, até que enfim, é o Sinal da Compaixão de Buda – noutras palavras, foi a primeira vez que sonhei que estava num lugar alto & tinha medo de descer, mas sabia que era sonho & qualquer coisa me dizia para acordar & o lugar alto desapareceria, & abri os olhos & não havia mais nada

SALVO!

Buda corrigiu meu erro por mim – DESPERTADO DO SONHO

Por um instante, também, pensei em me atirar lá embaixo – Ah, penosa realidade! (mas isso implicaria na dor de morrer, a queda, horror mortal, ou na morte) –

Além disso, em vários outros Sonhos com Lugares Altos, também sabia que era sonho, mas, enquanto sonhava, insistia *em descer* – atividade onírica no mundo dos sonhos – ação onírica descendo o penhasco do sonho –

Parecia que o penhasco existia, e agora parece que nunca existiu

A análise do sonho é apenas a explicação da causa-e-condição (tal como o penhasco do símbolo durante o dia em que acordei, a exemplo do assassino com punhal porque a janela foi deixada sem tranca) – a análise do sonho serve apenas como medida da qualidade da *maya** e não tem nenhum valor – a dispersão do sonho, sim, é que tem – o freudianismo é um imenso e estúpido equívoco, lidando com causas & condições, em vez da realidade misteriosa, intrínseca e permanente da Essência da Mente – (meu único problema consiste em pôr em prática as Oito Sendas todos os dias, uma vez que não moro sozinho) – É muito mais do que o penhasco alto da outra noite – é ler Dante – o penhasco alto da angústia mortal –

ESTOU NA CABANA DE THOREAU NO LAGO Walden em Concord. É noite e mal posso enxergar enquanto tento examinar algumas de suas relíquias pessoais que ainda estão lá, inclusive uma caixinha de cigarros velhos feita de papelão macio, fácil de rasgar, feito embalagem de ovos – uma garota por dentro das coisas, de carro conversível novo, pára na frente da

---

* No hinduísmo, magia, o poder pelo qual se manifesta ou se cria o mundo dos fenômenos; o poder de manifestação inerente à divindade. (N. do T.)

cabana e começa a acionar o freio de emergência com os faróis iluminando a parede de Thoreau, enquanto eu grito: "Deixa a luz acesa, eu tenho que ver isto aqui", porque saco logo, embora não possa ver, que é acessível e legal. Enquanto espia por cima do meu ombro, abro a caixa, que contém uma quantidade mínima, do tamanho de um dedal, de sementes de maconha – um fuminho de maconha em pó, pelo menos é o que parece, e penso: "Thoreau vivia Alto" (o que sem dúvida é VERDADE) – e explico para a garota o que é – Ela diz: "Este negócio aí é difícil de conseguir" – "Agora não é, não", afirmo com a autoridade de autêntico iniciado, "você pode arrumar em qualquer ponto da rua (com qualquer prostituta que conheça as bocas)" fico com vontade de acrescentar, e no meu espírito a rua é uma grande Tragada em Chicago, cintilando longe de Concord & Lowell – A garota, que é bonitinha, fica impressionada comigo – tira um pedaço da caixa para guardar de lembrança, fazendo bolinha com o papelão –

(Sonhado no Hotel dos Maltrapilhos em Lowell, os "Aposentos da Estação Ferroviária")

"PAREM COM ISSO" digo para um bando de garotos malucos com quem brinco na montanha-russa, quando um deles começa a fazer estardalhaço das proezas com maconha que lhes ensinei – "Ah, pô, quem tem que parar é você mesmo" é a resposta de meus discípulos. Estamos de calção e camiseta e me sinto exausto de ter que manter a tradição da *Geração Beat* e tudo é lúgubre no sonho – Acordo no Hotel dos Maltrapilhos em Lowell –

É só na quietude da igreja de Sainte Jeanne D'Arc, no grande dia cinzento de 21 de novembro de 1954 que vi: "A Geração *Beat*ífica"

NA PRAIA CINZENTA DE LONG ISLAND UMA GRANde reunião familiar, verdadeiro evento, mas em vez de embarcar na hora marcada, dou mancada no basquete, na quadra vazia da ACM, tirando o paletó, mas não a camisa e a gravata e vou ficar todo suado. Começo a jogar uma Partida Comigo Mesmo, os Kerouacs contra os Kraps*, heróis de ambos os lados – ouço o alarido de adolescentes noutra quadra. Depois saio correndo para participar do grande Evento Confuso, viajando na parte superior de um metrô de superfície ou trem de carga que passa pela linha principal do Boulevard de Queens e centenas de outros garotos viajam junto comigo – começa a chuviscar, os fogos de artifício que pretendem soltar lá na praia, ao ar livre, vão ser um fiasco – O Treinador das Crianças, Russ Hodges Serious, me vê e me chama por cima dos vagões de mercadorias para ajudar um garotinho perdido, levando ele junto comigo – estou com vontade de topar –

O GRANDE CALIFA ORIENTAL castra os padres com expressão de carinhoso e comiserado interesse; tem um pequeno alicate de prata que aplica nas partes pudendas quando se aproximam de braguilha aberta (mas de costas para a platéia, de maneira que não dá para ver o pênis propriamente dito, nem como a coisa é feita), mas se enxergam perfeitamente as expressões de dor decepcionada no rosto dos fiéis, que se esperaria

---

* Distorção de "craps", merdas. (N. do T.)

que tivessem imaginado que o Califa iria livrá-los dos perniciosos colhões de Eros sem cauterizar nem ferir tão depressa seus corpos condicionais – sou o próximo da fila, com a mesma relutância de uma dúzia de outros, quando começo a perceber o que significa a castração – me recuso a me submeter ao ser contemplado com compaixão. Tudo isso acontece numa hora em que estou prestes a desistir de qualquer renúncia e me dedicar a esperar e aceitar tudo de novo – Me levanto e digo: "Não" – No quarto ao lado estão os Soldados do Oriente Pardo, enfileirados para supervisionar a calma castração dos discípulos. Dois guardas especiais, jovens e de pele parda (não de farda, mas feito passageiros de ônibus na Cidade do México), começam a se vergastar mutuamente com discursos furiosos e depois vêm para me levar. Mas são malsucedidos; brigo com ambos e saio vitorioso, sem nem me esforçar, e vou até a janela e consigo escapar. Um dos meus velhos amigos do peito e heróis, que já foi monge comigo, mas em ocasião anterior mecânico de automóveis na Garagem da Estação Ferroviária de Lowell, agora faz preleção aos monges e guardas do Califa na engraçada modorra da casa de cômodos e entre os varais do quintal, enquanto deslizo por cordas de seda para o Mistério Felá da Fuga. "Ele soube fugir tão bem, você pode observar que esse grande campeão mundial é capaz de deslizar por uma parede abaixo sem sequer tocá-la", que é, de fato, o que estou fazendo, mas sem o mínimo esforço. Minha fuga é fácil como respirar. Meus inimigos não conseguem me agarrar. Tenho uma personalidade tão destituída de pretensões que mal piso no chão, que dirá na parede. Me parece, entretanto, que a dor daquele quebra-nozes de prata de cabo grande seria "real", por isso trato de escapar o quanto antes. Ademais, mesmo que pretendam me sepultar embaixo de uma Locomotiva ou de uma Árvore Sagrada, o Vazio não muda de figura.

Feito galinha livre do ovo, me mando, sem rumo, lírico, leve como uma pluma

RAPAZOLA DE LOWELL TODO SISUDO, VOLTO à cena de meu antigo colégio, o ginásio de St. Louis, provavelmente – noutras palavras, deve ser o Colégio Billings ou o St. Louis – ou, melhor, não deve ser coisa alguma além do que for – e com tanta tristeza. Primeiro estou no subsolo, que deve ser o vasto e sinistro porão Paroquial de St. Louis, onde me lembro de freiras que penteavam nosso cabelo com água do encanamento do mictório (as cascatinhas da parede) e a escuridão, a umidade, as pedras; a tal ponto que hoje em dia meus sonhos com o subsolo da Escola Secundária de Lowell, que nada tinha de masmorra, caracterizam-se pela nítida recordação que guardo da umidade sombria do de St. Louis – e digo que guardo porque, ao visitar esse colégio recentemente, não me passou pela cabeça a idéia de entrar para rever o porão que, realmente, agora, pensando bem, não consigo localizar na minha verdadeira consciência discriminadora – Onde é que ficava? no subsolo daquele prédio, relativamente pequeno, de tijolos vermelhos? – no da sede da Quermesse Paroquial? – mas lá não tem nenhum porão! Será que só existe na minha lembrança? Mas está embaixo do prédio de tijolos vermelhos e é tão menor do que aparece no sonho, até, inclusive, do que o porão do velho prédio reservado aos Calouros da Escola Secundária, onde são administrados os cursos vocacionais (classes de madeira, tornos de oficina, os descabelados Joes prontos para iniciar novo dia de trabalho, que sempre lhes parecia forçado por terem sido surpreendidos cometendo alguma travessura e crescido no meio da cinzenta cerração de Lowell). Visito de novo esse porão múltiplo, que de repente vira verdadeira caverna, cheia de sujeira, paredes invisíveis que gotejam, imensa, mas embaixo do colégio, e, quanto mais ando, mais começa a se parecer com aquelas enormes grutas sob a Market Street em Frisco, com as quais tenho sonhado, onde há pouco tempo encontrei dois soldados japoneses famintos comendo feito doidos em salas separadas – que imensidão e que semelhança com a caverna embaixo do Campo Laurier, onde batia o Coração Monumental da Fera. Depois vou parar lá no corredor da escola, as tábuas do soalho de madeira, as portas das várias salas de aula, aquele sol preguiçoso de dia útil entrando pelas janelas, e tenho impressão de estar visitando de novo uma "sala de segundo grau" até então completamente esquecida, que agora começo a lembrar com a maior nitidez e me parece incrível – a absoluta, eternamente perdida, tristeza da minha infelicidade numa das classes da primeira fila dessa sala, a professora há tanto tempo morta. É que nem os corredores do Colégio Billings no fundo da minha pequena fotografia com 5 anos de idade, a mesma aura dourada por um enxame de mariposas da terra de Buda no pó & nas sombras & no sol & e na quietude fantasmagórica da Fotografia.

NUM ACAMPAMENTO DA CALIFÓRNIA, OS americanos, mandados pelos russos, que não param de sobrevoar a área com grandes aviões que ameaçam lançar a Bomba de Hidrogênio, aprisionaram um grupo enorme de pessoas numa arapuca cercada de arames e as estão preparando para ser as primeiras vítimas da Detonação do botão nuclear. Enquanto isso, os garotos condenados jogam basquete e até mesmo brigam em facções adversárias. Na hora H (com perdão do trocadilho), o pessoal terá que se deitar no chão dos abrigos, bem no lugar onde deve cair a bomba; alguns receberão determinadas injeções, outros não; terão que beber misturas líquidas nocivas, de maneira que a *causa mortis* possa ser diagnosticada facilmente na autópsia. Todo mundo diz: "Seja como for, vamos todos morrer de concussão craniana" – "do choque nos ouvidos, causado pela explosão atmosférica". Minha mãe e eu estamos lá, encurralados, como Julien, Joe e vários outros. Mamãe e eu cometemos a tolice de vir para a Califórnia na hora exata em que armaram a arapuca. Na hora H, bobalhões de fone pregado às orelhas vão contar histericamente os segundos, enquanto o pessoal estará esperando a morte – que tristeza. No fim, perto do fim, Julien e eu sentamos lado a lado no mesmo degrau. Ninguém nos deu injeção, fazemos parte do grupo que vai morrer simplesmente, sem ter tomado injeção, para depois servir de cobaia para pesquisas posteriores de nossas entranhas. Agora me parece que estou cuidando de Julien, que é que nem um irmãozinho desamparado, em muitas vidas, em várias reencarnações. Sou o Bodhisattva, o ser sábio encarregado de zelar por ele. Aos poucos, começa a se dar conta disso, noto perfeitamente, pelo seu novo modo de guardar silêncio e respeito introspectivo. Estou escrevendo um poema para comemorar a Cena – termina com estes versos:

> A mansa quietude
> Que da pureza é virtude.

– que significa o Som Transcendental do Avalokitesvara* do Nirvana, que nos é intrínseco e supera a Bomba. É um grande Poema Idealista, que concluo com um floreio do lápis, ao lado do silencioso e neutro Julien, cujos pensamentos se concentram na morte. A tarde cai, cinzenta, cálida, flores murchas nos rodeiam –

> O solo divino
> Da mente mortal
>   Sinto vontade de acordar ...

VOU DESCENDO OS DEGRAUS DE PEDRA DA grande Caverna do Mundo Budista dizendo aos que me olham debruçados no parapeito: "É um suicídio mental" – e percorrendo as Passagens Sagradas em companhia de partidários, me aproximo do grande Rosto Reclinado & da escuridão apinhada de gente, agora cheia da luz que emana do Centro – não há mais aonde ir, a não ser para o íntimo – A Caverna do Mundo, a Caverna da Realidade que supera as concepções de sol, ar, etc., contém o Poço da Cintilante Realidade

CORRO LADEIRA ABAIXO & UM MISTO DE BODE com touro ou vaca com cabra, preso a uma longa cor-

---

* No hinduísmo, um dos principais Bodhisattvas, isto é, seres de luz. (N. do T.)

rente, começa a me perseguir. Calculo: "O que tenho que fazer é correr tão depressa que a corrente a impeça de prosseguir", mas em vez de aumentar as passadas, fico saltando para lá e para cá, com a mão na cabeça da vaca feito Manolete apaziguando e atiçando o touro, só que agora a vaca em questão desse sonho se põe a me morder a mão com dentadas dolorosas & me contorço sempre, com medo de ser projetado com uma chifrada no traseiro no ar, por isso, continuo, estupidamente, a me virar (feito zagueiro que avança com a bola e passa do meio do campo & dribla, sempre correndo, entre delicadas canelas que se entrelaçam enquanto descreve um círculo completo sem largar a bola) – mas aqui não se trata de nenhuma partida de futebol entre heróis, a tal vaca está me arrancando pedaços de um cor-de-rosa digno de Chagall & é um pesadelo do qual desperto sem sequer ter resolvido o problema – De mais a mais, qual era o problema? Vacas inúteis.

ANTES DISSO, EISENHOWER É PRESIDENTE DA heróica América durante décadas cinzentas até os anos 80 e ficamos todos assombrados de vê-lo paladino de uma causa pueril após outra, de braços cruzados, um Santo & gosto dele – não posso me dar ao luxo de odiá-lo porque também sou pueril – promulgando novas leis no papel, profundas leis oníricas aplicadas a civilizações pueris num mapa arbitrário cinzento denominado mundo. Não posso me lembrar dos detalhes desse sonho irremediavelmente perdido; ao acordar já tinha me esquecido de tudo e fiz questão de não querer mais recapitular nada a respeito das heróicas leis que, na melhor tradição de Lincoln, E. promulgou, mas parece que entrei em contato com ele numa casa sinistra onde estava acontecendo um baile Tolstoiano, cheio de incidentes, e foi aquele desastre! – ninguém me ama porque não existo.

ESTOU SENTADO NA JANELA DE NOSSA COZINHA nova em Brooklyn & enquanto contemplo feliz as vidraças douradas das casas de cômodo, na escuridão suave & perfumada lá fora, que lembra a da Califórnia, minha mãe me diz que não devo sentar na janela de luz acesa, pois posso ser alvejado por pistoleiros pertencentes a uma nova organização juvenil secreta que se dedica a dar tiros em pessoas que aparecem nas janelas – mas não acredito na existência dessa organização e continuo sentado no mesmo lugar, de qualquer forma contente de estar em casa. E mais tarde ando pela Cow Street de Brooklyn em companhia de Hindemburg & Huck, gângsteres de Times Square que se meteram de novo comigo & vêm me buscar na porta do porão. Esse sonho branco que estamos tendo é realmente mental e, na verdade, tão calmo, em última análise, quanto as meditações de um devoto sacerdote em sua igreja às 4 horas da tarde – enquanto contempla seu breviário, ou passa os olhos por ele,

ENCONTRO CODY NA RAMPA DOS FUNDOS DA pista de corridas. Me mostra solenemente sua nova teoria sobre a melhor maneira de bater em cavalos – é um recorte de jornal inglês, onde vem tudo explicado. Antes disso Garden também tinha uma teoria a respeito de cobras, insetos e minhocas e, como prova, pega um bicho cabeludo, põe na boca e, enquanto faço uma expressão de nojo, feito criança, fica mastigando aquela meleca branca de boca aberta, meio com ar de riso. É no andar mais alto da casa de Mrs. LaMartine em Centreville, Lowell

    Teorias chatorias!
    ... novas formas de perder e enfeiar

TALVEZ O MOTIVO DE NÃO RECEBER MAIS cartas de ninguém seja porque sou um rematado vadio. Esta noite, ou melhor, esta manhã cinzenta, sonhei que entrava e saía, sem parar, de prédios de apartamentos, no mínimo de N. Y., em maquinações duvidosas (para arranjar lugar para dormir) com Deni Bleu e outros vagabundos também tentando conseguir casacos – a certa altura ando de elevador no céu e vejo o que lembro como apartamento de James Watson, mas a cozinha, com sua nova mobília marrom, é outra (que diferença da triste madeira marrom-escura das Cozinhas de Lowell há tantos e tantos crepúsculos passados) – por causa dos móveis, penso: "Ah, não é a casa dele!", mas ao ir lá, para tirar a limpo, descubro que é, só que James não quis me receber, faz dois anos que está ali junto com a namorada, "metido na toca", para trepar, estremecer e escrever. Me esgueiro por trás de porteiros para entrar nos saguões da cidade, visto um casacão suspeito, sem chapéu, sem moral, sem escrúpulos – não um ladrão, mas um estranho e viscoso mendigo sem nome, filante, parasita, verruga urbana, que ronda apartamentos, se esgueira pelos corredores, um piolho de colchões, *voyeur* de bacanais, espectro rançoso e nojento – um sonhador ocioso. A certa altura fico pedindo carona naquela estrada que passa pelo morro, do outro lado de Bonny Brae, e que não tem fim, é de desesperar – não consigo nenhuma, entro furtivamente em campos subsidiários. Por fim, com uma moeda de 25 cents, vou parar numa lanchonete ambulante perto da estação ferroviária que reduziu drasticamente os preços pela metade, e onde teria entrado, de qualquer forma, de puro cansaço, o mesmo acontecendo com todos os outros fregueses. Uma taça de sorvete custa apenas 10 cents e então peço uma ao novo auxiliar do balcão, que é bicha, um baita veado bonito e direto, e me traz o sorvete, mas esquece de me entregar o troco de 15 cents porque um garoto sentado numa mesa se atreveu a lhe puxar a perna (virilmente) e dizendo: "Chupo teu caralho gostoso a hora que você quiser" e Nosso Herói salta, sem o menor recato, por cima do balcão & vai sentar, bem sério, na mesa para combinar o programa, enquanto todos notam e sorriem. Aí imagino que tenho que esperar para receber o troco e, enquanto isso, compro um prato de pudim quente de 15 cents, que vai sair de graça na hora do pagamento, quando refrescar a memória do Galã. Ao pegar minha bandeja e uma colher de prata com as mulheres, entram dois guardas ferroviários. Um deles pesa uns 150 quilos e ambos puxam uma espécie de banco de automóvel antiquado para sentar bem baixo, perto do balcão, esperando para serem atendidos, com velhos suéteres abotoados e distintivos de guarda e fumando cachimbo sob os raios de sol da tarde que inundam a movimentada lanchonete –

AQUELE SONHO INSISTENTE EM QUE SEMPRE estou na Califórnia, em Frisco, e tenho que fazer toda a viagem de volta e estou sem dinheiro. Vejo uma mulher parada no ar, dando uma torta esquisita e suculenta para o filho pela janela de um prédio de madeira em Frisco, que ele aceita com bons modos lá no alto, longe do trânsito vertiginoso da cidade, e penso primeiro em Evelyn (Pomeray) em Los Gatos e os tristes trens que vão naquela direção, depois me lembro de mamãe, no Leste (N. Y.?) e como terei que ir passar o Natal em casa. A noite foi marcada por vários incidentes, uma temporada sangrenta, Irwin Gardens por todos os lados, Codies, etecéteras, já estou por aqui – chegou a hora de me arrancar – com aquele sobretudo velho, todo puído, e o gorro enfiado até o pescoço, lá vou eu dirigindo um calhambeque caindo aos pedaços (na verdade é o Packard 40 de Cody) pelo bulevar fantasmagórico afora com a idéia de viajar todo o percurso de carona na neve e decido: "Wyoming? Não! É melhor ir dirigindo até lá, assim aproveito logo pra levar este carro" (que ganhei de presente) – Mas como farei para pagar a gasolina? cobrando pelas caronas que der no caminho – ou então trabalhando! "Mas, se trabalhar, não vou conseguir chegar em tempo pro Natal!" Com toda a descomunal dimensão fantasmagórica do continente pela frente, efêmera como a neve, terrível como a Iduméia – minha Arcádia das Costelas, minha Tróia dos Ossos, vou terminar sucumbindo e encontrando meu Waterloo numa viagem tão descabida e, como se não bastasse a situação de penúria e calamidade em que, mais uma vez e *sempre,* me encontro! – mas, quando dou por mim, já estou entrando na contramão do bulevar de mão única e vendo que não existe retorno faço uma volta em forma de ferradura que me enche de orgulho e vou parar no mesmo ponto de partida, ainda lutando para achar um modo de percorrer aqueles 5.000 quilômetros para o leste, com esse sobretudo e gorro miseráveis, rodando devagar feito velho, metido no fundo do banco – "La Merde" – e tudo por causa de uma torta.

Que concepção mais arbitrária essa Ida para passar o Natal em Casa – é a terceira vez que me meto nisso e sempre acabo me aporrinhando – na primeira, minha mãe pegou no sono, e na segunda, precisou ir a um enterro – as cidades grandes e alegres têm cemitérios enormes e tristes bem na periferia, precisam deles –

Pensões barulhentas e garotas fantasmagóricas (quando falo em casa de cômodos me refiro às construções de madeira de São Fran) – (que nem aquela de onde Rosemarie se jogou da janela) – esse sonho terrível de fazer uma viagem triste imprescindível me leva a acordar numa vasta e confortável cama de casal em Rocky Mount, numa casa do interior, sem nada para fazer além de escrever Visões de Gerard, lavar pratos e dar comida para o gato! – e salta o *Livro de Sonhos*. Não me lembro mais dos detalhes obsessivos, escarninhos, anteriores desse sonho, as garotas, guardas, soalhos, sexo, suicídios, tortas, pastiches, parturições, papel de paredes, transcendências – as estações, cinzentas – Garden, que nunca ri, cava informações – June Ogilvie Blabbery Adams McCracken, minha namorada – June e John Boabus Protapolapopos, o Galã grego, completo pirado – Pontada de dor –

O RECRUTA SCHINE, RAPAZ LOURO, tristonho e bonito que apareceu na televisão durante as audiências do Exército & McCarhy, está, agora, anos depois, ainda detido num manicômio-judiciário onde continuam tentando provar sua "insanidade mental" durante esse tempo todo – por razões políticas anti-McCarthystas. É visto um uniforme verde de faxineiro, parado ao lado do interlocutor, diante da câmara de tevê, enquanto trazem outros pacientes, sendo que o primeiro, que mal distingo direito no meu sonho, me parece um imbecil tagarela, e perguntam a Schine: "Acha que ele é louco?"

"Louco"

Schine está exausto, dá para notar que isso vem acontecendo há tanto tempo que já virou rotina, mas é um horror.

Surge um rapaz com jeito normal, de uniforme de faxineiro & quepe.

"Acha que ele é bicha?"

"Bicha" – o tom é de exaustão, e olho de novo, rapidamente, para o rapaz.

Aí trazem dois sujeitos ao mesmo tempo. O interlocutor pergunta: "*Dois imortais que ficaram mortais. Acha que estão loucos??*"

E Schine se desfaz em lágrimas –

E é aquela velha cena do pátio de manobras ferroviárias, na vizinhança, perto do cais do porto; faz muito frio, as padarias e os armazéns, este mundo que não toma jeito –

Saio correndo para ir contar para o Joe McCarthy, mas ele também está atarantado e impotente – nos corredores de mármore do Congresso

CAMINHO COM EDNA POR ESTRADAS enlameadas, longe do centro da Cidade do México, nas favelas; vamos olhando para o horizonte perdido que procuramos alcançar a pé; nem sei quantas centenas de quilômetros ainda faltam para chegar lá, o que sei é que seria bom pegar trem ou ônibus – um faiscante El Dorado à nossa frente, no México chuvoso sobrenatural dos meus sonhos. Mas finalmente sugiro a Edna que transemos logo, aqui mesmo – ela não pára de se virar para trás, não tem ninguém na rua noturna deserta, achamos e ocupamos uma latrina e começamos – quer baixar a saia, digo que não, basta levantar, e começamos, não consigo meter, mas ergo-lhe a coxa com a mão e agora está tão perfeito que até ela própria perde a noção do lugar em que foi se socar e acordo sacudindo a cama toda – perdi a esposa da minha juventude, portanto mereço essas torturas noturnas – Edna estava moça no sonho, também

Noutro trecho, de volta àquela construção de mármore que parecia hotel na Cidade do México, me gabo para mim mesmo que vou conseguir uma garota nas ruas ao longe, onde ocorreram os primeiros (1950) sonhos com a Cidade do México, onde Dave Sherman perdeu as calças – terei que encontrar uma linguagem nova e especial daqui por diante para começar a descrever a localização misteriosa indescritível desses sonhos – é importante – em cada uma delas surge, de tocaia, um *Personagem*, uma *Visão*, enigmáticos –

EM CASA DE G. J. A MÃE E A IRMÃ DELE ESTÃO fazendo uma comida intragável numa cozinha negra e soturna na Cidade do México Grega, e que eu como; parece uma gelatina azul dentro de pelanca de porco gosmenta, que se prepara colocando a gelatina incolor em saco de pano com corante de anil e um pouco de um troço que lembra serragem, que se deixa de lado (na fuligem, provavelmente). G. J. está tão solene, sério e faminto, que aceitaria comer de bom grado com ele, e acabo comendo mesmo – Ah, cadê o G. J. Perdido, de um sonho com a Cidade do México Grega Negra? – volta a ser menino, com aquele potencial maluco, aquela capacidade de lidar com idiomas, de me fazer rir, me surpreendendo – lá fora ocorrem intermináveis tumultos de rua; as marquises iluminadas do centro da cidade e a escuridão soturna das avenidas e ruelas –

Uma Cidade do México digna dos Anjos Felás – Santa Melandolia – São Desvairado & Maluco – Certas recordações tibetanas, um pouco de *ghee** e sebo na cozinha para G. J. – SOUL e eu, quando éramos jovens, em Sinistrolândia, e vibrei ao ver a Luz das suas Lúgubres Profecias – enquanto vasculhamos, debaixo da chuva, em busca de lixos e quadrilhas – Um *épico* – relacionado, também, com a andrajosa *La Negra*, que deve ter sido o que na época nos fez lembrar Silvanus Santos e o Herói Bodhisattiva –

MEU SERVIÇO NOTURNO ONÍRICO EM MUITOS anos de sonhos passados. Vou para o trabalho num ônibus fabuloso de quatro andares de altura que cruza os trilhos da estrada de ferro perto daquele eterno cais

---

* Manteiga semilíquida que se faz na Índia com leite de fêmea do búfalo. (N. do T.)

de porto que lembra o de Brooklyn e o de Pittsburgh; por volta da meia-noite e, enquanto nos sacudimos por cima dos trilhos, me ponho a pensar no meu serviço de ferroviário ali, nessa mesma estrada, quando empurraram o vagão de mercadorias e logo depois acionei a agulha, depois que já tinha passado pelas chaves, e aí saí correndo atrás, subindo nele com dificuldade e freando para que parasse antes da barreira. Todo orgulhoso, e agora, quando meu ônibus chega ao destino, "perto do Estádio dos Yankees", para meu trabalho noturno, engulo em seco e começo o grande horror de descer a escada de quatro andares pelo lado de fora, apertando as mãos com tanta força na grade que chego a ficar com os pulsos brancos, enquanto olho para os felizardos nos paralelepípedos lustrosos de chuva lá embaixo. Mas transponho os últimos 6 metros, meio que saltando, meio que voando, pelos degraus abaixo e pousando num gracioso salto aéreo para impressionar os operários, que nem estavam prestando atenção. De sobretudo e roupas boas, saio andando ruidosamente para meu serviço noturno (meu serviço soturno) que fica de novo no escritório de uma garagem, onde sei tão bem o que tenho que fazer que sempre me aproveito para chegar um pouco atrasado. No caminho passo por uma bonbonnière onde, bem na hora em que compro um refrigerante de uva gelado na caixa de bebidas automática, um outro sujeito ocupa o minúsculo lugar-para-beber que tem na frente, e solto um palavrão. De repente sou uma espécie de irmão mais velho comendo vorazmente o pudim de chocolate dele, sem querer deixar nada para o caçula, que então, num poema de William Blake recém-descoberto, faz este belo lamento:

"Tem orgulho
a natureza?"

e

"Algo que não seja novo nem perfumado, algo que não seja novo nem perfumado", enquanto passa mãos de querubim pelos vidros inteiros e quebrados da vidraça empoeirada da janela junto de seu berço. Não há dúvida de que é um poema novo de Blake, tão bonito que em certos pontos a linguagem do verso positivamente borbulha de expressão infantil, simplesmente perfeita. Ainda me lembra de longas e inocentes perguntas queixando-se da ganância deleitosa do irmão mais velho e depois as engraçadíssimas e espirituosas paródias – Ai de mim –

UM DIA HEI DE RENASCER NUMA GRANDE cidade de outro sistema planetário, no passado ou no futuro, onde uma única montanha de 5 quilômetros de altitude se recorta no céu azul – com toda a compaixão que sinto dentro de mim, a única coisa que vou precisar é da sabedoria da terra

A MORENA DA MINHA VIDA – ESTAMOS CHEGANdo perto de uma fábrica que brilha na noite no meio de um campo (Green School, Centreville), à procura de trabalho, quando de repente começamos a trepar ali mesmo, na grama. É Josephine – parecida com Maggie Zimmerman – e lança longos vagalhões marítimos, com perfeição, de seus rins contra mim – Dizendo: "Vou ficar dormindo aqui ao relento" – pretendo entrar lá sozinho e arrumar emprego para nós depois de gozar e ela ficará dormindo docemente no campo, feito andarilha, esperando que a acorde ao raiar do dia. Minha boneca angelical de tempos imemoriais, cuja presença trigueira, de tarde, no meu quarto ensolarado, conto como certa

ESTOU EM LOWELL, NUMA LANCHONETE, do lado de fora da sala de espera na esquina com a Praça Kearney onde agora (creio eu) fica a mercearia. Lá dentro está Dick Nietzsche. Shelley Lisle, o músico de orquestra de *swing* de Lowell, primeiro me recebe com cara de poucos amigos, depois se anima quando lhe peço algumas "bolinhas" e para também dar um jeito de comprar outras para mim. Larga umas dez na minha mão. "Ah, são do novo tipo!" exclamo, vendo que têm sulco de um lado. Mora não-sei-onde, lá pelas Sinistras Terras Altas, feito um turvo Timmy Clancy dos velhos sonhos com Lowell; depois iremos até lá para buscar a encomenda. Engulo duas com água no pequeno bebedouro de água gelada e, com o rosto curvado para beber, baixo as pálpebras piedosamente no torvelinho da morte, mas ela me traz a Compreensão do Buda Desperto de que antes estive subindo pelo Rio (Concord) de Eternidade (o verdadeiro Mississippi), as margens crestadas, e penso como minha mãe ia se enfurecer se me visse "alto" e destrambelhado, mas "*por mais que você faça, essa é que é a pura verdade*", me dou conta piamente enquanto bebo, e lá fora está a cinzenta praça Kearney, tão tristonha, idêntica e estranha, com fantasmas de gente morta esperando ônibus, e saguões úmidos de corredores de mármore, chuva, pontos de ônibus e sapatos molhados – curto Dick como um cara ótimo, novo e melancólico –

A ACADEMIA DE MARINHA MERCANTE rufa tambores para expulsar dois farsantes que se fingiam de oficiais no navio – como relíquia dos castigos de antigamente, o ritual agora consiste em conduzi-los com um nó duplo de veludo preto no pescoço para sair marchando pelo navio inteiro entre fileiras perfiladas de cadetes, ao som dos tambores. Vejo o comandante, que lê a sentença: "O protesto dos pequenos egoístas que erram por todos os lados..."

"A CAMPINA IMAGINÁRIA DESTE MUNDO, QUE você pede como se tivesse cinzas douradas" diz o pirralho de cor, marcado pela varíola, de óculos e suéter branco imaculado, a quem me apego sem saber muito bem o que faço, quando ele se vira no banco da classe para falar com o aluno louro sentado a meu lado, que queria saber, e penso: "Todo este meu interesse arbitrário em *aprender* termina com meu rosto perto de caras feias de bexiga e mau-hálito" e paro de puxar-lhe o suéter. Antes o Professor tinha acabado de ler no Sutra: "Não é assim com os sábios, a elite, que vêem a irrestrita e vácua perfeição da liberdade, mas aqueles que discriminam as aparências, que são os 'negros' (no sentido que interpreta como 'negros' os ignorantes e simplórios)" – seja como for, esse pirralho marcado pela bexiga é espertíssimo – Onde foi que vi um negro de óculos, que tivesse varíola, vestido de branco imaculado? Gandhi? Jimmy Thomas? Alguma Jain em antigas

> encarnações nas matas?
> Na campina
> imaginária deste mundo?

ANDANDO DE CARRO COM MEU AMIGO editor detetive por uma estrada de terra batida que corre à rodovia de Bayshore, mas por sua conta e risco por rochas secas e desertas de Pecos e arroios ressequidos de poeira vermelha e laranja, chegamos a seu chalé isolado, onde encontramos Joe Louis, que vai embora durante o jantar porque os filhos ficaram sozinhos em casa. Tem outro negro maluco na garagem

ESTAVA USANDO UMA ATADURA BRANCA na cabeça por causa de um ferimento. A polícia me persegue pelas escuras escadas de madeira perto do Victory Theater em Lowell. Consigo escapulir e chego no bulevar, onde crianças desfilando e entoando meu nome me escondem dos guardas que me procuram, enquanto despisto no meio das intermináveis fileiras, mantendo o corpo agachado. O desfile infantil não acaba mais. Com cânticos e hinos, entramos marchando na Mongólia, com minha cabeça atada na dianteira

(sonhado no dia seguinte à publicação de *On the Road*)

COMO COMANDANTE DO GRANDE NAVIO obscuro esqueci meus deveres para brincar com os passageiros, subindo & descendo milhares de escadas fantasmagóricas. De repente me dou conta de que já faz três dias que navegamos em alto-mar sem ter ninguém no controle do leme. Vou para a sinistra cabine de comando, tento acender a luz, quando subitamente vejo um imenso e Estranho Cargueiro chinês vindo em nossa direção e fazendo sinal, que respondo com um puxão na corda do apito, VUUUM, e depois, com medo que "um-comprido" seja interpretado como pedido de socorro & a minha tranqüila e obscura viagem marítima perturbada por oficiais intrometidos, equipes de salvamento e papelada burocrática, largo a corda e dou outro rápido puxão, mas, desta vez, por causa da minha histeria, o apito faz apenas PLAP. Então cuido do leme, sem enxergar coisa nenhuma, torcendo para que os navios não colidam. Chegando a um porto insignificante por canal estreito, mudo a direção da enorme proa do navio fazendo curvas e esperando que toda a largura monumental às minhas costas não esteja destruindo aldeias –

PESADELO EM PORTO SETENTRIONAL. ONTEM à noite, o trio que começou sendo "Bull", Irwin e eu, nus, depois rouba na China e foge na disparada, numa sensacional Corrida que ganharia qualquer prêmio de cinema e se tornaria um clássico em matéria de atravessar a toda a louca cordilheira continental, indo acabar nos fundos da Índia, sãos e salvos, apesar dos guardas da fronteira e do lojista dedo-duro que o trio salta em cima e começa a matar com punhais e pontapés na cara, UAP! & por fim se atracam corpo a corpo. Com o rosto coberto de sangue, o herói vomita uma gosma viscosa amarela e tudo se mistura, sangue e vômito, de forma que, ao levantar a cabeça, com nojo, se estica uma grande meleca, parecida com cobertura de pizza, e os irmãos se acolhem, exclamando: "Parece um índio doente?" E me acordo na calma das 4 da tarde, perguntando sereno: "*Jésus, pourquoi tu me montres des portraits comme ça?*" E fico meditando de pernas cruzadas, percebendo que deve ser um filme educativo de outra terra budista, mostrando aos Bodhisattvas por que se precisa repudiar a violência e que ignorância terrível, que não só proteja um mundo exterior como também se apega a ele, luta para conquistar terreno. Foi o único pesadelo realmente horrível que tive até hoje e acho que por culpa de uma abelha que me deu ferroada durante o dia.

A descrição realista desse pavoroso vômito amarelo na China, misturado com rostos ensangüentados, ia causar náuseas em vocês

CAVANDO COVAS NO PÁTIO, JÁ ABRI A SEPULtura do meu pai junto ao muro, e as marcas continuam lá, mas agora (e também abri a de uma mulher, mas não coloquei o cadáver dentro) receio não ter cavado um buraco bem fundo sob o metro de neve acumulada e vou precisar abrir outros dois para Jerry & Lola. Então digo para dois caras que me acompanham: "Na primavera que vem a neve derrete e aí vocês vão ver cotovelos saindo do chão; puxa, que coisa ser enterrado de terno preto!" e um dos caras de repente está olhando ali de cima para mim, de terno preto!

– Sonho gelado esquelético –

QUE HORROR, ACHO QUE É O FIM DO MUNDO; as nuvens no céu estão pretas feito fuligem e ficam brancas quando se olha e, de repente, dançam um pouco no horizonte inclinado, de modo que, feito tombadilho de navio, me dou conta de que não são as nuvens que se movem, é a Terra, & digo para a turma no pátio do colégio: "A terra está se mexendo" e Irwin e eu voltamos e nos colocamos, lado a lado, junto ao muro de tijolos vermelhos da escola, assombrados de constatar que chegou, finalmente, o Apocalipse e estamos juntos nesse Momento. Enquanto isso, minha mãe seguiu pessoas que subiam por uma íngreme colina e tentou sentar, arrastando-se para chegar ao alto de bancos situados a um quilômetro e meio de altitude, e tive que ajudá-la –

COM A BUNDA DE FORA, SENTADO NUM banquinho no campo cheio de gente, estou lendo não-sei-que-livro e o programa de Jack Paar vai sendo gravado ali mesmo; mas nem dou bola. De repente ele se aproxima, com o microfone e a câmara de televisão e se concentra em mim para me mostrar nu para o mundo inteiro. Fico ali parado, feito criança desvalida, até que ouço a voz de Julien dizendo baixinho nas árvores lá atrás (bem como o sotaque de St. Louis): "Não deixa ele fazer isso!" e então, ao cabo de um momento de hesitação, me levanto e lhe dou um soquinho de nada

AS JANELAS A MIL METROS DE ALTURA DA noite de luzes amareladas de Tânger. – Começa com um oficial nazista me conduzindo por um morro, coberto de neve, acima para me executar com uma pistola Luger automática e fazendo piadas em alemão sob a neve que continua caindo, o que me leva a pensar: "Ah, por que será que esses chatérrimos carrascos sexuais sempre têm que ser tão xaropes, com essa mania de contar anedotas velhas e sem graça?" Quando chegamos diante de uma casa de escada externa empinada, ele manda que eu suba e obedeço (é a mesma escada dos guardas em Lowell, quando eu andava com aquela atadura branca durante a fuga para a Mongólia, enquanto as crianças desfilavam cantando meu nome), sabendo que me dará um tiro pelas costas. No entanto, subo e estremeço, prevendo o que vai acontecer, só que não acontece nada e quando chego em cima me viro e vejo que está tendo dificuldade com a arma – na neve – perto da mesma garganta da cordilheira que aqueles chineses-indianos usaram para descer até a fronteira da Índia no sonho do vômito amarelo. Então entro correndo num quarto de canto em feitio de V, da casa de cômodos, espio pela janela e no sonho se diz que é uma queda de mil metros até chegar lá embaixo na rua (embora dê para perceber, pelas luzes amarelas noturnas de Tânger descortinadas dali de cima que, na verdade, são 500 andares mais ou menos). Se transforma num filme a que vou assistir junto com minha turma, subindo por longo bulevar noturno em ônibus transcontinental de passageiros. Depois de comprar minha casquinha de sorvete, vou andando a pé com meus amigos, um dos quais está fantasiado de herói da história do Ladrão de Bagdá (um Gene Kelly alquebrado), outro é um personagem bem bicha autêntica de Genêt, e ainda tem Irwin, Simon, uma porção – No sonho, pela primeira vez, entendo o significado de um "bofe travestido" e simpatizo – também me sinto meio esquisito ao gritar não-sei-o-quê para um bando de garotas, que passam a me acompanhar feito sapatões pelo bulevar afora. A turma entra no imenso terraço a mil metros de altura, onde o herói se exibe no parapeito da janela do último andar; em seguida a câmara desce lá de cima da altíssima construção para mostrar à platéia a vastidão dos salões de dança com todos os adereços do cenário até chegar embaixo, na rua, onde os que despencaram no abismo se esborracham na calçada coberta de jornais. Estamos todos sentados juntos num camarote e *Irwin*, em tom de lamento culto, preocupado, classicamente angelical, diz: "Ah, *deixa* eles caírem na gandaia!" se referindo a todos esses tangerianos bichas, que vivem com a cabeça cheia de fumo, a mil metros de altitude, a dançar pelos salões sacudindo os colhões nessa estranhíssima vida noturna de cidade árabe (o mar fica perto) e é tão engraçado que começo a rir de um jeito maravilhosamente parecido com o de Cody; então a turma toda se vira e dá gargalhadas ao perceber que continuo firme na retaguarda, montando guarda e curtindo – enquanto isso uma porção de gente vai saindo do cinema e nos vê (um grupo tão estranho) e outros por perto, também estranhos, todos rapazes, com ar inteligente, e comentam: "Xi, tá na cara que é noite de sábado".

– No sonho, sou bicha culta, masculina feminina, meio santa, bem-amada – ao acordar, tive impressão que me lembrava de ter conhecido aquela garota do bulevar noutra encarnação, na Inglaterra, quando a teria assassinado – devo ter sido bicha nessa vida anterior, senão não sei como seria capaz de adivinhar esse negócio de "bofe travestido" sem ter tido experiência durante esta vida –

PARA DESCER DO NOSSO APARTAMENTO PARA a rua tem que se ir por uma escada que sai lá do alto do Empire State Building. Já ando farto de toda essa porra e me recuso a descer por ali, mas Jesse desce. Antes dela, um homem quis experimentar (ia para o trabalho com o jornal da tarde no bolso), escorregou sem querer e caiu silenciosa e discretamente, morrendo na hora – isso acontece a cada instante –, mas eu desço de maneira segura, que o sonho não indica qual é, e saio caminhando pela rua escura, me perguntando se Jesse conseguiu fazer o mesmo – me viro e vejo ela andando devagar, a uma quadra de distância na minha frente, pela calçada do lado oposto – parece que mamãe não teve sorte e morreu, mas não acredito – (nesse mesmo dia, mamãe ficou com medo de descer pela escada do sótão, o sonho foi uma carinhosa e estranha antecipação) – Jesse caminha tristonha no escuro, sem saber mais onde estou

UMA MULHER MUITO BEM VESTIDA SAI furtivamente de casa, com remorso de deixar seu nenê de colo chorando, para ir se divertir com Sombras de cartola na noite da cidade. Vai embora, se esgueirando pela escada abaixo, e no mesmo instante a vizinha do andar de cima desce na ponta dos pés, só de meias, para espiar a mãe negligente escapulindo daquele jeito – mas estou sentado no escuro, assistindo a tudo pela janela do corredor: vejo o sorriso satisfeito da mulher curiosa e sei que dentro de instantes irá notar, horrorizada, que foi surpreendida em flagrante espionando – e, quando de fato me enxerga, é apenas uma luz mortiça que bate em meu rosto no escuro – e que sorriso malévolo lhe dou! Ela empalidece

ATRAVESSANDO A PONTE DE MOODY STREET com um cordeiro sagrado nos braços, solto o bichinho em cima das tábuas e ele cruza a rua correndo e pula a grade da ponte com agilidade, para ir morrer nas pedras molhadas pela água lá embaixo – não posso olhar. Mas de repente percebo que está nadando sob a ponte; pelo visto nem se machucou e agora vejo ele nadando com força para chegar na praia rochosa – consegue o objetivo, sobe pela rampa de acesso à ponte, correndo em minha direção, e, quando estendo as mãos para pegá-lo de novo no colo, se ergue nas patas traseiras e apenas passa os cascos de leve pela ponta dos meus dedos – sei que posso agarrá-lo pelas patas; levanto-o no ar e levo para casa

    esse Cordeiro
     (branco)

  ESTOU NO MÉXICO, espiando para dentro das janelas enquanto vizinhos olham boquiabertos – por fim pergunto a uma mulher: "*A donde es Señor Gaines?*", quando na realidade quero dizer Hubbard, e ela me mostra, pela janela, ele, isto é, Hubbard, parado em pé no meio de seu quarto, rodeado por uma dúzia de *beatniks*, gângsteres e outros visitantes. Bato na vidraça, ele sai correndo cortesmente para me convidar a entrar, mas estou com o boné de caçador sobre os olhos e, sem sequer me virar para ele, acabo entrando. No centro da sala "Bull" (que não achou lugar para sentar) disserta a respeito de armas; por fim tira uma pequena automática do meio de um embrulho de seda & entrega para um gângster moço, moreno. Depois, de calção, feito a foto em posição de pugilista de John L. Sullivan na revista *BIG TABLE*, "Bull" é aconselhado pelo Sargento a se apresentar lá em cima no banco de areia a seus oficiais "aliados". Há outros caras de calão escutando. Me assombro de ver "Bull" tão sarcástico com o sargento

& todo o exército de modo geral – "Dê lembranças aos aliados", digo eu, "se conseguir chegar até lá" (imitando Charles Laughton para "Bull" se divertir & também sabendo que nem vai chegar a ir) & Bull ri, mas acrescento, meio sem jeito: "*Quando* chegar lá", como sempre nervoso toda vez que procuro ser engraçado com Bull & que nem aconteceu na porta, com o boné de caça, não faz nenhum comentário, cortesmente, a respeito de minha falta de jeito – continuo assombrado com o respeito que lhe demonstram homens e oficiais do mundo inteiro

UMA GRANDE "CONVENÇÃO DA GERAÇÃO *BEAT*" está sendo preparada em Filadélfia; todo mundo comparece, mas levantaram uma torre de concreto de quase um quilômetro de altura que vem abaixo & cai no meio do campo; vêem-se operários escapando ligeiro, surpreendentemente, do interior revestido de madeira & alguns sendo atropelados, pois a torre começa a rolar por causa dos coelhos que ficaram lá dentro, se mexendo de um lado para outro, mudando de posição. Vejo Irwin & Simon, mas não estou sentado com eles. Na viagem de volta a Nova York fico junto de um dos organizadores da Convenção e, quando lhe pergunto quais foram as vantagens que tirou do conclave, responde: "Ah, não estou interessado nisso, só forneci o concreto pra torre" e me dou conta de que é apenas um gângster – se torna bem bruto e me mostra como Frank Sinatra esmurra os caras no queixo (segurando minha cabeça e quase me destruindo com seu punho de ferro) – fico com ódio dele – A seguir a gente vê os agentes do F.B.I. examinando suas contas, que mostram que um tal de "Gleason" ganhou $ 6.000 na negociata da venda do concreto – "Estamos interessados em saber quem é mesmo esse Gleason" – Encurralaram o gângster dentro da casa dele – Nesse meio tempo desci por aquela rua assombrosa que mais parece pista de esquiar, verdadeira haste de lança, incrível de tão íngreme, como às vezes acontecia em Lowell – James Watson concorda com a cabeça quando lhe digo que gostaria que tivéssemos trenós; estamos descendo pelos intermináveis degraus do elevado da parte mais distante do Bronx em Nova York – Fico com náusea & quase morro ao voar em torno de um poste (acordo com a perna dormente) –

Durante a conferência todos sentaram, dois a dois, nas cadeiras. Não me lembro mais do sujeito que ficou do meu lado, mas no fundo do corredor Jerry Getty anda trepando com a belíssima estrelinha que posa para a publicidade da Revlon e também quero fazer o mesmo – encontro os dois saindo de uma porta secreta do esgoto escuro & e ela está nua & Jerry diz: "É completamente doida" – agarro-lhe o corpo quente e nu, mas ela me rejeita – não gosto muito dela

OS CAVALOS ALADOS DE MIEN MO – ESTOU percorrendo o México de ônibus com Cody dormindo a meu lado. De madrugada o ônibus pára num lugar do interior do país; contemplo o plácido calor dos campos & penso: "Será que é mesmo o México? O que vim fazer aqui?" – Os campos parecem muitos calmos, verdejantes e livres de insetos para ser o México. Depois estou sentado do outro lado do ônibus; Cody sumiu; levanto os olhos para o céu & vejo aquela velha montanha escarpada de mais de mil metros de altura, com seus enormes palácios e templos encobertos pela neblina azulada, onde existem bancos gigantescos e mesas de granito para Deuses Monumentais, maiores que os que abraçavam arranha-céus em Wall Street – e no ar, ah, o silêncio daquele horror, vejo cavalos alados que passam voando e sacudindo capas que envolvem seus flancos, a lenta e majestosa articulação das patas dianteiras avançando pelo espaço aéreo – são Grifos! – então me dou conta de que estamos em "Coyocán" & este é o famoso lugar da lenda – começo a contar para quatro mexicanos no banco à minha frente a história da Montanha de Coyocán & seus Cavalos Secretos, mas eles riem, não só de ouvir um forasteiro falando nisso, mas do ridículo de alguém sequer reparar ou tocar nesse assunto. Têm um segredo qualquer que não querem revelar, a respeito da ignorância do Temível Castelo – se metem até a sabichões aqui com o Gringo e sinto areia escorrendo pela parte da frente da minha camisa – o mexicano grandalhão está ali sentado, com a mão cheia de areia, todo sorridente – dou um salto & agarro um deles, pequenino & magrela & prendo-lhe a mão contra a barriga, para que não possa me cravar uma punhalada, mas está desarmado – caem na maior gargalhada à minha custa, por causa das idéias fantasiosas que tenho sobre a Montanha –

Chegamos à cidade coyocaniana situada ao pé da Montanha de neblina azulada e agora noto que os Cavalos Alados sobrevoam sem parar esse centro urbano & em torno do penhasco, precipitando-se às vezes em vôo rasante sem que ninguém levante os olhos & se preocupe com eles – não posso acreditar que sejam de fato cavalos alados & olho uma & duas vezes, mas é o que têm que ser, mesmo quando vejo sua silhueta recortada contra a lua: uma cavalgada em pleno ar, lenta, lenta, o horror sobrenatural de serem monstros mitológicos, misto de homens com grifos – Chego à conclusão de que sempre estiveram descrevendo círculos ao redor do Templo da Montanha Eterna & penso: "Os canalhas têm qualquer coisa a ver com esse Templo, foi de lá que saíram, sempre tive certeza que essa Montanha era um horror absoluto!" Entro no prédio do Sindicato dos Marítimos em Coyocán para me inscrever como candidato a emprego na marinha mercante chinesa – fica no meio do México e não entendo por que fiz toda essa viagem desde Nova York até o coração deste país, cercado de terra por todos os lados, mas ali está: um corredor de recrutamento marítimo, cheio de confusão & funcionários pálidos que também não sabem por que foi que vim para cá – um deles faz um grande esforço de inteligência para remeter, em duas vias, cartas para Nova York como começo das averiguações do motivo que me levou a viajar até ali – o que quer dizer que, se conseguir o emprego, terei que esperar no mínimo uma semana, ou *mais*. A cidade assusta & é completamente sinistra, pois todo mundo lança hediondos olhares de soslaio (os moradores locais, bem entendido) e ninguém admite a existência daquele Terrível Redemoinho de cavalos Alados – "Mien Mo", me ocorre, lembrando o nome da Montanha na Birmânia que chamam de mundo, com a ilha de Dzapoudiba ao sul (da Índia), por causa dos horrores secretos do Himalaia – as batidas do coração da Fera Monumental se ouvem lá de cima, os Grifos não passam de meros insetos ocasionais – mas aqueles Cavalos Alados estão contentes! a maneira belíssima com que cavalgam lentamente, cravando os cascos dianteiros no vácuo cerúleo!

Enquanto isso, dois jovens marinheiros americanos e eu ficamos contemplando o vôo que descrevem a quilômetros de distância, lá no alto & vendo se precipitarem, como se fossem agarrar uma presa, e ao chegarem mais perto se transformam em pássaros azuis e brancos, para enganar todo mundo – até mesmo eu sou obrigado a reconhecer: "É, não são cavalos alados, não, apenas parecem; na verdade são Pássaros!" mas, no momento exato em que digo isso, vejo um cavalo inconfundível passando liricamente diante da lua, agitando a capa que encobre os flancos infernais –

Um ex-pugilista de nariz partido se aproxima de mim, insinuando que pode me arrumar emprego num navio em troca de 50 cents – é tão sinistro & intenso que até sinto medo de lhe entregar 50 cents – aí surge uma loura, acompanhada do noivo, participando seu próximo casamento, mas interrompe de vez em quando o que está dizendo para choramingar em cima do meu pau diante de todo mundo nas ruas de COYOCÁN!

E os Cavalos Alados de Mien Mo continuam galopando em sereno silêncio no radiante vácuo aéreo em cima – as ruas de Coyocán vão se acendendo à medida que o sol se põe, mas no céu a quietude é total & os Deuses Gigantescos estão no alto da montanha – como fazer para descrever essa sensação?

UM SONHO ESTRANHÍSSIMO EM QUE ME transformo num corpo masturbatório, gravado em fita, noutra encarnação, que, deitado a meu lado, me bate uma bronha...

SONHEI QUE ESTAVA ESPERANDO numa estranha estação terminal de ônibus, toda iluminada de branco, em Nova Jérsei, a hora de embarcar para Nova York – uma espera interminável – de repente vejo uma chinesa linda, mas esquisita, encostada na parede – me aproximo & aponto para dois garotos chineses & negros que também estão esperando – "Não acha que valia a pena tirar uma foto deles?" comento, brincando e apalpando a cinta, o que não lhe agrada – "Que idade você tem?" pergunto, contemplando a estranha e serena beleza do rosto oval & e ela responde: "Digamos que nasci em 1863" e deduzo, fazendo rapidamente a conta, que já está com quase 100 anos & digo: "Entendo, você é tibetana" e ela confirma com um leve piscar dos olhos amendoados. O ônibus só sai às 4 e são apenas 3 horas no tristíssimo domingo de Nova Jérsei

ESTAMOS TODOS POSANDO PARA UMA FOTOGRAfia de grupo no pátio da grande Mansão do Pinheiro dos Captores – mais tarde jogamos no campo, uns cem participantes ao todo; vejo Cody fazer o mesmo sinal característico do encarregado da retaguarda de um trem de carga que vai partir & colocar nos trilhos um pequeno boneco no lugar do guarda-freios que, também encolhido e minúsculo, repete o sinal para o trem que se afasta rumo a outras regiões. Somos todos prisioneiros dos comunistas. Por fim, pedem para posarmos de novo para a tal foto de grupo no gramado, dizendo com olhar atravessado: "Está faltando um bocado de gente!" e noto que é verdade, pois fui o último a me apresentar & as fileiras de antes estão bem desfalcadas. Acenam para mim, porém, com ar desprezivo, indicando que preciso sair do meio do grupo e descer a escada que leva ao calabouço: sou suspeito de ter tendências revolucionárias, ou no mínimo subversivas, a julgar pela minha língua de trapo no "Campo Livre" – e lá me vou eu, escada abaixo, rumo à minha ruína. No fim dos degraus de pedra marrom, um carcereiro desvairado me manda aguardar provisoriamente numa cela, onde existe um panelão de água imunda cheio de merda, enquanto se ocupa do meu processo; de repente é chamado e se afasta alguns instantes e aí me ponho a sacudir a cela como se fosse um barco & a água cheia de merda vai parar no corredor do calabouço – mas o tal carcereiro volta bem na hora em que estou fazendo isso – pega o "penico" e vira o resto do conteúdo primeiro na minha cabeça e depois na *dele* – e ficamos os dois, um olhando para o outro, todos molhados com aquela água imunda que escorre do nosso cabelo & entre outras coisas, me dou conta de que os carcereiros desses Infernos abaixo da terra vivem numa agonia tão miserável que querem que a gente se sinta tão mal quanto eles. Mas a todas essas fico sabendo que as Prisões Subterrâneas têm cozinheiras & garçonetes tão carentes de amor dos homens que criaram lá embaixo um sistema supersecreto próprio para arrastar, num abrir e fechar de olhos, suas presas para apartamentos suntuosos de relações sexuais

& as Autoridades nunca ficam sabendo aonde os presos foram parar – a senha é tão sigilosa & feminina, as fichas de ingresso para copular tão misteriosas, que se pode passar o resto do tempo do cativeiro simplesmente comendo essas louras gostosas e esbeltas em completa segurança & sem perigo de sofrer qualquer prejuízo – as "fichas", aparentemente, são botões de 'racionamento de alimentos", mas no fundo resultam das economias feitas com o produto de seu trabalho e que pagam para obter permissão para visitar os locais escondidos em que podem trepar com os prisioneiros – as Autoridades Captoras vivem eternamente perplexas. O carcereiro desvairado, com água suja de merda no cabelo, nem sabe que fim a gente levou depois de desaparecer como por encanto de sua jurisdição, isso para não falar dos Fotógrafos do Pelotão de Fuzilamento lá fora, no "Pátio da Liberdade"

Coleção **L&PM** POCKET (LANÇAMENTOS MAIS RECENTES)

446. **Contos** – Eça de Queiroz
447. **Janela para a morte** – Raymond Chandler
448. **Um amor de Swann** – Marcel Proust
449. **À paz perpétua** – Immanuel Kant
450. **A conquista do México** – Hernan Cortez
451. **Defeitos escolhidos e 2000** – Pablo Neruda
452. **O casamento do céu e do inferno** – William Blake
453. **A primeira viagem ao redor do mundo** – Antonio Pigafetta
454(14). **Uma sombra na janela** – Simenon
455(15). **A noite da encruzilhada** – Simenon
456(16). **A velha senhora** – Simenon
457. **Sartre** – Annie Cohen-Solal
458. **Discurso do método** – René Descartes
459. **Garfield em grande forma (1)** – Jim Davis
460. **Garfield está de dieta (2)** – Jim Davis
461. **O livro das feras** – Patricia Highsmith
462. **Viajante solitário** – Jack Kerouac
463. **Auto da barca do inferno** – Gil Vicente
464. **O livro vermelho dos pensamentos de Millôr** – Millôr Fernandes
465. **O livro dos abraços** – Eduardo Galeano
466. **Voltaremos!** – José Antonio Pinheiro Machado
467. **Rango** – Edgar Vasques
468(8). **Dieta mediterrânea** – Dr. Fernando Lucchese e José Antonio Pinheiro Machado
469. **Radicci 5** – Iotti
470. **Pequenos pássaros** – Anaïs Nin
471. **Guia prático do Português correto – vol.3** – Cláudio Moreno
472. **Atire no pianista** – David Goodis
473. **Antologia Poética** – García Lorca
474. **Alexandre e César** – Plutarco
475. **Uma espiã na casa do amor** – Anaïs Nin
476. **A gorda do Tiki Bar** – Dalton Trevisan
477. **Garfield um gato de peso (3)** – Jim Davis
478. **Canibais** – David Coimbra
479. **A arte de escrever** – Arthur Schopenhauer
480. **Pinóquio** – Carlo Collodi
481. **Misto-quente** – Bukowski
482. **A lua na sarjeta** – David Goodis
483. **O melhor do Recruta Zero (1)** – Mort Walker
484. **Aline: TPM – tensão pré-monstrual (2)** – Adão Iturrusgarai
485. **Sermões do Padre Antonio Vieira**
486. **Garfield numa boa (4)** – Jim Davis
487. **Mensagem** – Fernando Pessoa
488. **Vendeta** seguido de **A paz conjugal** – Balzac
489. **Poemas de Alberto Caeiro** – Fernando Pessoa
490. **Ferragus** – Honoré de Balzac
491. **A duquesa de Langeais** – Honoré de Balzac
492. **A menina dos olhos de ouro** – Honoré de Balzac
493. **O lírio do vale** – Honoré de Balzac
494(17). **A barcaça da morte** – Simenon
495(18). **As testemunhas rebeldes** – Simenon
496(19). **Um engano de Maigret** – Simenon
497(1). **A noite das bruxas** – Agatha Christie
498(2). **Um passe de mágica** – Agatha Christie
499(3). **Nêmesis** – Agatha Christie
500. **Esboço para uma teoria das emoções** – Sartre
501. **Renda básica de cidadania** – Eduardo Suplicy
502(1). **Pílulas para viver melhor** – Dr. Lucchese
503(2). **Pílulas para prolongar a juventude** – Dr. Lucchese
504(3). **Desembarcando o diabetes** – Dr. Lucchese
505(4). **Desembarcando o sedentarismo** – Dr. Fernando Lucchese e Cláudio Castro
506(5). **Desembarcando a hipertensão** – Dr. Lucchese
507(6). **Desembarcando o colesterol** – Dr. Fernando Lucchese e Fernanda Lucchese
508. **Estudos de mulher** – Balzac
509. **O terceiro tira** – Flann O'Brien
510. **100 receitas de aves e ovos** – J. A. P. Machado
511. **Garfield em toneladas de diversão** (5) – Jim Davis
512. **Trem-bala** – Martha Medeiros
513. **Os cães ladram** – Truman Capote
514. **O Kama Sutra de Vatsyayana**
515. **O crime do Padre Amaro** – Eça de Queiroz
516. **Odes de Ricardo Reis** – Fernando Pessoa
517. **O inverno da nossa desesperança** – Steinbeck
518. **Piratas do Tietê (1)** – Laerte
519. **Rê Bordosa: do começo ao fim** – Angeli
520. **O Harlem é escuro** – Chester Himes
521. **Café-da-manhã dos campeões** – Kurt Vonnegut
522. **Eugénie Grandet** – Balzac
523. **O último magnata** – F. Scott Fitzgerald
524. **Carol** – Patricia Highsmith
525. **100 receitas de patisseria** – Sílvio Lancellotti
526. **O fator humano** – Graham Greene
527. **Tristessa** – Jack Kerouac
528. **O diamante do tamanho do Ritz** – S. Fitzgerald
529. **As melhores histórias de Sherlock Holmes** – Arthur Conan Doyle
530. **Cartas a um jovem poeta** – Rilke
531(20). **Memórias de Maigret** – Simenon
532(4). **O misterioso sr. Quin** – Agatha Christie
533. **Os analectos** – Confúcio
534(21). **Maigret e os homens de bem** – Simenon
535(22). **O medo de Maigret** – Simenon
536. **Ascensão e queda de César Birotteau** – Balzac
537. **Sexta-feira negra** – David Goodis
538. **Ora bolas – O humor de Mario Quintana** – Juarez Fonseca
539. **Longe daqui aqui mesmo** – Antonio Bivar
540(5). **É fácil matar** – Agatha Christie
541. **O pai Goriot** – Balzac
542. **Brasil, um país do futuro** – Stefan Zweig
543. **O processo** – Kafka
544. **O melhor de Hagar 4** – Dik Browne
545(6). **Por que não pediram a Evans?** – Agatha Christie
546. **Fanny Hill** – John Cleland
547. **O gato por dentro** – William S. Burroughs
548. **Sobre a brevidade da vida** – Sêneca
549. **Geraldão (1)** – Glauco
550. **Piratas do Tietê (2)** – Laerte
551. **Pagando o pato** – Ciça
552. **Garfield de bom humor (6)** – Jim Davis
553. **Conhece o Mário?** vol.1 – Santiago

554. **Radicci 6** – Iotti
555. **Os subterrâneos** – Jack Kerouac
556(1). **Balzac** – François Taillandier
557(2). **Modigliani** – Christian Parisot
558(3). **Kafka** – Gérard-Georges Lemaire
559(4). **Júlio César** – Joël Schmidt
560. **Receitas da família** – J. A. Pinheiro Machado
561. **Boas maneiras à mesa** – Celia Ribeiro
562(9). **Filhos sadios, pais felizes** – R. Pagnoncelli
563(10). **Fatos & mitos** – Dr. Fernando Lucchese
564. **Ménage à trois** – Paula Taitelbaum
565. **Mulheres!** – David Coimbra
566. **Poemas de Álvaro de Campos** – Fernando Pessoa
567. **Medo e outras histórias** – Stefan Zweig
568. **Snoopy e sua turma (1)** – Schulz
569. **Piadas para sempre (1)** – Visconde da Casa Verde
570. **O alvo móvel** – Ross Macdonald
571. **O melhor do Recruta Zero (2)** – Mort Walker
572. **Um sonho americano** – Norman Mailer
573. **Os broncos também amam** – Angeli
574. **Crônica de um amor louco** – Bukowski
575(5). **Freud** – René Major e Chantal Talagrand
576(6). **Picasso** – Gilles Plazy
577(7). **Gandhi** – Christine Jordis
578. **A tumba** – H. P. Lovecraft
579. **O príncipe e o mendigo** – Mark Twain
580. **Garfield, um charme de gato (7)** – Jim Davis
581. **Ilusões perdidas** – Balzac
582. **Esplendores e misérias das cortesãs** – Balzac
583. **Walter Ego** – Angeli
584. **Striptiras (1)** – Laerte
585. **Fagundes: um puxa-saco de mão cheia** – Laerte
586. **Depois do último trem** – Josué Guimarães
587. **Ricardo III** – Shakespeare
588. **Dona Anja** – Josué Guimarães
589. **24 horas na vida de uma mulher** – Stefan Zweig
590. **O terceiro homem** – Graham Greene
591. **Mulher no escuro** – Dashiell Hammett
592. **No que acredito** – Bertrand Russell
593. **Odisséia (1): Telemaquia** – Homero
594. **O cavalo cego** – Josué Guimarães
595. **Henrique V** – Shakespeare
596. **Fabulário geral do delírio cotidiano** – Bukowski
597. **Tiros na noite 1: A mulher do bandido** – Dashiell Hammett
598. **Snoopy em Feliz Dia dos Namorados! (2)** – Schulz
599. **Mas não se matam cavalos?** – Horace McCoy
600. **Crime e castigo** – Dostoiévski
601(7). **Mistério no Caribe** – Agatha Christie
602. **Odisséia (2): Regresso** – Homero
603. **Piadas para sempre (2)** – Visconde da Casa Verde
604. **À sombra do vulcão** – Malcolm Lowry
605(8). **Kerouac** – Yves Buin
606. **E agora são cinzas** – Angeli
607. **As mil e uma noites** – Paulo Caruso
608. **Um assassino entre nós** – Ruth Rendell
609. **Crack-up** – F. Scott Fitzgerald
610. **Do amor** – Stendhal
611. **Cartas do Yage** – William Burroughs e Allen Ginsberg
612. **Striptiras (2)** – Laerte
613. **Henry & June** – Anaïs Nin
614. **A piscina mortal** – Ross Macdonald
615. **Geraldão (2)** – Glauco
616. **Tempo de delicadeza** – A. R. de Sant'Anna
617. **Tiros na noite 2: Medo de tiro** – Dashiell Hammett
618. **Snoopy em Assim é a vida, Charlie Brown! (3)** – Schulz
619. **1954 – Um tiro no coração** – Hélio Silva
620. **Sobre a inspiração poética (Íon) e ...** – Platão
621. **Garfield e seus amigos (8)** – Jim Davis
622. **Odisséia (3): Ítaca** – Homero
623. **A louca matança** – Chester Himes
624. **Factótum** – Bukowski
625. **Guerra e Paz: volume 1** – Tolstói
626. **Guerra e Paz: volume 2** – Tolstói
627. **Guerra e Paz: volume 3** – Tolstói
628. **Guerra e Paz: volume 4** – Tolstói
629(9). **Shakespeare** – Claude Mourthé
630. **Bem está o que bem acaba** – Shakespeare
631. **O contrato social** – Rousseau
632. **Geração Beat** – Jack Kerouac
633. **Snoopy: É Natal! (4)** – Charles Schulz
634(8). **Testemunha da acusação** – Agatha Christie
635. **Um elefante no caos** – Millôr Fernandes
636. **Guia de leitura (100 autores que você precisa ler)** – Organização de Léa Masina
637. **Pistoleiros também mandam flores** – David Coimbra
638. **O prazer das palavras – vol. 1** – Cláudio Moreno
639. **O prazer das palavras – vol. 2** – Cláudio Moreno
640. **Novíssimo testamento: com Deus e o diabo, a dupla da criação** – Iotti
641. **Literatura Brasileira: modos de usar** – Luís Augusto Fischer
642. **Dicionário de Porto-Alegrês** – Luís A. Fischer
643. **Clô Dias & Noites** – Sérgio Jockymann
644. **Memorial de Isla Negra** – Pablo Neruda
645. **Um homem extraordinário e outras histórias** – Tchékhov
646. **Ana sem terra** – Alcy Cheuiche
647. **Adultérios** – Woody Allen
648. **Para sempre ou nunca mais** – R. Chandler
649. **Nosso homem em Havana** – Graham Greene
650. **Dicionário Caldas Aulete de Bolso**
651. **Snoopy: Posso fazer uma pergunta, professora? (5)** – Charles Schulz
652(10). **Luís XVI** – Bernard Vincent
653. **O mercador de Veneza** – Shakespeare
654. **Cancioneiro** – Fernando Pessoa
655. **Non-Stop** – Martha Medeiros
656. **Carpinteiros, levantem bem alto a cumeeira & Seymour, uma apresentação** – J.D.Salinger
657. **Ensaios céticos** – Bertrand Russell
658. **O melhor de Hagar 5** – Dik e Chris Browne
659. **Primeiro amor** – Ivan Turguêniev
660. **A trégua** – Mario Benedetti
661. **Um parque de diversões da cabeça** – Lawrence Ferlinghetti
662. **Aprendendo a viver** – Sêneca
663. **Garfield, um gato em apuros (9)** – Jim Davis
664. **Dilbert 1** – Scott Adams
665. **Dicionário de dificuldades** – Domingos Paschoal Cegalla

666. **A imaginação** – Jean-Paul Sartre
667. **O ladrão e os cães** – Naguib Mahfuz
668. **Gramática do português contemporâneo** – Celso Cunha
669. **A volta do parafuso** *seguido de* **Daisy Miller** – Henry James
670. **Notas do subsolo** – Dostoiévski
671. **Abobrinhas da Brasilônia** – Glauco
672. **Geraldão (3)** – Glauco
673. **Piadas para sempre (3)** – Visconde da Casa Verde
674. **Duas viagens ao Brasil** – Hans Staden
675. **Bandeira de bolso** – Manuel Bandeira
676. **A arte da guerra** – Maquiavel
677. **Além do bem e do mal** – Nietzsche
678. **O coronel Chabert** *seguido de* **A mulher abandonada** – Balzac
679. **O sorriso de marfim** – Ross Macdonald
680. **100 receitas de pescados** – Sílvio Lancellotti
681. **O juiz e seu carrasco** – Friedrich Dürrenmatt
682. **Noites brancas** – Dostoiévski
683. **Quadras ao gosto popular** – Fernando Pessoa
684. **Romanceiro da Inconfidência** – Cecília Meireles
685. **Kaos** – Millôr Fernandes
686. **A pele de onagro** – Balzac
687. **As ligações perigosas** – Choderlos de Laclos
688. **Dicionário de matemática** – Luiz Fernandes Cardoso
689. **Os Lusíadas** – Luís Vaz de Camões
690. (11).**Átila** – Éric Deschodt
691. **Um jeito tranqüilo de matar** – Chester Himes
692. **A felicidade conjugal** *seguido de* **O diabo** – Tolstói
693. **Viagem de um naturalista ao redor do mundo** – vol. 1 – Charles Darwin
694. **Viagem de um naturalista ao redor do mundo** – vol. 2 – Charles Darwin
695. **Memórias da casa dos mortos** – Dostoiévski
696. **A Celestina** – Fernando de Rojas
697. **Snoopy: Como você é azarado, Charlie Brown! (6)** – Charles Schulz
698. **Dez (quase) amores** – Claudia Tajes
699. (9).**Poirot sempre espera** – Agatha Christie
700. **Cecília de bolso** – Cecília Meireles
701. **Apologia de Sócrates** *precedido de* **Êutifron** e *seguido de* **Críton** – Platão
702. **Wood & Stock** – Angeli
703. **Striptiras (3)** – Laerte
704. **Discurso sobre a origem e os fundamentos da desigualdade entre os homens** – Rousseau
705. **Os duelistas** – Joseph Conrad
706. **Dilbert (2)** – Scott Adams
707. **Viver e escrever** (vol. 1) – Edla van Steen
708. **Viver e escrever** (vol. 2) – Edla van Steen
709. **Viver e escrever** (vol. 3) – Edla van Steen
710. (10).**A teia da aranha** – Agatha Christie
711. **O banquete** – Platão
712. **Os belos e malditos** – F. Scott Fitzgerald
713. **Libelo contra a arte moderna** – Salvador Dalí
714. **Akropolis** – Valerio Massimo Manfredi
715. **Devoradores de mortos** – Michael Crichton
716. **Sob o sol da Toscana** – Frances Mayes
717. **Batom na cueca** – Nani
718. **Vida dura** – Claudia Tajes
719. **Carne trêmula** – Ruth Rendell
720. **Cris, a fera** – David Coimbra
721. **O anticristo** – Nietzsche
722. **Como um romance** – Daniel Pennac
723. **Emboscada no Forte Bragg** – Tom Wolfe
724. **Assédio sexual** – Michael Crichton
725. **O espírito do Zen** – Alan W. Watts
726. **Um bonde chamado desejo** – Tennessee Williams
727. **Como gostais** *seguido de* **Conto de inverno** – Shakespeare
728. **Tratado sobre a tolerância** – Voltaire
729. **Snoopy: Doces ou travessuras? (7)** – Charles Schulz
730. **Cardápios do Anonymus Gourmet** – J.A. Pinheiro Machado
731. **100 receitas com lata** – J.A. Pinheiro Machado
732. **Conhece o Mário?** vol.2 – Santiago
733. **Dilbert (3)** – Scott Adams
734. **História de um louco amor** *seguido de* **Passado amor** – Horacio Quiroga
735. (11).**Sexo: muito prazer** – Laura Meyer da Silva
736. (12).**Para entender o adolescente** – Dr. Ronald Pagnoncelli
737. (13).**Desembarcando a tristeza** – Dr. Fernando Lucchese
738. **Poirot e o mistério da arca espanhola & outras histórias** – Agatha Christie
739. **A última legião** – Valerio Massimo Manfredi
740. **As virgens suicidas** – Jeffrey Eugenides
741. **Sol nascente** – Michael Crichton
742. **Duzentos ladrões** – Dalton Trevisan
743. **Os devaneios do caminhante solitário** – Rousseau
744. **Garfield, o rei da preguiça (10)** – Jim Davis
745. **Os magnatas** – Charles R. Morris
746. **Pulp** – Charles Bukowski
747. **Enquanto agonizo** – William Faulkner
748. **Aline: viciada em sexo (3)** – Adão Iturrusgarai
749. **A dama do cachorrinho** – Anton Tchékhov
750. **Tito Andrônico** – Shakespeare
751. **Antologia poética** – Anna Akhmátova
752. **O melhor de Hagar 6** – Dik e Chris Browne
753. (12).**Michelangelo** – Nadine Sautel
754. **Dilbert (4)** – Scott Adams
755. **O jardim das cerejeiras** *seguido de* **Tio Vânia** – Tchékhov
756. **Geração Beat** – Claudio Willer
757. **Santos Dumont** – Alcy Cheuiche
758. **Budismo** – Claude B. Levenson
759. **Cleópatra** – Christian-Georges Schwentzel
760. **Revolução Francesa** – Frédéric Bluche, Stéphane Rials e Jean Tulard
761. **A crise de 1929** – Bernard Gazier
762. **Sigmund Freud** – Edson Sousa e Paulo Endo
763. **Império Romano** – Patrick Le Roux
764. **Cruzadas** – Cécile Morrisson
765. **O mistério do Trem Azul** – Agatha Christie
766. **Os escrúpulos de Maigret** – Simenon
767. **Maigret se diverte** – Simenon
768. **Senso comum** – Thomas Paine
769. **O parque dos dinossauros** – Michael Crichton
770. **Trilogia da paixão** – Goethe

771. **A simples arte de matar** (vol.1) – R. Chandler
772. **A simples arte de matar** (vol.2) – R. Chandler
773. **Snoopy: No mundo da lua!** (8) – Charles Schulz
774. **Os Quatro Grandes** – Agatha Christie
775. **Um brinde de cianureto** – Agatha Christie
776. **Súplicas atendidas** – Truman Capote
777. **Ainda restam aveleiras** – Simenon
778. **Maigret e o ladrão preguiçoso** – Simenon
779. **A viúva imortal** – Millôr Fernandes
780. **Cabala** – Roland Goetschel
781. **Capitalismo** – Claude Jessua
782. **Mitologia grega** – Pierre Grimal
783. **Economia: 100 palavras-chave** – Jean-Paul Betbèze
784. **Marxismo** – Henri Lefebvre
785. **Punição para a inocência** – Agatha Christie
786. **A extravagância do morto** – Agatha Christie
787. (13).**Cézanne** – Bernard Fauconnier
788. **A identidade Bourne** – Robert Ludlum
789. **Da tranquilidade da alma** – Sêneca
790. **Um artista da fome** *seguido de* **Na colônia penal e outras histórias** – Kafka
791. **Histórias de fantasmas** – Charles Dickens
792. **A louca de Maigret** – Simenon
793. **O amigo de infância de Maigret** – Simenon
794. **O revólver de Maigret** – Simenon
795. **A fuga do sr. Monde** – Simenon
796. **O Uraguai** – Basílio da Gama
797. **A mão misteriosa** – Agatha Christie
798. **Testemunha ocular do crime** – Agatha Christie
799. **Crepúsculo dos ídolos** – Friedrich Nietzsche
800. **Maigret e o negociante de vinhos** – Simenon
801. **Maigret e o mendigo** – Simenon
802. **O grande golpe** – Dashiell Hammett
803. **Humor barra pesada** – Nani
804. **Vinho** – Jean-François Gautier
805. **Egito Antigo** – Sophie Desplancques
806. (14).**Baudelaire** – Jean-Baptiste Baronian
807. **Caminho da sabedoria, caminho da paz** – Dalai Lama e Felizitas von Schönborn
808. **Senhor e servo e outras histórias** – Tolstói
809. **Os cadernos de Malte Laurids Brigge** – Rilke
810. **Dilbert** (5) – Scott Adams
811. **Big Sur** – Jack Kerouac
812. **Seguindo a correnteza** – Agatha Christie
813. **O álibi** – Sandra Brown
814. **Montanha-russa** – Martha Medeiros
815. **Coisas da vida** – Martha Medeiros
816. **A cantada infalível** *seguido de* **A mulher do centroavante** – David Coimbra
817. **Maigret e os crimes do cais** – Simenon
818. **Sinal vermelho** – Simenon
819. **Snoopy: Pausa para a soneca** (9) – Charles Schulz
820. **De pernas pro ar** – Eduardo Galeano
821. **Tragédias gregas** – Pascal Thiercy
822. **Existencialismo** – Jacques Colette
823. **Nietzsche** – Jean Granier
824. **Amar ou depender?** – Walter Riso
825. **Darmapada: A doutrina budista em versos**
826. **J'Accuse...! – a verdade em marcha** – Zola
827. **Os crimes ABC** – Agatha Christie
828. **Um gato entre os pombos** – Agatha Christie
829. **Maigret e o sumiço do sr. Charles** – Simenon
830. **Maigret e a morte do jogador** – Simenon
831. **Dicionário de teatro** – Luiz Paulo Vasconcellos
832. **Cartas extraviadas** – Martha Medeiros
833. **A longa viagem de prazer** – J. J. Morosoli
834. **Receitas fáceis** – J. A. Pinheiro Machado
835. (14).**Mais fatos & mitos** – Dr. Fernando Lucchese
836. (15).**Boa viagem!** – Dr. Fernando Lucchese
837. **Aline: Finalmente nua!!!** (4) – Adão Iturrusgarai
838. **Mônica tem uma novidade!** – Mauricio de Sousa
839. **Cebolinha em apuros!** – Mauricio de Sousa
840. **Sócios no crime** – Agatha Christie
841. **Bocas do tempo** – Eduardo Galeano
842. **Orgulho e preconceito** – Jane Austen
843. **Impressionismo** – Dominique Lobstein
844. **Escrita chinesa** – Viviane Alleton
845. **Paris: uma história** – Yvan Combeau
846. (15).**Van Gogh** – David Haziot
847. **Maigret e o corpo sem cabeça** – Simenon
848. **Portal do destino** – Agatha Christie
849. **O futuro de uma ilusão** – Freud
850. **O mal-estar na cultura** – Freud
851. **Maigret e o matador** – Simenon
852. **Maigret e o fantasma** – Simenon
853. **Um crime adormecido** – Agatha Christie
854. **Satori em Paris** – Jack Kerouac
855. **Medo e delírio em Las Vegas** – Hunter Thompson
856. **Um negócio fracassado e outros contos de humor** – Tchékhov
857. **Mônica está de férias!** – Mauricio de Sousa
858. **De quem é esse coelho?** – Mauricio de Sousa
859. **O burgomestre de Furnes** – Simenon
860. **O mistério Sittaford** – Agatha Christie
861. **Manhã transfigurada** – Luiz Antonio de Assis Brasil
862. **Alexandre, o Grande** – Pierre Briant
863. **Jesus** – Charles Perrot
864. **Islã** – Paul Balta
865. **Guerra da Secessão** – Farid Ameur
866. **Um rio que vem da Grécia** – Cláudio Moreno
867. **Maigret e os colegas americanos** – Simenon
868. **Assassinato na casa do pastor** – Agatha Christie
869. **Manual do líder** – Napoleão Bonaparte
870. (16).**Billie Holiday** – Sylvia Fol
871. **Bidu arrasando!** – Mauricio de Sousa
872. **Desventuras em família** – Mauricio de Sousa
873. **Liberty Bar** – Simenon
874. **E no final a morte** – Agatha Christie
875. **Guia prático do Português correto – vol. 4** – Cláudio Moreno
876. **Dilbert** (6) – Scott Adams
877. (17).**Leonardo da Vinci** – Sophie Chauveau
878. **Bella Toscana** – Frances Mayes
879. **A arte da ficção** – David Lodge
880. **Striptiras** (4) – Laerte
881. **Skrotinhos** – Angeli
882. **Depois do funeral** – Agatha Christie
883. **Radicci 7** – Iotti
884. **Walden** – H. D. Thoreau
885. **Lincoln** – Allen C. Guelzo
886. **Primeira Guerra Mundial** – Michael Howard
887. **A linha de sombra** – Joseph Conrad
888. **O amor é um cão dos diabos** – Bukowski